도적들

Die Räuber

세계문학전집 432

도적들

Die Räuber

프리드리히 실러

홍성광 옮김

민음사

일러두기

1 이 책은 레클람(Reclam) 출판사의 1976년판 『도적들(Die Räuber)』을 저본으로 삼아 번역했다.

2 (원주) 표기가 되어 있지 않은 본문의 각주는 모두 옮긴이 주이다.

차례

약이 치유하지 못하는 것은 쇠가 치유하고
쇠가 치유하지 못하는 것은 불이 치유한다.*
— 히포크라테스**

* Quae medicamenta non sanant, ferrum sanat, quae ferrum non sanat,
ignis sanat.
** Hippocrates(B. C. 460?~B. C. 377?). 고대 그리스의 페리클레스 시대 의
사로, 의학사의 가장 중요한 인물 중 하나이다. 의학의 아버지라고 불리는
그는 히포크라테스 학파를 만들었다. 이 학파는 고대 그리스의 의학을 혁명
적으로 변화시켰으며, 마술과 철학에서 의학을 분리해 내어 의사라는 직업
을 만들었다.

등장인물

막시밀리안 폰 모어 백작

카를 / 도적 카를* 모어 백작의 큰아들

프란츠 모어 백작의 작은아들

아말리아 폰 에델라이히 카를의 약혼녀

슈피겔베르크
슈바이처
그림
라츠만　　　　이들 여덟 명은 자유 사상을 지녔지만
슈프테를레　　나중에 모두 도적들이 된다.
롤러
코진스키
슈바르츠

헤르만 어느 귀족의 사생아

다니엘 모어 백작의 하인

모저 목사

신부(神父)

도적들

그 밖의 인물들

사건이 벌어지는 장소는 독일이며 약 2년에 걸쳐 일어난다.

* 번역 저본에 혼용된 두 가지 표기를 썼다.

1막

1장

프랑켄. 모어 백작의 성(城)에 있는 홀.

프란츠와 늙은 모어 백작.

프란츠　그런데 정말 몸은 괜찮으세요, 아버님? 몹시 창백
　　　　해 뵈서요.

모어 백작　아주 좋다, 얘야…… 나한테 무슨 할 말이라도 있
　　　　느냐?

프란츠　우편물이 왔어요…… 라이프치히의 우리 통신원
　　　　한테서 편지가 왔어요.

모어 백작　(몹시 궁금해하며) 내 아들 카를에 관한 소식이냐?

프란츠　음! 음! 사실 그렇습니다. 그런데 걱정이 돼서요……
　　　　글쎄요…… 아버님 건강이 어떠신지요……. 아버님,

정말 몸은 괜찮으신가요?

모어 백작 　물 만난 물고기처럼 아주 좋다! 내 아들에 관해 쓴 편지냐? 그런데 왜 내 걱정을 하는 거냐? 벌써 두 번이나 묻지 않았느냐.

프란츠 　몸이 편찮으시다면…… 아니 그렇게 될 기미가 조금이라도 있으면 지금 말고 더 적절한 때에 말씀 드리려고요. (반쯤 혼잣말로) 연약한 노인네한테 이런 소식을 알릴 순 없지.

모어 백작 　아니, 원 세상에! 대체 무슨 소식이길래 그러느냐?

프란츠 　먼저 저를 옆으로 물러나게 해서, 탕자인 형을 위해 동정의 눈물을 흘리게 해 주십시오. 저는 영원히 입을 다물도록 하겠습니다. 그는 아버님의 아들이니까요. 저는 형의 치욕을 영원히 덮어 두도록 하겠습니다. 그는 내 형이니까요. 그러나 아버님 말씀을 따르는 것이 고통스럽지만 저의 첫 번째 의무이니, 저를 용서해 주십시오.

모어 백작 　오, 카를! 카를! 네가 하는 짓이 아비 마음을 얼마나 아프게 하는지 아느냐! 단 한 번이라도 너에 관한 좋은 소식을 듣는다면 내 명이 십 년은 길어지고, 나는 다시 젊음을 되찾을 텐데……. 그런데 아, 슬프게도 들려오는 소식마다 나를 무덤으로 한 걸음씩 더 가까이 떠미는구나!

프란츠 　사정이 그러하다면 아버님, 안녕히 계세요……. 저희 모두 바로 오늘이라도 아버님의 관 위에서 머리카락을 쥐어뜯어야 할지도 모르겠습니다.

모어 백작 그대로 있거라! 아직은 조금 더 지켜볼 필요가 있다. 카를의 뜻에 맡겨 두자꾸나. (자리에 앉는다.) 그의 선조들의 죄업이 삼대, 사대에 내려와 벌을 받는 거야. 카를이 그 업보를 완수하도록 내버려 둬라.

프란츠 (주머니에서 편지를 꺼낸다.) 아버님도 우리 통신원을 잘 알고 계시지요! 보십시오! 그자를 거짓말쟁이, 비열하고 악랄한 거짓말쟁이로 치부할 수 있다면, 제 오른손 손가락이라도 내놓겠습니다. 흥분을 가라앉히십시오! 아버님이 직접 이 편지를 읽게 하지 않는 것을 용서해 주십시오! 아버님께서 모든 것을 다 아실 필요는 없으니까요.

모어 백작 하나도 빼먹지 말고 다 읽어라. 얘야, 그러면 너는 내가 직접 편지를 읽는 수고를 덜어 주는 것이다.

프란츠 (편지를 읽는다.) "5월 1일 라이프치히에서. 자넨 내게 신신당부했지. 자네 형님의 운명에 대해 알아낼 수 있는 것은 무엇이든 조금도 숨김없이 알려 달라고 말이야. 친애하는 벗이여, 그렇지 않았더라면 나의 죄 없는 펜이 이처럼 자네를 괴롭히는 폭군 노릇을 하진 않았을 걸세. 지금까지 자네에게서 받은 수많은 편지로 미뤄 볼 때, 이런 종류의 소식이 동생인 자네 마음을 얼마나 아프게 할지 짐작할 수 있네. 그런 무가치하고 혐오스러운 인간 때문에"(늙은 모어 백작, 양손으로 얼굴을 감싼다.) 보세요, 아버님! 저는 단지 가장 부드러운 부분만 읽고 있습니다. "그런 혐오스러운 인간 때문에 눈물을 펑펑 쏟는 자네 모습이 벌써 눈에 보이는 듯하네." 아, 눈물이 흘러내렸지요. 이 동정 어린 뺨을 타고 눈물이 폭포수처럼 쏟아졌지요……. "또한 독실하고 연로하신 자네 부친께서 몹시 창백해지는 모습도 벌써 보이는 듯하네." 나 원 참! 아직 아무것도 듣지 않았으면서 왜 이러세요?

모어 백작 계속 읽어라, 계속!

프란츠 "몹시 창백한 얼굴로 비틀대며 의자에 앉으시고, 혀 짧은 소리로 아버지란 말을 처음 듣던 날을 저주하실 모습도 보이는 듯하네. 내가 모든 것을 다 알아낼 수는 없었고, 내가 알아낸 얼마 안 되는 것 중 일부만을 자네에게 전해 주는 걸세. 자네 형은 이제 치욕의 정도를 가득 채운 것 같네. 적어도 나로서는 그가 이미 실제로 성취한 것을 넘어서는 일은 도저히 상상할 수 없네. 하지만 필시 그의 천재성은 이런 면에서 나의 지각 능력을 뛰어넘을지도 모르겠네. 어제 자정 무렵에 자네 형은 무려 사만 두카텐[1]의 빚을 지고" 아버님, 용돈

---

1) 옛 유럽의 금화.

치고는 상당히 많은 액수인데요…… "방탕한 생활에 끌어들인 다른 일곱 명과 함께 사법의 관할권으로부터 달아나기로 큰 결단을 내렸다네. 그 전에 그는 이곳 어느 부유한 은행가의 딸을 능욕했다네. 또 그녀의 애인인 지체 높고 착실한 젊은 이와 결투를 벌여 그에게 치명상을 입혔다네." 아버님! 아니 이럴 수가, 아버님! 괜찮으신가요?

모어 백작　이제 됐다, 그만해라, 애야!

프란츠　제가 아버님을 지켜 드리겠습니다. "자네 형에게는 지명수배령이 내려졌네. 모욕받은 자들이 배상을 요구하며 소리 높여 외치고, 자네 형에겐 현상금이 걸렸다네. 이제 모어라는 성은" 안 되겠어요! 저의 불쌍한 입술이 결코 아버지를 돌아가시게 해선 안 됩니다. (편지를 갈기갈기 찢어 버린다.) 아버님, 이따위 편지는 믿지 마십시오! 한마디도 믿지 마십시오!

모어 백작　(비통하게 흐느낀다.) 우리 가문의 이름이! 우리 가문의 명예로운 이름이!

프란츠　(아버지의 목을 덥석 껴안는다.) 수치스러운 카를! 너무나 수치스러운 카를! 형은 어릴 때부터 계집애들 꽁무니나 쫓아다녔고, 거리의 불량소년이나 부랑아들과 함께 들과 산을 쏘다녔지요. 또 범죄자가 감옥을 두려워하듯 교회만 보면 도망쳤고요. 우리가 집에서 경건하게 기도하고 성스러운 설교집을 읽으며 신앙심을 돈독히 하는 동안, 형은 아버님을 졸라서 얻어 낸 돈을 마주친 첫 번째 거지의 모자에 던져 주었습니다. 그때 언젠가는 이런 날이 올 거라고 이미 제가 예측하지 않았던가요? 형이 회개할 의사가 있는 토비아[2]의 이야기보단 율리우스 카이사르[3]나 알렉산드로스 대왕,[4] 또 다른 무지몽매한 이교도의 모험담을 더 즐겨 읽을 때도 이런 날이 오리라고 제가 예견하지 않았던가요? 저는 아버님께 수없이 예언했습니다. 왜냐하면 형에 대한 저의 애정은 늘 효도의 한계 내에 있었기 때문이지요. 이 소년이 장차

---

2) 구약성서 외경 중 『토비트서』에 나오는 인물.
3) Julius Caesar(B. C. 100~B. C. 44). 로마의 장군·정치가·재무관·안찰관·법무관 등 여러 관직을 역임했으며, 폼페이우스·크라우스와 3두 동맹을 맺고 로마의 최고 관직인 콘솔이 되어, 국유지 분배 법안 등으로 민중의 지지를 얻었다. B. C. 58년 갈리아의 지방 장관이 되어 갈리아 전쟁을 수행했다. 또한 폼페이우스와의 전쟁으로 원로원 지배를 타도하며 1인 지배자가 되어 각종 사회 정책 및 역사의 개정 등의 개혁 사업을 추진했다. 그러나 이로 인해 왕위를 탐내는 자로 의심받아 브루투스에게 암살당했다.
4) 알렉산드로스 3세(Alexandros III, B. C. 356~B. C. 323)를 말한다. 필리포스 2세의 아들로 페르시아 제국을 무너뜨리고 마케도니아 군사력을 인도까지 진출시켰으며 지역 왕국들로 이루어진 헬레니즘 세계의 토대를 쌓았다. 유년기에 철학자 아리스토텔레스에게 가르침을 받았다. 20세에 아버지 필리포스 2세를 계승해 왕위에 올랐다. 그는 재위 기간 대부분을 서남아시아와 북아프리카 지역의 정복 활동으로 보냈다. 30세가 되었을 무렵에는 그리스를 시작으로 남쪽으로는 이집트, 동쪽으로는 인도 북서부에 이르는 대제국을 건설했다.

우리 모두를 불행과 치욕 속으로 몰아넣을 거라고요. 아, 형의 성이 모어가 아니라면! 그리고 저의 심장이 형을 위해 이토록 따뜻하게 고동치지 않으면 얼마나 좋겠습니까! 제가 떨쳐 버릴 수 없는 이 불경스러운 사랑이 저를 또 한 번 하느님의 심판을 받게 할 겁니다.

모어 백작 아, 나의 희망! 나의 황금빛 꿈!

프란츠 저는 그 말씀의 의미를 잘 압니다. 제가 방금 말씀드린 것이 바로 그 점입니다. 아버님은 입버릇처럼 말씀하셨지요. 이 아이의 가슴속에서 타오르는 불꽃 같은 정신은 위대함과 아름다움이 주는 온갖 매력에 아주 민감하게 반응하도록 만들어졌다고요. 자신의 영혼을 눈빛에 그대로 드러내는 솔직함, 다른 사람의 고통에 함께 눈물 흘리며 공감하는 다정다감한 마음, 수백 년 묵은 떡갈나무의 꼭대기까지 기어오르고 웅덩이나 울타리며 급류를 과감히 뛰어넘는 남자다운 용기, 어린아이 같은 야심, 결코 꺾이지 않는 고집, 형한테서 싹트는 이런 온갖 아름답고 빛나는 미덕으로 인해 형이 언젠가는 의리 있는 친구이자 모범적인 시민, 영웅이자 위대한 사나이 대장부가 될 거라고요. 그런데 이제 어떻게 되었는지 보십시오, 아버님! 불꽃 같은 정신이 자라고 가지를 뻗어 근사한 열매를 맺었습니다. 솔직함은 괘씸하게도 철면

피로 발전했고, 다정다감한 마음은 교태 짓는 여
자들에게 유혹당하고, 요부들의 손아귀에서 헤
어나지 못하는 결과를 낳았습니다. 그리고 불타
오르던 천재성은 어떻게 되었는지 보십시오! 육
년 만에 생명의 기름을 모조리 불태워 버리는 바
람에 형은 몸뚱이만 살아남아 떠돌고 있습니다.
그러니 사람들이 찾아와 뻔뻔스럽게 말하더군요.
그를 그렇게 만든 게 바로 사랑이라고요! 아! 갖
가지 계획을 짜내고 실행에 옮기던 대담무쌍한
그 두뇌를 좀 보십시오! 대도적 카르투슈5)나 하
워드6)의 영웅적인 행위마저 무색하게 만들지 않
습니까. 이처럼 젊은 나이에 벌써 이 정도인데 이
런 화려한 싹이 완전히 무르익으면 어떻게 될 것
같습니까? 어쩌면 아버님께서는, 숲의 고요한 성
소에 거주하면서 여행에 지친 나그네의 짐을 반
쯤 덜어 주는 도적단의 선두에 선 형의 모습을 보
게 될 기쁨을 누릴지도 모릅니다. 어쩌면 아버님
은 돌아가시기 전에 형이 하늘과 땅 사이에 세운
기념비에 참배하게 될지도 모르지요……. 아, 아버

---

5) 루이 도미니크 카르투슈(Louis Dominique Cartouche, 1693~1721). 18세
기 초 파리 및 인근 지역을 무대로 강도와 살인 행각을 벌이다 1721년 28살
의 나이로 파리 시내 그레브 광장에서 처형당한 도적단 두목.
6) 재커리 하워드(Zachary Howard). 문학 작품 속에 등장하는 영국의 도적
으로 1651년 처형당했다고 전해진다.

님, 아버님, 아버님. 그쯤 되면 아마 아버님의 성을 갈아야 할지도 모릅니다. 그렇지 않으면 잡상인이나 거리의 불량배들이 라이프치히 장터에 걸린 형의 초상화를 보고 와서 아버님에게 손가락질할 것입니다.

모어 백작 그런데 너마저, 프란츠, 너마저 이럴 테냐? 아, 내 자식들이! 너희가 내 가슴에 대못을 박다니!

프란츠 보시다시피 저도 재치 있게 말할 수 있습니다. 하지만 저의 재치 있는 말에는 전갈의 독침이 들어 있습니다. 이 멋없는 평범한 인간, 차갑고 목석같은 프란츠, 형이 아버님의 무릎에 앉아 있거나 아버님의 뺨을 꼬집을 때 그런 형과 비교해 저에게 붙여 주신 숱한 별명들……. 아버님은 다재다능한 형이 온 세상에 명성을 떨칠 때 저는 경계석을 넘어 보지 못한 채 죽고 문드러져 잊히고 말 거라고 말씀하셨지요. 아, 하늘이시여, 두 손 모아 감사드립니다! 이 차갑고 멋없고 목석같은 프란츠가 형 같은 인간이 아닌 것에 감사드립니다!

모어 백작 얘야, 날 용서해 다오! 계획이 엇나간 것을 안 아비에게 너무 화내지 말아라. 카를 때문에 내가 눈물을 쏟게 하신 하느님이 너 프란츠를 통해 그 눈물을 닦아 주실 게다.

프란츠 그렇습니다, 제가 아버님의 눈물을 닦아 드려야지요. 아버님의 아들 프란츠가 목숨을 바쳐서라도 아버님을 지켜 드리겠습니다. 아버님의 삶은 제가 하려는 일에 대해 무엇보다 자문을 구하는 신탁(神託)이고, 제가 모든 것을 비추어 보는 거울입니다. 아버님의 소중한 목숨이 걸린 문제라면 아무리 신성한 의무라도 기꺼이 내던지겠습니다. 이제 제 말을 믿으시겠지요?

모어 백작 아직 너에게 맡겨진 커다란 의무가 있다, 내 아들아……. 네가 지금까지 나를 위해 해 온 일과 앞으로 할 일에 대해 신의 가호가 있기를 빈다!

프란츠 그럼 이제 말씀해 주십시오. 만약 아버님께서 형을 아버님의 아들이라고 부를 수 없게 되더라도 행복하다고 할 수 있겠습니까?

모어 백작 그만, 오 그만하거라! 산파가 내게 그 아이를 넘겨주었을 때, 나는 하늘 높이 아기를 치켜들고 이렇게 외쳤단다. "나는 진정으로 행복한 사람이 아닌가?"

프란츠 그렇게 말씀하셨는데 이제 와서 어떻게 되었습니까? 아버님은 아무리 미천한 농부라 해도 형 같은 아들을 두지 않았다면 부러우실 겁니다. 그런 자식을 두고 있는 한 불행이 그칠 날이 없을 겁니다. 또한 이 불행은 카를과 함께 자라나서 결국 아버님의 삶을 파괴할 겁니다.

모어 백작 아! 그 녀석이 나를 팔십 노인으로 만들었어.

프란츠 정 그러시다면…… 차라리 그런 자식과는 부자지간의 연을 끊는 게 어떨까요?

모어 백작   (놀라 펄쩍 뛰며) 프란츠! 프란츠! 너 그게 무슨 말이냐?

프란츠   아버님이 이토록 상심하는 것은 형을 너무 사랑하시기 때문이 아닌가요? 사랑하는 그런 마음만 접으신다면 형은 아버님께 존재하지 않는 거나 다름없습니다. 그런 천벌받고 저주받을 사랑만 없다면 형은 아버님께 죽은 인간이나 마찬가지입니다. 아예 태어나지도 않은 셈이지요. 우리를 부자 지간으로 만들어 주는 것은 피와 살이 아니라 마음입니다. 아무리 아버님의 살을 떼어 내 형을 만들었다 해도 더 이상 사랑하지 않는다면, 그런 변종(變種)은 더 이상 아버님의 아들이 아닙니다. 지금까지 형은 아버님께 눈동자와 같은 존재였습니다. 그런데 성서에도 쓰여 있지 않습니까. 네 눈이 죄를 짓게 하거든 그 눈을 뽑아 버려라. 두 눈을 가지고 지옥에 들어가는 것보단 차라리 애꾸눈이 되더라도 하느님 나라에 들어가는 편이 나을 것이라고요.[7] 아버지와 아들이 같이 지옥에

---

7) 마가복음 9장 43∼49절. "손이 죄를 짓게 하거든 그 손을 찍어 버려라. 두 손을 가지고 꺼지지 않는 지옥의 불 속에 들어가는 것보다는 불구의 몸이 되더라도 영원한 생명에 들어가는 편이 나을 것이다. 발이 죄를 짓게 하거든 그 발을 찍어 버려라. 두 발을 가지고 지옥에 던져지는 것보다는 절름발이가 되더라도 영원한 생명에 들어가는 편이 나을 것이다. 또 눈이 죄를

떨어지느니 차라리 자식 없이 하느님 나라에 들어가는 것이 더 나을 것입니다. 성서에 그렇게 나와 있습니다!

모어 백작 넌 내가 내 아들을 저주하길 바라는 게냐?

프란츠 아닙니다, 그렇지 않습니다! 아버님 아들을 저주해서는 안 됩니다. 그러나 아버님이 생명을 주신 아들을 어떻게 하실 작정입니까. 아버님의 명을 재촉하려고 온갖 교묘한 짓거리를 생각해 내는데 말입니다.

모어 백작 오, 너무나 지당한 말이구나! 이것은 하느님께서 내게 내리시는 심판이다. 하느님이 그 녀석을 도구로서 선택하신 거야!

프란츠 보시다시피, 아버님께서 총애하시는 아들이 아버님에게 얼마나 철없이 행동하고 있습니까? 아버님의 애정을 빌미로 아버님의 목을 조르고, 아버님의 사랑을 빌미 삼아 아버님을 살해하고 있습니다. 아버님의 인생을 끝장내기 위해 아버님의 자애로운 마음조차 농락하였습니다. 아버님이 계시지 않는다면 아버님의 재산을 손아귀에 넣고 마음대로 주무를 겁니다. 둑이 사라지면 형의 욕

___

짓게 하거든 그 눈을 뽑아 버려라. 두 눈을 가지고 지옥에 들어가는 것보다는 애꾸눈이 되더라도 하느님 나라에 들어가는 편이 나을 것이다. 지옥에서는 그들을 파먹는 구더기도 죽지 않고 불도 꺼지지 않는다. 누구나 다 불 소금에 절여질 것이다."

망은 걷잡을 수 없이 날뛸 겁니다. 형의 입장에서 한번 생각해 보십시오! 아버님과 저를 땅속에 묻고 싶은 마음이 얼마나 간절하겠습니까! 우리 두 사람이 자신의 방탕한 생활을 완강하게 가로막고 있으니까요. 이것이 사랑에 대한 보답인가요? 이것이 부정(父情)에 대한 자식 된 도리인가요? 한순간의 음탕한 욕정을 위해 아버님의 목숨을 십 년이나 앞당겨야겠습니까? 칠백 년 동안이나 어떤 오점도 없었던 조상들의 명예를 단 일 분간의 쾌락을 위해 위태롭게 해야 합니까? 그런데도 형을 아버님의 자식이라고 하실 겁니까? 대답해 보십시오! 그래도 아버님의 자식이라 하실 건가요?

모어 백작   참으로 고약한 자식이구나! 아! 그래도 내 자식이지! 그래도 내 자식이란 말이야!

프란츠   아버지를 없애려고 온갖 궁리를 하는데도 참으로 사랑스럽고 소중한 자식이겠습니다…… 아, 아버님은 사태를 명료하게 파악하는 법을 배울 수 있을 텐데요! 아직도 실상을 깨닫지 못하시다니요! 아버님이 관대히 넘기시니까 더욱 방탕해지는 겁니다. 아버님이 이렇게 감싸고 돈다면 형은 자신의 행동이 옳은 줄 알 겁니다. 물론 아버님은 형에게 내려진 저주를 거두어 주려는 것이겠지만, 영겁의 벌인 그 저주는 바로 아버님께 떨어질 것입니다.

모어 백작	옳은 말이다! 참으로 옳은 말이다! 모든 게 다 내 잘못이다.
프란츠	환락의 잔에 흠뻑 취했다가도 고통을 통해 개과천선한 사람이 부지기수입니다. 무절제한 생활에 따르는 육체의 고통은 하느님의 뜻을 암시해 주는 것이 아닐까요? 인간이 잔혹한 애정을 줌으로써 감히 하느님의 뜻을 왜곡해야겠습니까? 자신에게 맡겨진 담보물을 아버님이 영원히 파멸시켜야겠습니까? 아버님, 생각 좀 해 보십시오. 얼마 동안 그 아들을 비참한 상태에 내버려 두면 혹시 마음을 고쳐먹고 더 나아지지 않을까요? 아니면 비참한 상태라는 혹독한 시련을 겪고서도 끝내 불한당으로 남아 있을지도 모릅니다. 그런 경우에는…… 자식을 응석받이로 키움으로써 드높은 지혜인 신의 의지를 저버린 아버님께 화가 있을 겁니다! 아버님, 이제 어떡하시겠습니까?
모어 백작	이제부턴 그 애한테서 손을 떼겠다고 편지 쓰마.
프란츠	옳고 현명한 처사이십니다.
모어 백작	그리고 다시는 내 눈앞에 얼씬거리지 말라고 해야겠다.
프란츠	그러면 분명 효과가 좋을 겁니다.
모어 백작	(애정 어린 표정으로) 그 애가 달라지기 전까지는 말이다!
프란츠	뭐 좋습니다, 좋고말고요. 그런데 형이 위선자의

가면을 쓰고 나타나, 아버님의 동정을 사기 위해 울고불고 매달리며, 온갖 감언이설을 늘어놓을 수 있습니다. 그러다가 용서를 받으면 바로 다음 날 달아나 매춘부의 품에 안긴 채 아버님의 나약한 마음을 비웃으면 어떡합니까? 안 됩니다, 아버님! 자기 양심에 거리낄 게 없다면 형은 자발적으로 돌아와야 할 겁니다.

모어 백작 이 자리에서 당장 그렇게 편지를 쓰마.

프란츠 잠깐만요! 한 말씀만 더 드리겠습니다, 아버님! 격노하신 나머지 편지에 너무 심한 말을 써서 형의 마음을 갈가리 찢어 놓으실까 걱정됩니다. 게다가…… 아버님이 손수 편지를 쓰신다면 형이 이를 용서의 표시로 받아들일 우려가 있지 않을까요? 그러니 편지 쓰는 일은 저에게 맡겨 두시는 편이 더 나을 듯합니다.

모어 백작 그럼 네가 쓰도록 해라, 얘야……. 아! 내가 그런 편지를 쓰다간 내 가슴이 찢어질지도 모르겠다! 그러니 네가 쓰도록 해라…….

프란츠 (재빨리) 그럼 그렇게 하기로 결정한 것이지요?

모어 백작 내가 밤마다 잠 못 이루고 피눈물을 흘린다고 쓰거라……. 그렇다고 내 아들이 절망감에 빠지게 하지는 말아라!

프란츠 아버님, 침대에 좀 누우시는 것이 어떻겠습니까? 몹시 피곤해 보이시네요.

모어 백작	그리고 이 아비의 마음도 좀 전해 주어라……. 또 한 번 말하지만 그 아이가 절망감에 빠지게 하지는 말아라. (슬픈 표정으로 퇴장한다.)
프란츠	(아버지의 뒷모습을 지켜보며 소리 내어 웃는다.) 노인장, 마음 푹 놓으시지. 다시는 그 인간을 가슴에 안아 볼 일 없을 테니. 그에게 가는 길은 지옥의 하늘처럼 꽉 막혀 있으니까. 그 인간은 노인장의 품에서 떨어져 나갔어. 노인장이 그를 가슴에 안으려 할 수 있다는 것을 스스로 깨닫기 전에 말이야. 설사 쇠줄로 묶어 놓았다 해도 내가 아버지의 마음에서 아들 하나쯤 떼어 놓지 못한다면 한심한 얼간이가 아니겠나. 내가 저주를 걸어 절대로 뛰어넘지 못할 마법의 동그라미를 아버지 주위에 그려 놓았거든. 프란츠에게 행운이 있기를! 총애하는 자식이 사라졌고, 숲은 더 환해졌어. 이 종잇조각들은 잘 챙겨야지. 자칫하다간 내가 쓴 편지란 것이 탄로 날 수 있으니까. (찢어진 종잇조각을 주워 모은다.) 저 노인네도 원통한 나머지 곧 죽고 말겠지. 그리고 그녀가 죽기 살기로 카를에게 매달리더라도 그녀의 마음을 그에게서 떼어 놓아야 해.

내게는 자연에 대해 화낼 권리가 엄연히 있어. 맹세코, 그 권리를 행사하고 말 테야! 나는 왜 어머니 배 속에서 장남으로 태어나지 않았단 말인가?

왜 외아들로 태어나지 않았단 말인가? 왜 자연은 내게 이런 흉한 모습을 부여했는가? 하필이면 내게? 자연은 나를 자투리로 만든 것 같지 않은가? 왜 하필이면 이런 라플란드[8]인의 코를 붙여 주었고, 이런 무어인[9]의 입에 호텐토트[10]의 눈을 달아 주었단 말인가? 정말이지 온갖 인종의 추악한 면만 모아서 아무렇게나 만든 것 같지 않은가. 빌어먹을! 누가 저 인간에게는 그런 모습을 부여하고, 나한테는 그러지 않을 절대 권한을 자연에게 부여했단 말인가? 태어나기도 전에 자연의 비위를 맞추거나, 만들어지기도 전에 자연을 모욕할 수 있단 말인가? 왜 자연은 이렇게 불공평하게 일을 한단 말인가?

아니지! 아니야! 자연을 부당하게 평가해서는 안 되지. 자연은 우리에게 창의력을 주고, 세상이라는 이 대양의 해안에 벌거벗은 가련한 몸의 우리를 내동댕이쳤어. 헤엄칠 줄 아는 놈은 헤엄쳐 살아나고, 헤엄치는 솜씨가 어설픈 놈은 그냥 빠져 죽으라는 게지! 자연은 내게 아무것도 주지 않았어. 내가 어떻게 되든 순전히 나 자신의 문제야. 누구든 가장 위대한 자나, 가장 하찮은 자가 될

---

8) 스칸디나비아반도의 북부에 위치한 지방.
9) 서북아프리카의 이슬람교 원주민.
10) 남아프리카의 미개 종족.

동등한 권리가 있어. 요구는 요구에, 충동은 충동에, 힘은 힘에 부딪혀 파멸하는 거야. 권리란 힘있는 자에게나 있는 것이고, 우리의 법이란 우리의 힘을 가로막는 울타리인 셈이지.

물론 세계가 순조롭게 돌아가도록 우리가 맺은 공동 계약이 있긴 하지. 명성! 정말이지 그것이야말로 제대로 이용할 줄 아는 자가 엄청난 이득을 취할 수 있는 두둑한 자산이 되지. 양심! 오, 그래, 물론이고말고! 벗나무에 앉은 참새를 쫓을 때 쓰는 제법 쓸모 있는 허수아비이지. 또한 파산한 자가 임시방편으로 끊어 주는 그럴듯한 어음 같은 것이기도 하지!

실은 영리한 자들이 더욱 뱃속 편하게 지내기 위해 멍청이들을 함부로 굴지 못하게 하고 비천한 자들을 꼼짝 못 하게 하는 꽤나 칭찬할 만한 수단이지! 까놓고 말하면 참으로 웃기는 수단이야! 토끼들이 단 한 마리도 밭을 넘어오지 못하게 농부들이 머리 굴려 울타리를 쳐 놓는 격이라니까! 하지만 지체 높으신 나리께서는 가라말[11]에 박차를 가해 곡식 밭을 뛰어넘고는 마구 내달린단 말이야.

토끼만 불쌍하지! 이 세상에서 토끼로 살아간다

---

11) 털빛이 새까만 말.

는 것은 비참한 노릇이야. 하지만 지체 높으신 나리에게는 도끼가 필요한 법이지!

그러니 기운차게 뛰어넘는 거야! 두려움을 모르는 자는 세상 사람 모두가 겁내는 자만큼이나 막강한 것이지! 요새는 바지를 마음대로 늘였다 줄였다 할 수 있는 죔쇠를 다는 것이 유행이야. 그러니 나도 불어나는 몸에 따라 죔쇠로 조절할 수 있게 양심도 최신 유행을 따라 맞춰야겠어. 어떻게 하면 그렇게 할 수 있을까? 양복장이한테 가야지! 나는 이른바 혈육의 정이니 뭐니 하며 이러쿵저러쿵 떠드는 소리를 들어 왔어. 착실한 가장이라도 그런 소리를 들으면 머리가 지끈거리겠지. 이 사람이 너의 형이다! 이게 무슨 말인고 하니, 너하고 같은 가마에서 구워졌으니 그는 너에게 거룩한 존재라는 뜻이지! 하지만 이것이야말로 억지 논리가 아니겠어. 몸이 바로 가까이 있으니 정신도 조화를 이룰 테고, 사실 고향이 같으니 느낌도 같을 것이며, 같은 음식을 먹으니 취향도 같을 거라는 우스꽝스러운 추론이지.

어디 그뿐인가. 이 사람이 너의 아버지다! 이 사람이 네게 생명을 주었고, 너는 그의 피요 살이다. 그러니 그는 네게 거룩한 존재이다. 이 또한 얼마나 교활한 논리인가! 나는 그가 나를 만든 이유를 묻고 싶은 것이다. 미처 자아도 갖추지 못한 나를 사랑해서 만든 것은 아니지 않은가! 그가 나를 만들기 전에 나라는 인간을 미리 알았단 말인가? 아니면 나를 어떻게 만들까 미리 생각해 보았단 말인가? 아니면 나를 만들었다 해서 원해서 만들었다고 할 수 있단 말인가? 내가 어떤 인간이 될지 미리 알았단 말인가? 그런 것을 알아 맞히고 싶은 생각은 없다. 그랬다간 나를 만든 것에 대해 아버지를 벌주고 싶은 생각이 들지 않을까? 사내로 태어나게 해 준 것에 아버지에게 고마워해야 할까?

내가 계집애로 태어났다 해서 불평할 수 없듯이 사내아이로 태어났다고 해서 고마워할 것도 없다. 나 자신을 존중하지 않는 것에 기초한 사랑을 과연 인정할 수 있단 말인가? 내가 생겨나야 나를 존중할 수 있는 거지, 아직 생겨나지도 않은 나를 존중할 수 있단 말인가? 그렇다면 대체 거룩한 점은 어디에 있단 말인가? 나를 만든 행위 그 자체에 있는 것인가? 그것이 동물적인 욕망을 채우기 위한 과정과 뭐가 다르단 말인가! 아니면 피할 수 없는 필연에 지나지 않는 그 행위의 결과에 있단 말인가? 피와 살을 섞어 일어난 일이 아니라면 그런 필연성 따위는 없어지기를 바랄 것이다.

가령 아버지가 나를 사랑한다고 해서 내가 다정한 말을 해 줘야 한단 말인가? 그것은 아버지의 히영심이고, 자신이 만든 작품이면 아무리 볼품 없다 해도 자랑스레 생각하는 모든 예술가가 지칫 저지르기 쉬운 죄악이야. 그러니 알다시피, 그런 것은 우리의 두려움을 악용하여 거룩한 것인 양 연막을 치는 마술 짓거리일 뿐이야. 어린아이처럼 나도 그런 술수에 말려들 것 같으냐?

그러니 기운을 내라! 용감하게 행동을 개시해라! 내가 군주가 되지 못하게 앞을 가로막는 것이면 뭐든지 때려 부술 작정이다. 내가 보기에 아니꼬운 것은 어떻게든 강제로 빼앗는 군주가 되어야지. (퇴장한다.)

2장

작센의 변경에 있는 어느 주막.

카를 폰 모어는 책 읽는 데 몰두해 있고, 슈피겔베르크는 탁자에서 술을 마시고 있다.

　　카를　　(책을 옆으로 치우며) 플루타르크 영웅전에 나오는 영웅들 이야기를 읽다 보면 요즘처럼 삼류 작가들이 설치는 세상이 구역질이 난다니까.

슈피겔베르크　　(카를에게 술잔을 하나 놓아 주고 자신도 술을 마신다.) 자네가 읽어야 할 책은 요세푸스[12]야.

---

12) 플라비우스 요세푸스(Flavius Josephus, A. D. 37/38~100년경). 예루살렘에서 태어나 로마에서 사망한 유대인 학자, 역사가 겸 제사장. 66~70년에 일어난 유대인 반란과 고대 유대교의 역사에 관한 중요한 책들을 썼다. 주

카를　프로메테우스의 활활 타오르던 불꽃은 꺼져 버리고, 사람들은 그 대용품으로 석송(石松)[13] 가루 불꽃을 사용하고 있어. 담뱃불도 붙일 수 없는 무대용 불 말일세. 그들은 쥐새끼처럼 헤라클레스의 몽둥이 위를 기어다니고, 두개골의 척수를 빼내 고환 속에 뭐가 들었는지 연구한다네.

프랑스의 어느 신부는 알렉산드로스 대왕이 겁쟁이였다고 설교하고, 폐병 걸린 어느 대학교수는 말을 한마디 할 때마다 코끝에 암모니아수 병을 갖다 대는 주제에 힘에 대한 강의를 늘어놓는다네. 애 하나 만들면서 녹초가 되는 녀석들이 한니발의 전술에 대해 이러쿵저러쿵 힐뜯고…….
머리에 피도 안 마른 애송이들이 어디서 주워들은 칸나이 전투[14]에서 나온 문구를 떠벌리고, 스키피오[15]의 승리를 놓고 이런저런 말다툼을 벌인다네.

요 저서로 『유대 전쟁사』, 『유대 고대사』, 『아피온을 반박함』 등이 있다.
13) 과거 무대에서 석송 가루는 불꽃의 섬광제로 이용되었다.
14) 칸나이 전투는 2차 포에니 전쟁 중인 기원전 216년에 이탈리아 중부의 칸나이 평원에서 로마 공화정군과 카르타고군 사이에 벌어진 전투이다. 이 전투에서 한니발이 지휘하는 카르타고군은 완벽한 포위 작전으로 로마군을 전멸시켰다.
15) 푸블리우스 코르넬리우스 스키피오 아프리카누스(Publius Cornelius Scipio Africanus, B. C. 236~B. C. 184). 고대 로마의 장군이자 정치가로 2차 포에니 전쟁에서 한니발을 격파하여 전쟁을 종결시켰다.

슈피겔베르크   참으로 진부한 이야기로군.

카를   전쟁터에서 땀 흘린 대가로 그들은 이제 중고등학
교 역사책에서나 겨우 명맥을 이어 가고, 그들의
불후의 이름은 책을 매는 끈에 간신히 끌려 다니
고 있어. 헛되이 흘린 피의 값비싼 대가는 뉘른베
르크 잡상인의 과자 봉지가 되었지. 또는 운이 좋
으면 어느 프랑스 비극 작가에 의해 과장되게 부
풀려져 철삿줄로 조종당하는 신세가 되었다네.
하하하!

슈피겔베르크   (술을 마시며) 요세푸스를 읽어 보게. 간절히 부
탁하네!

카를   튀! 축 늘어진 거세된 시대일세, 젠장. 지나간 시
절의 행적이나 되새길 뿐 아무짝에도 쓸모없어.
그리고 이런저런 주석을 달아 고대 영웅들을 욕
보이고, 비극으로 만들어 망쳐 버릴 뿐이야. 허리
부위의 힘이 완전히 고갈되어 버렸어. 그러니 이
제 맥주용 효모의 힘이라도 빌려 종족을 번식시
켜야 할 걸세.

슈피겔베르크   차(茶)의 힘을 빌려야 할 걸세, 이보게! 차의 힘
이라고!

카를   그들은 조악한 관습으로 건강한 본성을 막아 버
리지. 건강을 위해 마셔야 하니 술 한 잔 비울 용
기도 없는 인간들이라네. 높으신 분의 은총으로
자기들 이익을 대변해 주면 구두닦이한테도 굽실

거리지만, 겁날 것 없는 불쌍한 녀석은 마구 짓밟
는다네. 점심 한 끼 얻어먹겠다고 서로를 극구 칭
찬하는가 하면, 경매에 나온 얇은 깃털 이불 하
나 때문에 서로를 독살하고 싶어 한다네. 교회에
열심히 나가지 않는다고 사두개파[16]를 비난하면
서, 그들 자신은 제단 옆에서 높은 이자를 따진다
네. 긴 옷자락을 펼칠 수 있도록 무릎을 꿇고, 가
발 손질을 어떻게 했나 보려고 신부(神父)에게서
시선을 떼지 않네. 거위 한 마리가 피 흘리는 것
을 보고도 실신하는 주제에, 자신의 적수가 증권
거래소에서 파산하는 것을 보고는 기뻐서 손뼉
을 친다네. 내가 녀석들 손을 부여잡고 단 하루
만 봐 달라 애원해도 아무 소용없었어! 개와 함
께 감옥에 들어가라지! 애원하고 맹세하며 눈물
을 흘려도 아무 소용없었어! (바닥을 쿵쿵 구른다.)
빌어먹을!

---

16) 유대교 제사장을 중심으로 한 유대교의 한 조류. 사두개파는 모세 오경
으로만 국한된 모세 법에 배타적으로 집착하고, 바리새파 사람들이 받아들
인 온갖 주석과 전승들을 거부했다는 점에서 그들과 구별된다. 사두개파는
특히 천사나 악마의 존재뿐만 아니라 부활 사상과 내세에서의 보상이라는
생각도 받아들이지 않았다. 세례자 요한은 그들을 '독사의 족속들'로 취급
했다. 정치적으로는 로마 제국에 우호적인 모습을 보이면서 정치적, 종교적,
경제적인 기득권을 누린 친로마파였다. 그러나 사두개파들의 활동무대였던
예루살렘이 유대 독립전쟁으로 붕괴하면서 이들은 역사 속으로 사라지게
된다.

슈피겔베르크   그것도 고작 몇천 두카텐[17] 때문이라니…….

카를   아니, 그런 생각은 하기도 싫네. 내 몸을 죔쇠로 옭아매고, 내 의지를 법으로 꽁꽁 묶어야겠어. 법이란 독수리처럼 나는 것을 달팽이처럼 기게 만드는 걸세. 법은 지금껏 위대한 남자를 만들어 낸 적이 없었어. 하지만 자유는 거대한 인간과 비범한 인간을 길러 낸다네. 그들은 폭군의 뱃가죽 속에 방책을 치고 앉아, 그의 위장의 비위를 맞추고 그의 방귀 냄새에 옴짝달싹 못 하지. 아! 헤르만[18]의 정신이 아직 재 속에서 꺼지지 않고 희미하게 타오르고 있는가! 나와 뜻을 같이하는 녀석들 무리의 선두에 서서 독일을 공화국으로 만들어 놓을 텐데. 로마와 스파르타는 수녀원처럼 보

---

17) 옛 유럽의 금화.

18) Hermann der Cherusker(B.C. 17~A.D. 21). 로마의 바루스 장군의 군단을 물리치고 게르만 민족의 독립을 지킨 고대 독일의 영웅. 극작가 클라이스트의 희곡 『헤르만 전사』는 그를 주인공으로 다루고 있다. 토이토부르크 숲 전투에서 패배함에 따라 로마 제국은 라인강 동부의 영토를 모두 잃었다. 바루스는 결혼을 통해 아우구스투스 황제와 인척 관계를 맺어 집정관과 속주의 부총독에 올라 막대한 부를 축적했다. B.C. 4년 헤롯 1세가 죽은 후 유대에서 반란이 일어났을 때 반란 세력을 분쇄하고 로마의 직접 통치를 재건했다. A.D. 9년, 먼 곳에 있던 부족이 반란을 일으켰다는 거짓 정보에 속은 바루스는 봉기 진압을 위해 군단을 이끌고 토이토부르크 숲으로 들어갔으나, 게르만족은 이곳에서 로마군을 기다리고 있었다. 3일간 계속된 전투에서 로마군은 전멸되었고, 3개 군단을 잃은 바루스는 자기 칼 위에 엎어져 자살했다.

이게 할 공화국으로. (칼을 탁자 위에 내던지며 자리에서 일어선다.)

슈피겔베르크   (벌떡 일어나며) 멋있어! 정말 멋있어! 자네 말을 들으니 마침 생각나는 게 있네. 모어, 자네에게만 슬쩍 귀띔해 주겠네. 이미 오랫동안 품어 온 생각인데, 그 일에 자네가 적격일세. 자 마시게, 동지, 어서 마시라고. 만약 우리가 유대인이 되어 예루살렘 왕국을 다시 의제에 올린다면 어떻겠나?

카를   (목청껏 크게 소리 내어 웃는다.) 아하! 이제 알겠네, 이제야 알겠어. 이발사가 벌써 자네의 그것을 잘라 버렸으니 할례를 못 하게 하자는 거지?

슈피겔베르크   자네 것이나 자르라고, 이런 곰탱이 같은 녀석! 내 것은 놀랍게도 벌써 미리 잘려 있단 말이야. 하지만 말해 보게, 교활하고 대담한 계획 아닌가? 우선 온 사방에 격문을 띄워, 돼지고기를 먹지 않는 자들을 모두 팔레스타인으로 불러 모으는 거야. 그러면 나는 반박할 수 없게 서류를 꾸며 유대의 분봉왕 헤롯[19]이 나의 직계 조상이었음을 증명하는 것 등의 일을 하는 거야. 그들이 돌아와 다시 그들의 땅으로 회복시켜 예루살렘을 재건할

---

19) 헤롯 안티파스(Herod Antipas, A.D. 4~39). 헤롯 대왕과 그의 사마리아인 아내 말다스 사이에서 태어난 아들로, 그는 예수가 사역할 당시 갈릴리와 베레아 지방의 분봉왕이었다.

수 있다면, 이보게, 승리의 환호성이 일 걸세. 쇠
뿔도 단김에 빼라고, 터키인을 단숨에 아시아에
서 싹 몰아내는 거야. 그리고 레바논삼나무를 베
어 배를 만들고 온 국민이 전 세계에 옛날 레이스
와 버클을 팔아 큰돈을 버는 거야. 그러는 동안
에…….

카를 (미소를 지으며 슈피겔베르크의 손을 잡는다.) 동지!
그런 어리석은 짓거리는 이제 그만하게.

슈피겔베르크 (어리둥절한 표정을 지으며) 쳇, 설마 집 나간 탕
자 행세를 하려는 것은 아니겠지! 윤년에 법원의
대리인 세 명이 강제 집행장에 써넣은 것보다 더
많이 사람들 얼굴에 칼자국을 낸 자네가 아닌가!
결국 죽고 만 자네의 개 사건을 다시 들추어 볼까?
하긴! 자네가 여간해선 감격하지 않는 사람이긴
해도 그때 자네의 모습을 떠올리기만 하면 혈관
속의 피가 끓어오를 걸세. 관청의 높은 분들이 어
쩌다 자네 불도그의 다리를 쏘게 되자, 자넨 그 보
복으로 온 시내에 육식을 금한다는 방을 써 붙이
게 했지. 사람들은 자네의 훈령을 읽고 인상을 찌
푸렸지만, 자넨 지체 없이 L. 시의 고기를 모조리
사들였지. 그 결과 불과 여덟 시간 만에 인근에는
뜯어 먹을 뼈다귀 하나 남지 않게 되었고, 생선
값이 덩달아 폭등하기 시작했지. 그러자 시청과
시민이 복수하려고 온갖 궁리를 하지 않았나.

그러는 중에 우리들 천칠백 명이 기운차게 거리로
니 섰지. 자네가 앞장을 섰고, 백정, 양복장이, 소
매상인, 여관 주인, 이발사, 그리고 온갖 동업 조
합원이 그 뒤를 따랐지. 우리 젊은이들의 머리털
하나만 건드려도 시내를 쑥대밭으로 만들어 버리
겠다고 엄포를 놓았지. 그런데도 일은 허사로 끝
났고, 우리는 맥없이 물러서야 했어. 자넨 의사란
의사는 다 불러 모으고 개의 처방전을 써 주는
사람에게 3두카텐을 주겠다고 제안했어. 우린 의
사들이 체면 때문에 못 하겠단 경우를 대비해서
강제 수단까지 미리 마련해 두었지. 하지만 의사
들이 서로 3두카텐을 차지하겠다고 치고받고 싸
우는 바람에 그럴 필요가 없었어. 결국 값이 내려
가 3바첸으로 낙찰되었지. 한 시간 만에 처방전이
열두 개나 들어왔는데도 그 개는 얼마 뒤 결국 죽
고 말았어.

카를　　정말 파렴치한 녀석들이었어!

슈피겔베르크　　그러고 나서 개의 장례식이 성대하게 치러졌어.
개의 죽음을 애도하는 노래도 무척 많이 불렀지.
밤이 되자 우리들 천여 명이 양손에 등불과 칼을
들고 종소리와 방울 소리 울리며 시내를 누빈 뒤
그 개를 매장했지. 그런 다음 날이 밝아 올 때까
지 잔치를 벌였어. 자넨 조문객들이 진심으로 조
의를 표한 것에 감사의 뜻을 전하고, 고기를 반값

에 팔도록 했지. 맹세코, 그때 우리는 점령당한 성채의 수비병처럼 자네를 존경의 눈으로 바라보았다네.

카를   그런 일을 떠벌리는 게 부끄럽지도 않나? 이젠 그런 어리석은 짓거리를 부끄럽게 여길 수치심조차 없단 말인가?

슈피겔베르크   아니 왜 이러나! 말도 안 돼! 이제 옛날의 카를 모어가 아니군. 자네가 술병을 들고 그 구두쇠 영감을 조롱하며 골백번이나 이렇게 말하지 않았는가. "닥치는 대로 돈을 박박 긁어모으세요. 그 대신 나는 술이나 실컷 마시겠소." 아직도 기억나나? 아직도 기억나는가? 아, 이런 구제 불능의 한심한 허풍선이 같으니! 그토록 남자답게 떠들고 귀족답게 말하더니, 하지만…….

카를   이런 제기랄, 그런 일을 다시 상기시키다니! 그런 말을 한 나 자신이 원망스럽군! 그냥 술기운에 한 말이었어. 내 혀가 마음대로 떠벌렸을 뿐 내 마음은 듣지 못했네.

슈피겔베르크   (고개를 설레설레 저으며) 아니, 아니, 아니야! 그럴 리 없어. 있을 수 없는 일이야, 이보게. 설마 그 말이 진심은 아니겠지. 말해 보게, 이봐, 지금 처지가 좋지 않아 그러는 건가? 내 어렸을 때 얘길 들려줄 테니 들어 보게. 우리 집 옆에 도랑이 하나 있었는데 너비가 8피트는 좋이 되었지. 우리 사내 녀석들은 그걸 뛰어넘는 시합을 하곤 했었네. 그런데 막상 해 보니 어림도 없었어. 풍덩! 도랑에 빠지면 야유하며 크게 웃는 소리와 함께 눈뭉치가 마구 날아왔어. 우리 옆집에는 사슬에 매놓은 사냥꾼의 개 한 마리가 있었는데, 어찌나 물기를 잘하는지 아무 생각 없이 너무 가까이 옆을 지나가는 계집애들의 치맛자락을 번개처럼 물어뜯곤 했지. 시도 때도 없이 그놈을 놀려 대는 것이 얼마나 재미있었는지 몰라. 그 녀석이 잔뜩 약이 올라 나를 노려보며 덤벼들려는 모습을 보면 웃다가 숨이 넘어갈 정도였어.

그러다가 어떻게 되었는지 아는가? 한번은 그 개를 실컷 약 올리다가 돌멩이로 녀석의 옆구리를 세게 맞혔지. 그 녀석은 분을 이기지 못해 쇠사슬을 끊고 나한테 달려들지 뭔가. 나는 걸음아 나 살려라 줄행랑을 쳤다네. 그런데 맙소사! 빌어먹을 그 도랑이 앞을 가로막고 있는 거야! 그러니 어떡하겠나? 개는 으르렁거리며 바싹 뒤쫓아 왔고, 에라 모르겠다, 나는 눈 질끈 감고 풀쩍 뛰었지 뭔가. 그랬더니 도랑을 거뜬히 뛰어넘은 거야. 그렇게 건너뛰어 목숨을 건졌지, 그렇지 않았더라면 그 야수한테 갈가리 찢겨 죽고 말았을 거야.

카를 그래서 어쨌다는 건가?

슈피겔베르크 내 말은…… 궁지에 몰리면 힘이 생긴다는 말

을 해 주려는 거야. 그래서 나는 아무리 최악의
사태가 닥쳐도 절대 겁먹지 않네. 나는 위험에 처
할수록 용기가 생기고, 절박한 상황에 몰릴수록
힘이 샘솟는다네. 운명이 그토록 얄궂게 내 앞길
을 가로막는 걸 보면 나를 위대한 인물로 만들려
는 모양이지.

카를 (화를 내며) 무엇 때문에 우리에게 용기가 더 필요
한지 모르겠어. 언제는 용기가 없었단 말인가.

슈피겔베르크 그래? 그렇다면 자넨 자네의 재능을 그대로 묵
혀 둘 셈인가? 자네의 재능을 그대로 썩혀 둘 셈
이냐고? 라이프치히에서 벌인 자네의 장난질이
인간이 할 수 있는 익살의 한계라고 생각하는 건
가? 우리 이제 더 넓은 세상으로 나가 보는 게 어
떻겠나? 파리나 런던으로 말이야! 그런 곳에서는
고지식하게 이름을 대며 인사했다가는 따귀나 맞
기 십상이라지. 그런 곳에 가서 일을 크게 한판
벌이는 것도 무척 신나지 않겠나. 아마 자네 입이
떡 벌어질 거야! 또 자네 눈이 휘둥그레질 걸세!
두고 보게. 남의 필적을 위조하고 노름판에서 속
임수를 쓰고 자물쇠를 따고 가방 속에 든 물건을
슬쩍하는 기술들 말이야. 그것을 이 슈피겔베르
크가 다 가르쳐 주겠네! 손가락이 멀쩡한데도 굶
어 죽으려는 녀석들은 모조리 교수대에 보내 목
을 매달아야 한다고.

카를	(멍한 표정을 지으며) 뭐라고? 자네 실력이 그 정도란 말인가?
슈피겔베르크	내 능력을 못 믿는 모양인데. 좀 기다려 보게, 먼저 분위기가 무르익어야 하니까. 지금 머릿속을 빙빙 도는 지혜가 생겨나면 자네는 기적을 보게 될 걸세. 자네 머릿속의 조그만 뇌가 어지럽게 돌 거야. (흥분해 일어서며) 내 마음속이 환해지는구나! 내 영혼 속의 위대한 생각이 어렴풋이 드러나는구나! 나의 독창적인 머릿속에서 웅대한 계획이 부글부글 끓어오르는구나! 빌어먹을 기면증(嗜眠症) 같으니라구! (자신의 이마를 툭툭 치며) 지금껏 그 증세가 나의 힘을 쇠사슬로 꽁꽁 묶어 놓고, 내 시야를 가리며 막고 있었구나. 이제 눈떠보니, 내가 어떤 사람이고 어떤 사람이 되어야 하는지 느낄 수 있겠구나!
카를	자넨 바보야. 자네 머릿속에서 술이 허풍 치고 있는 거야.
슈피겔베르크	(더욱 흥분해서) 슈피겔베르크, 그대는 요술을 부릴 줄 아나요, 하고 세상 사람들이 물을 걸세. 슈피겔베르크, 그대가 장군이 되지 않은 것이 유감이야, 그랬더라면 오스트리아인들을 단숨에 무찔렀을 텐데, 하고 왕이 말할 걸세. 그래, 저분이 의학을 공부하지 않은 것은 무책임한 일이야, 그랬더라면 새로운 갑상선 종양 치료제를 발명했을

텐데, 하는 의사들의 한탄 소리가 들려. 아! 그가 재정학을 전공하지 않았다니, 그랬더라면 마법을 써서 돌로 루이 금화[20]를 만들어 냈을 텐데, 하고 내각의 국무위원들이 탄식할 거야. 그리고 동서양을 막론하고 슈피겔베르크의 명성이 자자할 거야. 슈피겔베르크가 날개를 활짝 펴고 사후에 명성이 길이 남을 신전으로 훨훨 날아오르는 동안 자네들 겁쟁이, 두꺼비 들은 진창에 고개를 처박고 있어야 할 걸세.

카를 자네의 앞길에 행운이 있길 비네! 치욕적인 형벌기둥[21]을 타고 명성의 꼭대기까지 올라가 보게나. 난 조상이 물려준 숲의 그늘에서 아말리아의 품에 안겨 고결한 기쁨을 맛보려 하네. 이미 지난주에 아버님께 용서를 비는 편지를 보냈다네. 아무리 사소한 일이라도 하나도 빼놓지 않고 소상히 말씀 드렸다네. 솔직히 털어놓으면 동정과 도움을 받게 마련이지. 이제 우리 작별 인사를 나누기로 하세. 오늘을 마지막으로 다시는 못 만날 걸세. 역마차가 도착했으니 우리 아버님의 용서의 편지도 벌써 성안에 도착했겠지.

---

20) 1640~1795년에 발행된 프랑스의 금화.
21) 사람들에게 보이기 위해 죄인을 묶어 두는 기둥.

(슈바이처, 그림, 롤러, 슈프테클레, 라츠만이 등장한다.)

롤러　　사람들이 우리 행방을 추적하고 있는 걸 자네들
　　　　도 알고 있겠지?

그림　　그러면 우리가 당장이라도 체포당할 수 있을 정
　　　　도로 안전하지 않다는 말인가?

카를　　새삼 놀랄 일이 아니지. 될 대로 되라는 수밖에!
　　　　자네들 슈바르츠 보지 못했나? 나한테 온 편지를
　　　　갖고 있다고 하지 않던가?

롤러　　아까부터 자네를 찾고 있던데. 그래 보였어.

카를　　슈바르츠가 어디, 어디 있는 거야? (그를 급히 찾
　　　　아 나서려 한다.)

롤러　　그냥 여기서 기다리게! 이리 오라고 일러두었거
　　　　든. 자네 떨고 있나?

카를　　떨지 않아. 떨긴 왜 떨겠어? 동지들, 바로 그 편지
　　　　야. 같이 기뻐해 주게나! 세상에서 가장 행복한
　　　　내가 무엇 때문에 떨겠나?

(슈바르츠, 등장한다.)

카를　　(슈바르츠에게 급히 다가간다.) 이보게, 이보게, 그
　　　　편지! 편지 이리 주게!

슈바르츠　(편지를 건네주자 카를이 서둘러 뜯는다.) 왜 그러
　　　　나? 왜 얼굴이 백지장처럼 하얘지지?

카를	내 동생이 보낸 편지야.
슈바르츠	슈피겔베르크는 대체 뭘 하고 있는 거야?
그림	저 녀석은 정신이 나갔어. 무도병(舞蹈病)[22]에 걸린 몸짓을 하고 있군.
슈프테를레	머릿속이 빙빙 돌아가는 모양이지. 시라도 짓는 중인가.
라츠만	슈피겔베르크! 어이, 슈피겔베르크! 저 짐승 같은 인간의 귀에 아무 소리도 안 들리나 봐.
그림	(슈피겔베르크를 잡고 흔든다.) 이봐! 꿈이라도 꾸는 건가, 아니면…… ?
슈피겔베르크	(구석에서 어떤 계획을 구상하는 사람처럼 손짓 몸짓을 하다가 별안간 벌떡 일어난다.) 돈지갑이냐, 목숨이냐! (슈바이처의 멱살을 움켜쥐자, 슈바이처는 태연히 그를 벽으로 밀쳐 낸다. 카를 모어가 편지를 바닥에 떨어뜨리고 밖으로 뛰쳐나간다. 다들 놀라 벌떡 일어난다.)
롤러	(카를 모어를 향해 소리친다.) 모어! 어딜 가는 거야, 모어? 뭘 하려는 거야?
그림	저 친구가 왜 저러는 거지, 왜 저러는 거야? 얼굴빛이 송장처럼 핼쑥하잖아.
슈바이처	뭔가 근사한 소식인 모양이지! 무슨 내용인지 좀

---

22) 손발 따위가 뜻대로 되지 않고 저절로 심하게 움직여, 마치 춤을 추는 듯한 모습이 되는 신경병. 물건을 움켜쥘 수 없다거나, 제대로 글을 쓰지 못하거나, 보행에 어려움을 겪는 것이 무도병의 가장 흔한 증상이다.

보자고!

롤러　(바닥에서 편지를 주워 들어 읽는다.) "불행한 형!" 처음부터 재미있게 시작하는데. "형님의 희망이 허사로 돌아갔음을 짧게 알려야겠어요. 형이 치욕적인 행위를 저질렀으니 그에 걸맞은 곳에 가서 대가를 치러야 한다고 아버님께서 말하라고 했어요. 또한 아버님의 발치에 엎드려 애걸하며 용서를 구할 생각은 아예 하지 말라고 하셨어요. 이곳 성탑의 가장 낮은 지하실에서 머리카락이 독수리의 깃털처럼 자라고 손톱이 새의 발톱처럼 자랄 때까지 빵과 물만으로 연명할 각오가 아니라면 말입니다. 이것은 아버님 말씀을 그대로 옮긴 것입니다. 아버님은 이것으로 편지를 끝내라고 분부하셨어요. 그럼 오래오래 잘 지내시길 바랍니다! 형의 처지를 안타깝게 여기면서……. 프란츠 폰 모어."

슈바르처　참으로 영악한 동생이로구먼! 원 세상에! 그 날강도 이름이 프란츠라고 했지?

슈피겔베르크　(슬며시 곁으로 다가와서) 물과 빵만으로 산다고 했나? 근사한 생활이군! 나는 자네들을 위해 좀 다른 것을 마련해 두었네! 누가 뭐래도 자네들 모두를 생각하는 사람은 나밖에 없다고 말하지 않았나?

슈바이처　저 숙맥이 뭐라고 떠드는 거야? 저 멍청이가 우리 모두를 위해 무슨 생각을 한다고?

슈피겔베르크　자네들은 모두 무언가 큰일을 해 볼 배포가 없
　　　　　는 겁쟁이, 등신, 다리 저는 개란 말인가?

롤러　그래, 물론 그럴지도 몰라. 자네 말이 옳아. 자네
　　　가 일을 감행하면 우리가 이 빌어먹을 상황에서
　　　벗어날 수 있다는 건가? 그게 가능한 일인가?

슈피겔베르크　(거만하게 큰 웃음을 터뜨리며) 이 가련한 멍청
　　　　　아! 이 상황에서 벗어난다고? 하하하! 이 상황에
　　　　　서 벗어난다고? 새대가리 같은 네 머리에서 더 고
　　　　　상한 생각이 나오겠나? 또 그런다고 너의 야윈 군
　　　　　마가 마구간으로 달려가겠는가? 슈피겔베르크가
　　　　　그따위 일이나 벌이려 한다면 개자식이지. 자네에
　　　　　게 분명히 말하는데, 난 자네들을 영웅으로, 남작
　　　　　이며 제후로, 신으로 만들어 주겠다는 거야!

라츠만　정말이지, 그건 단번에 너무 과하지 않은가! 어쩌
　　　　면 목숨을 건 위험한 일일 텐데. 자칫하다간 모가
　　　　지 달아날지도 모르겠는걸.

슈피겔베르크　자네들은 용기만 있으면 돼. 지혜라면 내가 전
　　　　　적으로 떠맡겠어. 용기만 있으면 된다고, 슈바이
　　　　　처! 롤러, 그림, 라츠만, 슈프테를레, 용기, 용기를
　　　　　내라고!

슈바이처　용기라고? 그것뿐이라면 뭐가 문제겠어. 맨발로
　　　　　지옥 한복판을 걸어 다닐 용기도 있다니까.

슈프테를레　가련한 죄인을 구하기 위해 탁 트인 교수대(絞首

臺) 밑에서 바로 악마와 맞붙어 싸울 만큼 용기
야 넘치지.

슈피겔베르크   듣던 중 반가운 소리군! 자네들이 용기가 있다
면 누가 나와서, 뭐든지 다 얻을 수는 없지만 아
직 무언가 잃어버릴 것은 있다고 말해 보게.

슈바르츠   정말이지, 내가 아직 얻을 수 있는 것을 얻으려 하
지 않는다면 그게 바로 잃을 게 많은 건지도 몰라.

라츠만   그런 셈이지, 제기랄! 내가 아직 얻을 수 있는 것
을 얻으려 한다면 얻을 게 많은 셈이지.

슈프테를레   내가 남의 것을 빌려 몸에 걸치고 있는데, 그것을
잃어버리게 된다면 아무튼 내일은 아무것도 잃을
게 없는 셈이지.

슈피겔베르크   그렇다면 좋아! (사람들 한가운데로 나가서 맹세
하는 어투로) 혈관 속에 독일 영웅의 피가 한 방울
이라도 흐르는 자는 함께 가세! 보헤미아 숲속에
터를 잡고 도적단을 결성하는 거야. 왜 다들 멀뚱
히 날 쳐다보는 거야? 그 알량한 용기가 그새 증
발해 버렸나?

롤러   높다란 교수대를 무시한 악당이 아마 자네가 처
음은 아니겠지…… 하기야…… 우리에게 다른 선
택의 여지가 있겠나?

슈피겔베르크   선택이라고? 뭐라고? 자네들에겐 선택의 여지
가 없다니까! 아니면 최후의 심판일을 알리는 나
팔 소리가 울릴 때까지 감방에 처박혀 불평이나

늘어놓고 있겠다는 말인가? 말라빠진 빵 한 조각
을 얻겠다고 삽과 곡괭이를 들고 뼈 빠지게 고생
이나 하겠다는 건가? 동냥 몇 푼을 얻겠다고 남
의 집 창문 밑에서 장돌뱅이 가인(歌人)[23]의 노래
를 부르겠는가? 아니면 병졸이라도 되겠다는 건
가? 자네들 낯짝을 보고 병졸을 시켜 줄지도 만무
하지만…… 설령 받아 준다 해도 성미 고약한 하
사관 밑에서 미리 연옥의 맛이나 볼지 누가 알겠
는가? 우렁차게 울리는 북소리에 맞춰 행진을 하
겠는가, 아니면 갤리선 노예가 되어 무거운 쇳덩이
를 질질 끌고 다니겠는가? 이보게들, 마음대로 골
라잡으라고, 자네들이 골라잡을 만한 것은 다 있
지 않은가!

롤러   사실 슈피겔베르크의 말이 딱히 틀린 것은 아니
야. 나도 나름대로 이런저런 구상을 해 보았는데,
결국 결론은 하나였어. 자네들이 어딘가에 자리
를 잡고, 문고판이나 연감 같은 것을 펴내고, 사
실 요즘 유행하고 있듯이 비평 같은 것을 써서 잔
돈푼이라도 버는 게 어떨까 하고 생각했어.

슈프테를레   이런 염병할! 내 생각을 그대로 따라 하기는. 사
이비 교주가 되어 주일마다 설교라도 하는 게 어

---

23) Bänkelsänger. 17, 18세기에 대목장을 돌아다니며 그림을 보여 주면서
진기한 내용을 노래한 유랑 가인.

떨까 생각한 사람은 바로 나라고.

그림 바로 그거야! 그게 잘 안 되면 차라리 무신론자가 되는 거야! 사대 복음사가[24]들이 거짓말했다고 비난하고, 박피공을 시켜 우리 책을 불태우게 하자고. 그러면 우리 책이 날개 돋친 듯 팔려 나갈 거야.

라츠만 그도 아니면 매독 퇴치 운동에 나서는 거야. 내가 잘 아는 의사는 수은으로 집을 짓고, 대문 위에 '매독을 퇴치하자'[25]는 경구를 써 붙였대.

슈바이처 (자리에서 일어나 슈피겔베르크에게 악수를 청한다.) 모리츠, 자넨 대단한 사나이야! 아니면 봉사가 요행히 문고리를 잡은 격이랄까.

슈바르츠 모두 다 훌륭한 계획이고 떳떳한 직업일세! 높으신 분들도 같은 의견일 거야! 이제 우리는 계집이나 뚜쟁이가 되든가, 아니면 동정(童貞)인 우리의 몸을 시장에 내다 파는 일만 남았네.

슈피겔베르크 그런 시시한 농담일랑 집어치워! 자네들이 최고의 인간이 되지 말라는 법이 어디 있는가? 내 계획은 언제나 자네들을 최고의 자리로 끌어올리는 거야. 자네들이 명성을 떨치고 죽은 후에도 길이길이 이름이 남게 하려는 거야. 이런 불쌍한 녀

---

24) 사대 복음서를 쓴 마태, 마가, 누가, 요한을 말한다.
25) 15세기 말 프랑스에서 생겨난 매독이 당시 유행했으며, 수은으로 매독을 치료하여 많은 돈을 번 의사들이 있었다.

석들이 다 있나! 포부는 그 정도로 크게 가져야
지! 사후에 길이 남을 이름과 잊히지 않는다는
달콤한 느낌을 생각하란 말이야.

롤러 그리고 성실한 사람들의 명단 윗자리에 실린다는
말이겠지! 슈피겔베르크, 성실한 사람을 악당으
로 만드는 데는 자네 연설 솜씨를 따라갈 사람이
없을 거야. 그런데 카를 모어는 어디 있지? 누구
알려 줄 사람 없나?

슈피겔베르크 자네 지금 성실한 사람이라고 말했는가? 그렇
다면 자네가 나중에는 지금보다 더 불성실한 사
람이 될 거라는 말인가? 자넨 성실하다는 말을
무슨 뜻으로 썼는가? 돈 많은 인색한 자들의 근
심 걱정을 삼분의 일쯤 덜어 주어 밤에 단잠을 자
게 해 주고, 막혀 있는 자금이 잘 돌아가게 해 주
며, 사람들의 재산이 균형을 이루게 해 주는 것이
성실한 것이네. 요컨대 옛 황금시대를 다시 불러
오고, 성가시게 빌붙는 많은 이들에게 시달리는
하느님을 도와주며, 전쟁이나 흑사병을 면하게 해
서 의사의 소중한 시간을 아끼게 하는 것, 이것이
바로 성실한 것이고 하느님의 섭리를 품위 있게
따르는 것이라네. 그리고 고기 한 점 먹을 때마다,
다 자네가 술책을 쓰고 용맹을 떨치며 밤잠 자지
않고 보초 선 결과라고 흐뭇하게 생각하는 것, 어
른 아이 할 것 없이 두루 존경받는 것, 이것이 바

로 성실한 인간의 삶일세.

롤러 그러다 마침내 살아 있는 몸으로 승천하여, 세찬 비바람과 까마득한 조상이 살았던 시대의 탐욕스러운 식욕에 맞서 해와 달, 그리고 온갖 항성 아래를 떠돈단 말이지? 하늘을 나는 아둔한 새들조차 고결한 욕구에 이끌려 천상의 음악을 연주하고, 꼬리 달린 천사들이 매우 신성한 회의를 개최하는 그곳에서? 그렇지 않은가? 군주와 제후들이 주피터의 위엄 있는 새의 방문을 받는 영예를 누리지만 나방과 벌레에게 갉아먹힌다면 어쩔 텐가? 모리츠, 모리츠, 모리츠! 조심하게, 세 발 달린 짐승[26]을 조심하란 말이야!

슈피겔베르크 그래서 겁난단 말인가, 이 겁쟁이 녀석! 세상을 개혁하려다 박피장에서 썩어 간 만능 천재들이 많지 않은가? 그래도 천년만년 사람들의 입에 오르내렸잖아. 그렇지만 출판사에서 현금을 주겠다며 넣어 달라 해도 역사가들이 행적을 기술하지 않은 탓에 역사에서 언급되지 않은 왕과 선제후가 얼마나 많은가. 그리고 지나가던 나그네가 바람에 이리저리 흔들리는 네 모습을 보면…… 저자도 바보는 아니었구나 하고 중얼거리며, 망할 놈의 세상이라 탄식할 걸세.

---

26) 교수대를 가리킨다.

슈바이처   (슈피겔베르크의 어깨를 툭툭 치며) 자네 대단하군,
          슈피겔베르크! 정말 대단하다고! 그런데 도대체
          자네들은 왜 거기 멍하니 서서 망설이는 건가?

슈바르츠   그럼 우리도 한번 타락해 보는 게 어떻겠나? 그
          래 봤자 별일 있겠어? 여차하면 쥐도 새도 모르
          게 아케론강[27]을 건너게 해 줄 약봉지를 늘 지니
          고 다니면 되지 않겠는가? 그곳에서는 그런다 해
          도 아무도 문제 삼지 않는다네! 안 그런가, 이봐,
          모리츠! 아주 좋은 제안이야. 나의 교리 문답서에
          도 그렇게 쓰여 있네.

슈프테를레 좋아! 내 생각도 다르지 않아. 슈피겔베르크, 자
          네가 내 마음을 사로잡았네!

라츠만   자넨 마치 오르페우스[28]처럼 노래 불러서, 울부
          짖는 야수 같은 내 양심을 잠재웠어. 나를 자네

---

27) 그리스 이피로스의 테스프로티아에 있는 강으로 어두운 협곡을 따라
흐르며 여러 곳에서 지하로 흘러들기 때문에 고대에는 저승 하데스로 이어
지는 강으로 여겨졌으며, 강기슭에는 고인들을 위한 신탁소가 세워졌다. 이
강은 그리스 신화에서 하데스의 강으로 등장하며, 아케론이라는 이름은 때
때로 저승을 지칭한다.
28) 그리스 신화에 나오는 시인이자 악사로 전설적인 리라의 명수였다. 그
의 노래와 연주가 너무 아름다워서 동물들뿐 아니라 나무와 바위들까지도
춤을 추었다고 한다. 죽은 아내를 살리기 위해 지하 세계로 간 오르페우스
에게 하데스는 뒤를 돌아보아서는 안 된다는 조건을 제시했는데, 태양 빛을
본 오르페우스는 기쁨에 겨워 뒤를 돌아보았고 그 순간 그녀는 사라졌다.
훗날 뮤즈들이 그의 찢긴 지체들을 모아 장례를 치렀고, 오르페우스의 리
라는 별자리가 되었다.

맘대로 하게나!

그림 모두 찬성이면 나도 반대하지 않겠네. 중간에 쉼표가 없다는 걸 명심하게![29] 내 머릿속은 사이비 신도나 돌팔이 의사가 되느냐, 아니면 비평가나 악당이 되느냐를 두고 경매가 붙었는데 제일 많이 제시하는 쪽으로 결정하겠네. 자, 모리츠, 내 손을 잡게나!

롤러 슈바이처, 자네도 마찬가지겠지. (슈피겔베르크에게 오른손을 내민다.) 이것으로 내 영혼을 악마한테 맡겼네.

슈피겔베르크 그리고 자네 이름을 별들에게 맡긴 걸세! 영혼이 어디로 간들 무슨 상관인가? 앞서간 파발꾼들이 우리가 지옥에 떨어진다는 소식을 전하면, 화려하게 차려입은 사탄들이 천년 묵은 속눈썹의 검댕을 털어 내고, 유황불 연기 자욱한 굴뚝 밖으로 뿔 달린 머리들을 수없이 내밀고는 우리가 들어가는 광경을 구경하지 않겠는가? 동지들! (벌떡 일어나며) 자, 기운을 내게, 동지들! 세상에 이렇게 황홀한 기분을 어떻게 느끼겠는가? 어서들 가세, 동지들!

롤러 좀 침착하라고! 서두르지 말고! 어디로 간단 말인

---

29) 원문의 중간에 쉼표가 있으면 "모두 찬성해도 나는 반대네."라는 뜻이 된다.

가? 짐승한테도 머리가 있는 법이야.

슈피겔베르크 　(통렬한 어조로) 저 우유부단한 인간이 뭐라고 떠드는 거지? 팔다리가 움직이기도 전에 벌써 머리가 대기하고 있지 않은가? 동지들, 날 따르게!

롤러 　내가 침착하라고 하지 않았나. 자유도 다스리는 자를 필요로 해. 로마와 스파르타도 우두머리가 없어서 망하고 말았던 거야.

슈피겔베르크 　(부드럽게) 그래…… 잠깐 기다리게…… 롤러 말이 옳아. 하긴 머리 좋은 사람이 두목이 되어야지. 내 말 알아듣겠나? 섬세하고 정략적인 사람이어야겠지! 암 그렇고말고. 자네들 마음을 움직여 한 시간 만에 이렇게 달라진 것을 보면…… 그래, 물론이고말고. 당연히 두목이 있어야겠지. 그런데 이런 생각을 해낸 사람이야말로 똑똑하고 정략적인 두뇌의 소유자가 아니겠나?

롤러 　기대는 해 볼 수 있겠는데…… 꿈꿔 볼 수는 있겠지…… 하지만 그 친구가 수락할 것 같지 않은데.

슈피겔베르크 　왜 안 받아 주겠어? 이봐, 솔직히 말을 해 보게! 맞바람을 맞으며 전함을 조종하기가 어려운 만큼 왕관의 부담도 큰 법이야. 겁내지 말고 말해 봐, 롤러. 어쩌면 그가 받아들일지도 몰라.

롤러 　그 친구가 받아 주지 않는다면 말짱 도루묵이야. 모어 없이는 우린 영혼 없는 몸뚱이일 뿐일세.

슈피겔베르크 　(언짢은 듯 그를 외면하며) 이런 멍청이 녀석!

카를 　(격한 몸짓으로 등장하여, 요란하게 방 안을 이리저리 오가며 혼자 중얼거린나.) 인긴들 … 인간들이라! 그릇되고 위선적인 악어 같은 종자들! 너희들 눈은 눈물이고, 너희들 심장은 금속이야! 입맞춤하면서도 가슴에는 비수를 품고 있는 것들! 사자와 표범도 새끼에게 먹이를 주고, 까마귀도 새끼에게 썩은 고기를 날라다 주는데, 어찌 아버님은 이럴 수 있단 말인가! 그는, 그는……. 나는 악의를 견디는 법을 배웠기에, 나의 철천지원수가 내 심장의 피로 건배를 한다 해도 웃어넘길 수 있어. 하지만 핏줄의 사랑이 배신자가 되고, 아버지의 사랑이 복수의 여신으로 변한다면, 사나이의 침착한 마음에 불이 붙고, 유순한 어린 양이 사나운 호랑이로 변하며, 분노로 온몸의 힘줄이 터질 듯 부풀어 오르지 않겠는가!

롤러 　내 말 좀 들어 보게, 모어! 자네 생각은 어떤가? 성탑의 지하 감방에 갇혀 빵과 물만으로 살아가느니 차라리 도적 생활이 더 낫지 않겠는가?

카를 　왜 내 마음은 길길이 날뛰며 사람 살을 물어뜯는 호랑이의 마음이 되지 않는단 말인가? 이것이 아버지의 신의이고, 내 사랑에 대한 아버지의 보답이란 말인가? 차라리 한 마리 곰이 되어, 이 흉악한 족속을 북극곰이 몰아붙이게 하고 싶구나. 내가 잘못을 뉘우쳤는데도 용서하실 수 없다니! 아,

그들이 어떤 샘물로도 죽음을 마시도록 바닷물에 독을 타고 싶구나! 그토록 철석같이 믿고 기대했는데 자비를 베풀지 않다니!

롤러 이보게, 모어, 내 말 좀 들어 보라니까!

카를 도저히 믿을 수 없어. 이것은 꿈이고 착각이야. 그토록 간절히 애원하고, 눈물 쏟으며 참담한 심정과 후회하는 마음을 생생히 묘사하지 않았던가……. 사나운 짐승도 마음이 풀려 측은히 여기고, 돌멩이들도 눈물 흘렸을 거야! 하지만 내가 이런 말을 하면 사람들은 인류에 대한 악의적인 비방이라 여길지도 몰라. 그렇지만, 그렇지만…… 하이에나 같은 패거리에 맞서 하늘과 땅과 바다를 증거로 들이댈 수 있도록 온 자연계에 반란의 나팔을 불 수 있다면!

그림 제발 내 말 좀 들어 보라니까! 제정신이 아니라서 아무 말도 안 들리는 모양이군.

카를 비켜, 저리 비키라니까! 너도 인간의 이름을 달고 있지 않더냐? 너도 여자의 몸에서 나오지 않았느냐? 너도 인간의 얼굴을 갖고 있으니 내 눈앞에서 썩 꺼져라! 나는 그분을 이루 말할 수 없이 사랑했어! 나만큼 아버님을 사랑한 아들이 어디 있겠는가. 아버지를 위해서라면 수천 번이라도 목숨을 바쳤을 게야. (분노를 참지 못하고 두 발로 바닥을 구른다.) 아, 지금 누가 내 손에 칼을 쥐여 준다면 그 간악한 무리에게 욱신거리는 상처를 내 줄 텐데! 저들의 심장을 겨누고 으스러뜨려 파괴할 수 있는 방법을 말해 주는 사람이 있다면, 그는 내 친구이고 내 천사이며 내 하느님이다. 나는 그자를 숭배할 것이다!

롤러 우리가 바로 그런 친구들이 되어 주겠다는 거네. 자네 이야기 좀 들어 보자니까!

슈바르츠 우리와 함께 보헤미아의 숲으로 가세! 우린 도적떼를 모으려 하네. 그리고 자네가……. (모어, 슈바르츠를 멍하니 쳐다본다.)

슈바이처 자네가 우리의 두목이 되어 주게! 반드시 우리의 두목이 되어야 하네!

슈피겔베르크 (안락의자에 털썩 주저앉으며) 이런 노예 같은 비겁한 녀석들!

카를 누가 자네한테 그런 생각을 불어넣었지? 이봐! (롤러를 거칠게 움켜잡으며) 자네 머리에서 그런 생각이 나왔을 리 없어! 누가 자네한테 그런 생각을 불어넣었지? 그래, 천 개의 팔을 가진 죽음을 두고 맹세하건대, 그렇게 하도록 하지! 아니, 그럴 수밖에 없어! 우러러 받들 만한 생각이야. 도적과 살인자! 맹세코 자네들 두목이 되겠네!

일동 (떠들썩하게 환호성을 지르며) 두목 만세!

슈피겔베르크 (풀쩍 뛰듯이 일어나며 혼잣말로) 내가 그를 도와주는 날까지만!

카를　자, 보아라, 내 눈을 가리던 구름이 걷히는 것 같
　　　구나! 다시 새장 속으로 되돌아가려 했으니 이런
　　　바보 같은 인간이 다 있을까! 내 영혼은 행위를
　　　갈망하고, 내 숨결은 자유를 갈망한다. 살인자, 도
　　　적! 이 말과 함께 법은 내 발밑으로 굴러떨어졌
　　　다. 내가 인간성에 호소했건만 사람들은 내게 그
　　　것을 숨기고 모른 척했다. 그러니 내게서 동정심
　　　이나 인정 따윈 기대하지 말라! 내겐 이제 더 이
　　　상 아버지도 없고, 더 이상 사랑도 없다. 피와 죽
　　　음이 예전에 내게 그나마 소중했던 것을 잊도록
　　　가르칠 것이다! 자, 가세, 함께 가세! 아, 나는 이
　　　제 끔찍한 방법으로 기분을 풀 작정이다! 그렇다,
　　　내가 자네들 두목이다! 자네들 중 가장 난폭하게
　　　방화 약탈하고, 가장 잔혹하게 살인하는 자에게
　　　행운이 있으리라. 분명히 말하건대 그런 자는 후
　　　한 보상을 받을 것이기 때문이다. 다들 내 주위에
　　　다가와, 목숨이 다하는 순간까지 충성과 복종을
　　　맹세하라! 사나이의 이 오른손을 걸고 내게 맹세
　　　하라.

일동　(카를에게 손을 내밀며) 목숨이 다하는 순간까지
　　　자네에게 충성과 복종을 맹세하겠네!

카를　그럼 이제 나도 이 자리에서 사나이의 오른손을
　　　걸고, 목숨이 다하는 순간까지 자네들의 두목이
　　　되기로 맹세하네! 이제부터 망설이고 의심하거나

뒤로 물러서는 자가 있으면 이 팔이 가만두지 않겠다. 내가 맹세를 저버리는 경우엔 나도 자네들 손에 같은 최후를 맞을 것이다! 다들 찬성하는가? (슈피겔베르크는 분을 참지 못하고 이리저리 돌아다닌다.)

일동   (모자를 높이 던지며) 우린 찬성일세!

카를   좋다, 그럼 이제 떠나도록 하자! 불굴의 운명이 우리를 이끌어 줄 것이니 죽음과 위험을 겁내지 말라! 누구나 결국 죽음을 맞게 마련이다. 솜털 넣은 푹신한 베개 위에서든, 시끄럽고 소란스러운 싸움터에서든, 탁 트인 곳에 설치된 교수대와 환형(轘刑)[30] 수레 위에서든! 이것들 중 하나가 우리의 운명이 되리라! (일동 퇴장한다.)

슈피겔베르크   (이들의 뒷모습을 물끄러미 바라보다가 잠시 뒤) 네가 말한 목록에 빠진 게 하나 있어. 넌 독약을 빼먹었어. (퇴장한다.)

---

30) 옛날 극형의 하나로 두 발을 각각 다른 수레에 매고 수레를 끌어서 죄인을 찢어 죽이던 형벌.

3장

모어 성안의 아말리아 방.

프란츠와 아말리아.

프란츠 이렇게 사람을 못 본 척하긴가요, 아말리아? 아
버지의 저주를 받은 사람보다 내가 못하단 말인
가요?

아말리아 저리 가세요! 자기 아들을 늑대와 괴수에게 내맡
기는 자상하고 자비로운 아버지 말인가요! 그렇
게나 뛰어나고 훌륭한 아들은 고초를 겪고 있는
데, 아버지는 집에 앉아 달콤하고 맛 좋은 포도주
를 마시며 푹신한 깃털 이불을 덮고 편히 지내다
니, 부끄러운 줄 아셔야죠, 이런 비정한 사람들!

부끄러운 줄 아세요, 이런 무정한 사람들! 당신들은 인류의 수치예요! 단 하나뿐인 이 들을!

프란츠 아들이 둘이 아니던가요.

아말리아 그래요, 당신 같은 아들은 둘 만하네요. 임종을 맞은 침상에서 시든 손을 뻗어 카를을 찾다가 얼음장처럼 차가운 프란츠의 손을 붙잡고는 흠칫 놀라서 손을 뻴 거예요. 그런 아버지의 저주를 받다니, 차라리 다행스럽네요, 정말 다행스러워요! 말해 주세요, 사랑과 우애가 넘치는 프란츠! 그런 아버지의 저주를 받으려면 어떻게 해야 하나요?

프란츠 제정신이 아니군요. 이런, 안타깝기 짝이 없군요.

아말리아 오, 제발 부탁인데요…… 형이 가엾지 않으세요? 아니, 비정한 당신은 그를 미워하고 있어요! 당신은 나도 미워하고 있지요?

프란츠 아말리아, 난 당신을 내 몸처럼 사랑한다오.

아말리아 나를 사랑한다면 내 부탁을 거절하지 않겠지요?

프란츠 그럼요, 그렇고말고요! 목숨을 내놓으라는 것만 아니면, 무엇이든 들어드리지요.

아말리아 그럼 좋아요! 당신이 아주 쉽게, 기꺼이 들어줄 수 있는 부탁이에요. (도도하게) 나를 미워해 주세요! 카를을 생각하다가 당신이 나를 미워하지 않는다는 생각이 들면 수치심에 얼굴이 화끈 달아올라요. 그러겠다고 약속할 수 있지요? 그럼 이제가 보세요, 그리고 날 가만 내버려 두세요, 혼자 있고 싶단 말이에요!

프란츠　참으로 사랑스러운 몽상가시군요! 당신의 부드럽고 애정 어린 마음씨가 경탄스럽네요. (그녀의 가슴을 툭툭 치며) 여기에, 바로 여기에 카를이 신전 속의 신처럼 자리하고 있었군요. 카를이 당신을 지켜 주고 당신의 꿈을 지배했지요. 당신에게는 삼라만상이 오직 한 사람에게로만 녹아들고 한 사람만을 비추고 한 사람의 소리만 들려주는 것 같았어요.

아말리아　(떨리는 목소리로) 그래요, 정말 그렇다고 고백하겠어요. 당신 같은 야만인에 맞서기 위해서라도 그분을 사랑한다고 온 세상에 고백하겠어요!

프란츠　인간으로서 차마 할 수 없는 몰인정하고 잔인한 말이군요! 이 같은 지극한 사랑에 그런 식으로 보답하다니! 이런 사랑을 잊는다는 건……

아말리아　(놀라 펄쩍 뛰며) 뭐라고요, 나를 잊는다고요?

프란츠　당신이 형의 손가락에 반지를 끼워 주지 않았나요? 충성한다는 당신의 증거물로 다이아몬드 반지를 말입니다! 물론 그가 아직 젊다 보니 매춘부의 유혹에 넘어갈 수야 있지 않겠어요? 게다가 수중에 다른 줄 것도 없으니 누가 그런 그를 나쁘다 하겠어요? 그러니 그 계집은 반지를 받은 대가로 이자까지 듬뿍 쳐서 그를 애무하고 포옹해 주지 않았겠어요?

아말리아   (분개해서) 내 반지를 창녀에게 주었단 말인가요?

프란츠   에잇, 퉤퉤! 수치스러운 일이지요. 하지만 그뿐이라면 다행이게요! 반지야 아무리 값비싼 것이라도 유대인한테서 얼마든지 되찾아 올 수 있겠지요! 어쩌면 반지 세공이 그의 마음에 들지 않았거나, 혹시 더 멋진 것으로 바꾸었을지도 모르지요.

아말리아   (격한 어조로) 하지만 내 반지를, 내 반지를 그랬단 말인가요?

프란츠   바로 당신 반지라니까요, 아말리아! 아, 그런 보석이 바로 내 손가락에 끼워져 있었더라면! 아말리아한테서 받은 반지가! 나 같으면 죽음에 처해서도 그 반지를 빼내지 않았을 겁니다. 그렇지 않겠어요, 아말리아? 다이아몬드 값이 비싸서도, 세공이 정교해서도 아니지요. 그것이 그토록 소중한 것은 사랑 때문입니다. 더없이 사랑스러운 아말리아, 울고 있나요? 이런 너무나 아름다운 눈에서 소중한 눈물을 흘리게 한 자는 화를 당해야 합니다! 아, 우선 당신이 모든 것을 알게 된다면, 그의 참모습을 알게 된다면!

아말리아   정말 끔찍하군요! 참모습이라니, 무슨 말인가요?

프란츠   그만, 그만하세요, 착한 아말리아, 나한테 더 이상 캐묻지 마세요! (혼자 중얼거리듯, 그러나 큰 소리로)

그런 역겨운 악덕[31]이 세상 사람들의 눈에 띄지 않도록 베일로 가릴 수만 있다면! 하지만 악덕은 끔찍하게도 누런 납빛 눈두덩을 통해 드러나겠지요. 송장처럼 창백하고 핼쑥한 얼굴에 자신의 모습을 보이고, 뼈마디를 흉측하게 드러내 보이겠지요. 어설픈 목소리로 떠듬거리며 말하겠지요. 몸이 떨리고 흔들리는 현상에 관해 끔찍하게 큰 소리로 떠들고, 뼛속 깊이 파고들어 젊은이의 튼튼한 몸은 망가져 버리지요. 이마와 뺨과 입, 그리고 온몸에서 고름이 거품처럼 뿜어져 나와 끔찍하게 살을 문드러지게 하고, 말할 수 없는 치욕의 구덩이 속에 혐오스럽게 둥지를 틀겠지요.

퉤퉤, 정말 구역질 나는군요. 눈과 코와 귀가 떨린답니다. 아말리아, 당신도 불치병 환자를 수용한 우리 병원에서 그런 처참한 광경을 보았겠지요. 수치스러운 그 광경을 차마 볼 수 없어 눈을 깜박이며 내리깔았던 것 같은데요. 당신은 비명을 질렀지요. 그 모습을 또 한 번 머릿속에 떠올려 보십시오. 카를의 모습이 눈앞에 떠오를 겁니다! 그의 입맞춤은 흑사병과 같아서, 그의 입술은 당신의 입술에 독을 불어넣을 겁니다!

아말리아   (프란츠를 때리며) 어쩜 이토록 뻔뻔스럽게 사람을

---

31) 매독을 가리킨다.

중상 비방할 수 있나요!

프란츠 그런 카를이 두렵지 않으세요? 그런 맥 빠지는 말만 들어도 구역질 나지 않으세요? 직접 가서 멋지고 천사 같으며 더없이 잘난 카를을 입을 헤벌리고 바라보세요! 가서 그의 향긋한 숨결을 들이마시고, 그의 목구멍에서 피어오르는 천상의 향내에 파묻혀 보시지요! 그의 입김을 슬쩍 맡기만 해도 썩은 짐승 냄새를 맡거나 시체로 가득 찬 싸움터의 광경을 볼 때처럼 눈앞이 캄캄해지고 아득한 현기증을 느낄 겁니다.

아말리아 (고개를 돌려 외면한다.)

프란츠 사랑은 얼마나 금방 끓어오르는지! 포옹은 얼마나 황홀하게 하는지! 하지만 병약한 겉모습만으로 어떤 사람을 저주하는 것은 부당하지 않을까요? 이솝처럼 비참한 불구자에게서도 위대하고 사랑스러운 영혼이 진흙 속 루비처럼 빛날 수 있어요. (심술궂게 미소 지으며) 하기야 얼굴이 얽은 사람에게서도 사랑이 피어오를 수야 있겠지요. 물론 악덕이 요새처럼 굳건한 성격을 뒤흔들어도, 시든 장미 향기가 사라지듯 순결과 더불어 미덕이 사라져 버려도, 육체와 함께 정신 역시 불구가 되어도 말입니다.

아말리아 (기쁜 듯 벌떡 일어나며) 아아, 카를! 이제야 다시 당신이 어떤 사람인지 알겠어요! 당신은 아직 온

전해요! 온전하단 말이에요! 모든 것이 다 거짓
말이었어요! 이런 나쁜 인간, 카를이 그런 사람
이 될 수 없다는 걸 모르세요? (프란츠, 한동안 깊
이 생각에 잠겼다가 갑자기 몸을 돌려 방을 나가려 한
다.) 어디를 그리 급히 가려는 거죠, 자신이 한 말
이 부끄러워 도망치려는 건가요?

프란츠   (두 손으로 얼굴을 감싸며) 날 내버려 두시오! 그냥
내버려 두시오! 눈물을 흘리도록 내버려 두시오!
독단적인 아버님! 그렇게 훌륭한 아들을 비참하
게 내버려 두고, 사방에서 치욕을 당하게 하다니
요! 날 내버려 두시오, 아말리아! 아버님 발밑에
무릎을 꿇고 나한테, 부디 나한테 저주를 단단히
내려 달라고 애원하겠어요. 나의 상속권을 빼앗
고…… 나와…… 내 피…… 내 목숨…… 모든 것
을 빼앗아 가 달라고 애원하겠어요.

아말리아   (프란츠의 목을 끌어안으며) 내 카를의 동생, 더없이
착하고 더없이 사랑스러운 프란츠!

프란츠   오, 아말리아! 그토록 형을 굳건히 신뢰하는 걸
보니 당신이 얼마나 사랑스러운지 모르겠어요!
감히 당신의 사랑을 가혹하게 시험해 본 나를 용
서해 주시오! 다행히도 당신은 내가 바라던 바를
정당화해 주었습니다! 이렇게 눈물짓고, 이렇게
탄식하고, 이토록 크게 분노하다니……. 그것은
또한 나를, 바로 나를 위한 것이기도 하지요. 형

과 내 마음은 그처럼 일치했으니까요.

아말리아　아니, 결코 그렇지 않았어요!

프란츠　아, 우리들의 마음은 아주 잘 맞았어요. 그래서 나는 늘 우리가 쌍둥이가 아닌가 생각했답니다! 물론 애석하게도 나의 외모가 좀 떨어지기는 하지만 그런 언짢은 차이만 없다면 사람들은 우리를 열 번이고 혼동했을 겁니다. 나는 가끔 이렇게 혼잣말을 하기도 하지요. 그래, 너는 카를과 완전히 닮았고, 그의 메아리이며, 그를 쏙 빼닮은 인간이다!

아말리아　(고개를 설레설레 저으며) 아니, 하늘의 순결한 빛에 두고 맹세컨대 결코 아니에요! 당신은 그의 피와 전혀 다르고, 마음 씀씀이도 전혀 달라요!

프란츠　우리의 취향도 똑같았어요. 형은 장미꽃을 가장 좋아했어요. 내게 장미를 능가하는 무슨 꽃이 있었겠어요? 형은 음악을 무척 사랑했어요. 하늘의 별들아, 너희들이 증인이 아니더냐! 쥐 죽은 듯 고요한 밤, 주변의 모든 것이 어둠 속에서 단잠에 빠져 있을 때 너희들은 그토록 자주 내 피아노 소리에 귀 기울이지 않았느냐. 아말리아, 우리의 사랑이 하나의 완전함 속에서 서로 만나는데 당신은 어떻게 아직 의심할 수 있나요? 그리고 그 사랑이 같은 것이라면 그 결실이 어떻게 타락할 수 있겠어요?

아말리아	(놀란 눈으로 프란츠를 쳐다본다.)
프란츠	형이 라이프치히로 떠나기 전날 밤, 조용하고 달 밝은 마지막 밤이었어요. 형은 당신이 그와 앉아 그토록 자주 사랑의 단꿈을 꾸었던 정자로 나를 데려갔어요. 우리는 한참 동안 말없이 앉아 있었어요. 이윽고 형은 내 손을 잡더니 눈물을 흘리며 나직이 말했어요. 나는 아말리아를 두고 떠난다. 앞으로 어찌 될지 모르지만, 그녀를 다시는 못 볼 것 같은 예감이 드는구나. 그러니 동생아, 아말리아 곁을 떠나지 말고…… 그녀의 친구가 되어라! 그녀의 카를…… 카를이 영원히 돌아오지 못할 경우에 말이다. (프란츠, 아말리아 앞에 풀쩍 주저앉아 그녀의 손에 격렬하게 입을 맞춘다.) 형은 다시는, 결코 다시는 돌아오지 않을 겁니다. 그리고 나는 형의 말을 따르겠다고 굳게 맹세했습니다.
아말리아	(놀라 펄쩍 뛰면서) 배신자 같으니, 당신이 어떤 사람인지 알겠어요! 바로 그 정자에서 카를은…… 설령 자기가 죽는다 해도…… 어느 누구도 사랑하지 말라고 내게 간청했어요. 이제 보니 당신은 정말 사악하고 혐오스러운 사람이군요. 내 눈앞에서 사라져요!
프란츠	아말리아, 당신은 내가 어떤 사람인지 몰라요. 나를 전혀 모르고 있단 말입니다!
아말리아	오, 당신이 어떤 사람인지 잘 알아요. 이제 어떤

사람인지 알겠어요. 그 사람과 같아지려 했다고
요? 그 사람이 나 때문에 당신 앞에서 눈물 흘렸
다고요? 당신 앞에서요? 오히려 그는 뭇사람의
조롱을 받도록 내 이름을 형벌 기둥에 적을지도
몰라요! 당장 여기서 나가세요!

프란츠　　당신은 나를 모욕하고 있어요!

아말리아　어서 나가란 말이에요. 당신은 나의 소중한 시간
을 훔쳤으니, 앞으로 그 시간만큼 당신의 목숨이
줄어들 거예요.

프란츠　　나를 싫어하는군요.

아말리아　당신을 경멸해요, 어서 나가세요!

프란츠　　(두 발을 쿵쿵 구르며) 두고 보시오! 언젠가는 내
앞에서 벌벌 떨게 될 날이 올 거요! 비렁뱅이 때
문에 나를 제물로 삼다니? (화를 내며 퇴장한다.)

아말리아　어서 나가라, 이 무뢰한아! 이제 다시 카를 곁에
있게 되었어. 카를 보고 비렁뱅이라고? 그렇다면
세상이 거꾸로 된 셈이지. 거지가 왕이고, 왕이
거지라니! 나는 그 사람이 걸친 누더기를 왕의
옷과도 바꾸고 싶지 않아. 그가 구걸하는 눈빛은
틀림없이 왕처럼 위엄 있는 눈빛이고…… 그 눈빛
으로 권세 있고 부유한 자들의 영화나 호사며 승
리를 산산이 부수어 버릴 거야! 이따위 호화 장
신구는 버려야 해! (진주 목걸이를 목에서 떼 내며)
너희 권세 있고 부유한 자들, 몸에 금은보화를

걸친 자들은 저주받을지어다! 진수성찬을 즐기
는 자들은 저주받을지어다! 환락의 폭신한 쿠션
위에 편히 누운 자들은 저주받을지어다! 카를!
카를! 이만하면 난 당신 여자가 될 만해요. (퇴장
한다.)

2막

1장

프란츠, 자기 방에서 깊은 생각에 잠겨 있다.

프란츠   너무 오래 걸리는군. 의사는 아버지가 도리어 회
복 중이라니…… 늙은이 명줄이 참 길기도 하군!
유령 이야기에 나오는 지하의 마법의 개처럼 내
보물에 이르는 길을 가로막는 이 짜증 나고 끈질
긴 살덩어리만 아니면 이제 거칠 것 없는 탄탄대
로인데.
하지만 나의 구상이 쇠 멍에라는 기계 장치에 굴
복해서야 되겠는가? 야심 찬 나의 정신이 그런
물질의 느린 달팽이 걸음에 매여 꼼짝 못 해야
한단 말인가? 어차피 마지막 남은 몇 방울 기름

으로 간신히 살아 있는 불을 끄는 것에 지나지 않아. 그 이상은 아니야. 그래도 사람들 이목이 있으니 직접 처치하고 싶진 않구나. 내 손으로 죽일 게 아니라 기력이 떨어져 서서히 죽어 가게 해야지. 용한 의사의 치료법을 역으로 이용하는 거야. 자연의 질서를 거스르는 것이 아니라 그 흐름을 촉진시키는 거지. 우리가 생명의 조건을 연장시킬 수 있으니 반대로 단축시킬 수도 있지 않겠는가?

철학자와 의학자 들의 가르침에 의하면 정신 상태는 기계의 움직임과 참으로 잘 맞는다고 하지 않았는가. 통풍(痛風)의 통증에는 언제나 기계적 진동이란 불협화음이 따르고, 열정은 생명력을 엉망으로 남용하며, 과부하 걸린 정신은 그 정신이 깃든 육체라는 집을 제압해 버리지. 그러니 이제 어떡하지? 죽음이 생명의 성안으로 들어가게 새로 길을 터 줄 수 있지 않을까? 정신의 힘을 빌려 육체를 파멸시킬 수 있지 않을까? 어라! 참으로 독창적인 생각이야! 그런데 누가 이것을 실행한단 말인가! 끝내주는 묘안이야! 모어, 머리를 잘 굴려 봐! 너 아니면 누가 그런 기발한 생각을 할 수 있겠어. 독약 제조술은 이제 거의 학문 수준에 이르렀고, 실험을 통해 자연의 한계를 뛰어넘었어! 이제부턴 심장박동 수를 계산하여 몇 년 후 맥박

멈추는 시각을 예측하게 되지 않았는가![32] 이러니 날개를 펴 보지 말란 법이 있겠는가?

그러면 정신과 육체의 그 달콤하고 평화로운 조화를 깨뜨리는 일에 어떻게 착수해야 할까? 어떤 유형의 감정을 선택해야 할까? 어떤 감정이 생명의 꽃에 가장 치명적인 작용을 할까? 분노일까? 하지만 잔뜩 굶주린 늑대 같은 이놈은 너무 빨리 배가 부른단 말이야…… 근심일까? 이 버러지 같은 놈은 갉아먹는 속도가 너무 느리단 말이야…… 원망일까? 이 음흉한 놈은 너무 굼뜨게 기어간단 말이야…… 공포는 어떨까? 그런데 이놈은 희망 앞에서는 꼼짝도 못 한단 말이야…… 또 뭐가 있을까? 인간의 목숨을 앗아 가는 형리가 고작 이게 다란 말인가? 죽음의 무기고가 이렇게 금방 바닥난단 말인가?

(깊은 생각에 잠기며) 이제 어떡한담? 뭐라고? 안 되고말고! 아하! (펄쩍 뛰어오르며) 경악이야! 경악엔 배겨 낼 도리가 없겠지? 이 거인의 얼음장같이 차가운 포옹을 받으면 이성이며 종교가 무슨 소용 있겠는가? 그렇지만 소용이 있다면? 이 폭풍우에도 견뎌 낸다면? 그 늙은이가 견뎌 낸다면?

---

32) 파리의 한 여자는 독약 가루를 가지고 제대로 된 실험을 하여 자신의 미래의 사망일을 제법 정확하게 예측할 수 있었다고 한다. 이 여자의 예언으로 낯 뜨거워진 우리 의사들이 한심하구나! ─ 원주.

만약 그렇다면…… 아, 비탄과 회한의 도움을 청할 수밖에. 회한이란 잔혹한 복수의 여신이고, 먹이를 되새김질하며 자신의 배설물까지 먹어 치우는, 땅에 굴을 파는 뱀이지 않는가! 비탄과 회한, 너희들은 영원한 파괴자이자 영원한 독살자이다. 그리고 크게 울부짖으며 자신의 집을 때려 부수는 자책이 있지 않은가. 자책은 자신의 어머니에게까지 상처를 입히는 놈이지. 게다가 부드럽게 미소 짓는 과거, 자선을 베푸는 우미의 여신도 나를 도와주리라. 그리고 넘쳐흐르는 풍요의 뿔[33]을 지닌 너, 꽃 피어나는 미래여, 너의 발이 인색한 팔로부터 도망칠 때 그에게 거울 속에서 천상의 기쁨을 보여 주어라.

이렇게 나는 타격과 공격을 거듭하여 이 바스러질 것 같은 생명을 허물어뜨리리라. 그러다가 마침내 절망이 복수의 여신 무리가 할 일을 마무리 지으리라! 승리다! 승리다! 이제 계획은 끝났어. 이것보다 더 무게 있고 교묘하며 확실하고 안전한 방법이 어디 있겠는가. (조소하듯) 칼로 해부해 봐도 몸을 부식시킨 독약이나 상처의 흔적조차 찾을 수 없을 테니까.

(결연하게) 자, 그럼 어디 한번 시작해 볼까! (이때

---

33) 꽃, 과일, 곡식 따위를 담아 풍년과 행운을 상징하는 큰 염소 뿔 그릇.

헤르만이 등장한다.) 이런! 마침 일이 술술 풀리는
군!³⁴⁾ 헤르만!

헤르만 뭐든 분부만 내리십시오, 도련님!

프란츠 (헤르만에게 악수를 청하며) 자네에게 섭섭잖게 보
답할 걸세.

헤르만 저도 잘 알고 있습니다.

프란츠 이번에는 듬뿍 받을 거네. 이번에는 말이야! 헤르
만! 자네에게 할 이야기가 있네, 헤르만!

헤르만 어서 말씀만 하십시오.

프란츠 난 자네를 잘 알고 있네. 자네는 결단력이 있는
사람이야. 군인처럼 용감무쌍하고 싸우기를 좋아
하지. 우리 아버지가 자네를 너무 심하게 모욕했
지, 헤르만!

헤르만 제가 그걸 잊는다면 악마한테 잡혀가도 싸지요.

프란츠 사나이다운 말이야! 사나이라면 응당 복수해야
지. 내 마음에 드네, 헤르만. 이 돈주머니를 받게
나. 내가 이 집안의 주인이 되면 돈주머니가 더 무
거워질 거야.

헤르만 그것이야말로 저의 한결같은 소원입니다, 도련님,
감사합니다!

프란츠 정말인가, 헤르만? 내가 주인이 되기를 정말 바란

---

34) 기계 장치의 신(deus ex machina). 고대극에서 기계 장치로 공중에서 내
려와 문제를 해결해 주는 신을 말한다. 초자연적인 힘이나 우연을 이용하여
극의 긴박한 국면을 타개하는 수법이다.

단 말인가? 하지만 내 아버지는 사자처럼 원기 왕성하고, 나는 이 집안의 차남이란 말일세.

헤르만   저는 도련님이 이 집안의 장남이시길, 그리고 아버님이 폐병쟁이 소녀처럼 골골거리기를 항상 바랐습니다.

프란츠   그렇다면 장남은 자네에게 얼마나 후한 보답을 하겠는가! 자네의 정신과 품격에 어울리지 않는 이런 비천한 상태에서 끌어올려 자네의 사기를 북돋워 주지 않겠는가! 그렇게 되면 자네는 온몸에 황금을 두른 채 사두마차를 타고 거리를 요란하게 질주할 걸세. 정말로, 그렇고말고! 그런데 내가 하려던 말을 깜박 잊고 말았군. 자네 아말리아 에델라이히 아가씨를 벌써 잊었나, 헤르만?

헤르만   빌어먹을! 아니 왜 그 일을 다시 상기시키십니까?

프란츠   우리 형이 자네에게서 그녀를 가로채 갔지.

헤르만   그는 그 일의 대가를 톡톡히 치를 것입니다!

프란츠   그녀가 자네에게 퇴짜를 놓았지. 그때 우리 형이 자네를 계단 아래로 밀어 떨어뜨리지 않았던가.

헤르만   그 대가로 그 인간을 지옥에 처넣을 것입니다.

프란츠   우리 형은 사람들이 서로의 귀에 대고 귓속말을 한다고 했지. 자네가 쇠고기와 고추냉이 사이에서 만들어졌다고 말이야. 그래서 자네 아버지는 자네만 보면 "이 죄인에게 자비를 베푸소서."라고 가슴을 치며 탄식한다고 말이야!

헤르만   (거칠게) 이런 빌어먹을, 제발 그만하십시오!

프란츠   그리고 우리 형은 이런 충고도 했지. 자네의 작위 수여증을 경매에 넘겨, 그 돈으로 양말이나 꿰매 신으라고 말이야.

헤르만   이런 죽일 놈! 세가 손톱으로 그놈의 두 눈을 파내고 말 겁니다.

프란츠   뭐라고? 자네 화내는 건가? 자네가 그에게 화낼 수 있는 처지란 말인가? 그에게 분풀이할 수 있는 입장이냐고? 쥐 주제에 사자를 상대로 어쩌겠다는 건가? 자네가 화낼수록 그의 승리감만 더 달콤해질 뿐이네. 자네는 이 악물고 말라빠진 빵에나 울분을 쏟을 수밖에 없어.

헤르만   (두 발로 바닥을 쿵쿵 구르며) 그놈을 가루로 부숴 버리고 말 테다.

프란츠   (헤르만의 어깨를 툭툭 치며) 이봐, 헤르만! 자네는 기사가 아닌가. 그런 모욕을 그냥 참고 있을 수 있나. 아가씨를 뺏기고 가만히 있어서는 안 되지. 아무렴, 절대로 그래서는 안 되지, 헤르만! 이런 빌어먹을! 내가 자네 입장이라면 수단 방법을 가리지 않겠네.

헤르만   그놈을, 그놈을 땅속에 묻기 전까지는 가만히 쉬지 않겠습니다.

프란츠   그렇게 성급하게 굴지 말게, 헤르만! 이리 좀 가까이 오게. 자넨 아말리아를 손에 넣어야 해!

헤르만 악마에게 잡혀가는 한이 있더라도, 꼭 그래야 합니다! 반드시 그래야겠습니다!

프란츠 분명히 말하지만 자네가 그녀를 차지하게 될 걸세. 내가 도와줄 테니. 좀 더 가까이 다가오게나. 자넨 잘 모르겠지만 카를은 상속권이 이미 박탈된 거나 다름없다네.

헤르만 (좀 더 가까이 다가가며) 저로서는 금시초문이라, 무슨 말씀인지 잘 모르겠습니다.

프란츠 진정하게! 그리고 내 말을 더 들어 보게! 자세한 이야기는 다른 기회에 해 주겠네. 그래, 그가 쫓겨나다시피 한 지 벌써 열한 달이 되었네. 하지만 노인네는 너무 성급한 처사였다고 벌써 후회하고 있어. 자신이 직접 한 일도 아니면서 말이야. (소리 내어 웃으며) 물론 노인네가 직접 그 일을 했다면 더 좋았겠지만 말이야. 게다가 아말리아 에델라이히도 날마다 비난하고 하소연하며 노인네를 닦달하고 있네. 그러니 노인네는 머지않아 형을 찾으려고 사람을 풀어 전국 방방곡곡을 뒤지게 할 거네. 만약 형을 찾아내는 날이면 만사가 끝장이네, 헤르만! 그렇게 되면 그 두 사람이 결혼식을 올리러 교회로 갈 때 자네는 굴욕적으로 마차를 몰아야 할 걸세.

헤르만 그 인간을 십자가에 목매달아 죽이겠습니다!

프란츠 머지않아 아버지는 형에게 통치권을 넘기고 성들을 돌아다니며 조용히 여생을 보낼 테지. 그러면 그 오만하고 경솔한 인간은 전권을 장악하고, 자기를 미워하고 질투한 사람들을 비웃을 걸세. 그리고 자네에게 중책을 맡기려 한 나 자신도 그의 문지방 앞에 머리를 조아리게 될 걸세.

헤르만 (격분하며) 안 됩니다! 제가 헤르만이라는 이름으로 불리는 한, 절대로 그런 일이 있어서는 안 됩니다! 제 머릿속에 조금이라도 이성의 불꽃이 빛나는 한 그런 일이 있어서는 안 됩니다!

프란츠 자네가 막아 보겠다는 건가? 이보게, 헤르만, 그 인간은 자네에게도 채찍 맛을 보이려 할 테고, 길에서 오가다 만나게 되면 자네 얼굴에 침을 뱉을 걸세. 자네가 어깨를 으쓱하거나 입을 조금만 비죽여도 화를 입을 거야. 이보게, 아가씨에 대한 자네의 구혼, 자네의 희망과 구상이 지금 그런 처지에 있네.

헤르만 제가 어떻게 하면 좋을지 말씀해 주십시오!

프란츠 그럼 내 말 잘 들어 보게, 헤르만! 자네도 알다시피 자네의 성실한 친구인 나는 자네의 운명을 가슴에 담아 두고 있네. 그러니 이 방을 나가 옷을 갈아입고 아무도 자네를 알아보지 못하게 변장하게. 그러고는 늙은이 앞에 나가 자네가 보헤미아에서 곧장 오는 길이라고 알리게. 형과 함께 프라하 근처에서 벌어진 전투에 참전했다가 형이 전사하는 것을 직접 보았다고 전하게.

헤르만 그런데 제 말을 믿어 줄까요?

프란츠 허어, 그 문제는 내게 맡기게! 이 꾸러미를 가지
고 가게나. 여기에 자네가 할 일들이 상세히 적혀
있네. 그리고 의심을 떨쳐 낼 수 있는 서류도 들
어 있네. 자, 사람들 눈에 띄지 않게 어서 나가게!
뒷문으로 나가 뜰로 뛰어내리고, 거기서 정원의
담을 넘어가게. 이 희비극의 비참한 결말은 나에
게 맡기라고!

헤르만 그러면 저의 새 주인 프란치스쿠스 폰 모어 만세
가 되겠군요!

프란츠 (헤르만의 뺨을 어루만지며) 자넨 참 영리하군! 우
리가 이런 식으로 머지않아 모든 목적을 단번에
이루게 될 것을 간파하다니. 아말리아는 그 인간
에 대한 희망을 포기할 거고, 노인네는 아들의 죽
음을 자기 탓으로 돌릴 걸세. 그러다가 시름시름
앓아눕겠지. 흔들리는 건물은 딱히 지진이 아니
더라도 어차피 무너지기 마련일세. 노인네가 그
소식을 들으면 살아남지 못할 거야. 그러면 내가
그의 외아들이 되는 거지. 이제 의지할 곳 없게
된 아말리아는 나의 뜻대로 움직일 걸세. 자네도
그런 생각은 쉽게 할 수 있겠지. 요컨대 만사가 소
원대로 된다는 걸세. 하지만 자네는 무슨 일이 있
더라도 약속을 꼭 지켜야 하네!

헤르만   원 쓸데없는 말씀을 하십니다! (기뻐 날뛰며) 그렇
        게 되면 날아가던 총알이 되돌아와 총 쏜 사람의
        내장을 온통 휘저어 놓을 겁니다. 저만 믿으십시
        오! 그냥 두고만 보십시오! 그럼 이만 물러나겠습
        니다!

프란츠   (헤르만의 등 뒤에 외치며) 이보게, 헤르만, 이번 일
        의 결실은 자네의 몫일세! …… 황소가 곡물 실은
        마차를 곳간에 실어 나르고 나면 건초로 대충 만
        족해야지. 너에게는 외양간 하녀 정도면 충분해,
        주제에 아말리아라니 어림도 없지! (퇴장한다.)

2장

모어 백작의 침실.

모어 백작은 안락의자에 잠들어 있고, 이때 아말리아가 방에 들어온다.

아말리아　(살금살금 살며시 다가가며) 조용, 조용히! 지금 주무시고 계시니까. (잠든 모어 백작 앞에서 발걸음을 멈추며) 아, 얼마나 인물 좋고 기품 있으신가! 마치 그림 속 성자의 모습처럼 기품이 있으시네……. 안 돼, 이런 분께 화낼 순 없지! 이렇게 백발이 성성한 분한테 화낼 순 없어!

편안히 주무시고 즐거운 마음으로 깨어나세요. 저 혼자 참으며 괴로움을 삭히겠어요.

모어 백작	(꿈꾸면서) 내 아들! 내 아들! 내 아들아!
아말리아	(노인의 손을 잡으며) 쉿, 쉿! 아드님 꿈을 꾸시나 봐.
모어 백작	내 아들이냐? 정말 내 아들이란 말이냐? 아! 어째서 이렇게 비참한 모습이냐! 그렇게 슬픈 눈으로 나를 바라보지 마라! 그렇지 않아도 내 마음이 참담하구나.
아말리아	(얼른 노인을 흔들어 깨우며) 일어나세요, 어르신! 그냥 꿈을 꾸시는 거예요. 정신을 차리시고요!
모어 백작	(반쯤 잠이 깨어) 그 아이가 여기 오지 않았느냐? 내가 그 아이의 손을 꼭 잡지 않았더냐? 고약한 프란츠 녀석! 꿈속에서마저 카를을 앗아 가려 하느냐?
아말리아	저 아말리아를 알아보시겠어요?
모어 백작	(잠에서 깨어나며) 그 아이는 어디 있느냐? 어디야? 여긴 어디지? 넌 아말리아가 아니냐?
아말리아	좀 어떠세요? 푹 주무셨나요?
모어 백작	내 아들 카를의 꿈을 꾸었단다. 왜 꿈을 좀 더 꾸지 못했지? 그랬더라면 그 아이의 입에서 날 용서한단 말을 들었을 텐데.
아말리아	천사는 원망하지 않아요. 카를은 아버님을 용서할 거예요. (슬픈 표정으로 노인의 손을 잡으며) 카를의 아버님! 제가 아버님을 용서해 드릴게요.
모어 백작	아니다, 애야! 네 얼굴이 핏기 없는 걸 보니 날 원

망하고 있구나. 이 불쌍한 것! 내가 너에게서 청
춘의 기쁨을 앗아가 버렸구나……. 부디 나를 저
주하지 말거라!

아말리아 (노인의 손에 다정히 입 맞추며) 제가 어떻게 아버님
을요?

모어 백작 얘야, 이게 누구의 초상화인지 알겠느냐?

아말리아 카를이지요!

모어 백작 열여섯 살 되던 때의 그 아이 모습이다. 이제는
달라졌겠지…… 아, 가슴이 미어지는구나. 이 온
화한 모습이 불만으로 가득 차고, 이 미소는 절망
으로 바뀌었겠지…… 그렇지 않겠니, 아말리아!
그 아이의 생일날 재스민 정자에서 네가 이 그림
을 그리지 않았느냐? 아, 애야! 너희들의 사랑에
난 너무나 행복했단다.

아말리아 (여전히 초상화에서 눈을 떼지 못하며) 아니, 아니에
요! 카를은 이런 모습이 아니에요. 맹세코! 이것
은 카를이 아니에요. (가슴과 이마를 가리키며) 여
기하고 여기가 그이 모습과 너무 달라요, 이 칙칙
한 물감으로 카를의 불타는 눈에 번득이던 천상
의 정신을 그린다는 건 어림없는 일이에요. 이 그
림을 치우세요! 너무 불완전해요! 그때 제 실력이
너무 형편없었어요.

모어 백작 다정하고 따뜻한 이 눈빛을 보려무나……. 이 아
이가 내 침상 머리맡에 서 있으면 죽음과도 싸워

이겨 낼 수 있을 텐데! 절대로, 절대로 죽지 않을
텐데!

아말리아   절대로, 절대로 아버님은 돌아가시지 않을 거예
요! 그 일은 하나의 생각에서 더 멋진 다른 생각
으로 뛰어넘는 도약일 거예요. 이 눈빛이 무덤 너
머까지 아버님을 비추어 주고, 이 눈빛이 아버님
을 별들 저 너머로 모셔다 드릴 거예요.

모어 백작   아, 괴롭고 슬프구나! 내가 죽음을 앞두고 있는데
도, 내 아들 카를이 여기에 없다니……. 내가 무
덤으로 실려 가더라도 그 아이는 내 무덤에 찾아
와 울지 않을 것이다. 아들의 기도 소리 들으며
죽음의 잠 속으로 빠져든다면 얼마나 달콤하겠느
냐…… 그게 바로 자장가가 아니겠느냐.

아말리아   (꿈에 잠긴 듯) 그래요, 달콤할 거예요. 사랑하는
아들의 노랫소리 들으며 죽음의 잠 속으로 빠져
든다면 더없이 달콤할 거예요. 어쩌면 무덤 속
에서도 계속 꿈꿀지도 몰라요. 부활의 종소리가
울려 퍼질 때까지 카를의 꿈만 한없이 꿀 거예
요……. (벌떡 일어나 황홀한 듯이) 그리고 그때부
터는 영원히 카를의 품에 안기는 거예요. (잠시
침묵하다가 피아노 옆으로 가서 피아노를 치며 노래
부른다.)

아킬레우스의 치명적인 쇠 검이

끔찍하게 파트로클로스[35]를 위한 제물을 바치려
는 곳에서
헥토르, 그대는 저를 영원히 뿌리치실 건가요?
크산토스[36]가 그대를 집어삼켜 버리면
앞으로 누가 어린 자식들에게
창을 던지고 신들을 받드는 법을 가르친단 말인
가요?[37]

모어 백작 애야, 아름다운 노래구나! 내가 눈을 감기 전에
나를 위해 그 노래를 불러 다오.

아말리아 안드로마케와 헥토르가 헤어지는 장면이에요. 카
를과 저는 가끔 라우테[38]에 맞춰 이 노래를 부르
곤 했지요. (계속 노래한다.)

소중한 아내여, 죽음의 창을 가져다주오.
거친 전쟁의 춤을 추게, 내가 싸움터로 가게 해
주오.

---

35) 그리스 신화 속 트로이 전쟁의 영웅으로 아킬레우스의 친구. 아킬레우
스는 파트로클로스의 죽음을 전해 듣고 분노로 가득 차서 슬퍼하며 전장으
로 나가 헥토르를 죽이고 그의 시체를 모욕한다.
36) 그리스 신화 속 아킬레우스의 전차를 끌던 신마(神馬) 가운데 하나.
37) 그리스 신화의 『일리아스』에서 트로이의 영웅 헥토르가 아킬레우스에
의해 죽임을 당하기 전에 아내 안드로마케와 마지막으로 이별하는 장면을
묘사하는 노래이다.
38) 구식 현악기의 일종.

트로이의 운명이 내 어깨에 달려 있다오.

우리의 신들이 아스티아낙스[39]를 굽어보고 계신다오!

헥토르가 조국을 구하다 쓰러지면

극락[40]에서 우리 다시 만납시다.

(다니엘이 등장한다.)

다니엘　밖에 어떤 사람이 찾아와 백작 나리를 기다리고 있습니다. 중대한 소식을 전해 드리고 싶으니 알현을 허락해 달랍니다.

모어 백작　이 세상에 내게 중요한 것은 한 가지밖에 없다. 너는 그것이 무엇인지 알 것이다, 아말리아…… 내 도움이 필요한 불행한 사람이 찾아온 것이냐? 그렇다면 한숨지으며 이곳을 떠나게 해선 안 되지.

아말리아　걸인이라면 어서 들여보내세요. (다니엘, 퇴장한다.)

모어 백작　아말리아, 아말리아! 나를 보살펴 다오!

---

39) 헥토르와 안드로마케의 아들이다. 트로이 근처 강의 이름을 따서 스카만드리우스라고 부르기도 한다. 트로이가 무너진 뒤 적장 네오프톨레모스에 의해 추방되었다고 전해지나, 다른 전설에 따르면 시칠리아에 왕국을 세웠다고도 한다.

40) 엘리시움(Elysium). 선택된 영웅들이 죽지 않고 가게 된다는 극락이자 이상향.

아말리아   (다시 노래한다.)

그대의 창검 소리 다신 내 귀에 들리지 않고
그대의 쇠 검은 외로이 홀에 놓여 있으니
프리아모스의 위대한 영웅 가문이 망하는구나!
그대는 영원히 해 비치지 않는 곳으로 가고,
코키토스강[41]은 황야를 가로지르며 눈물짓고
그대의 사랑은 레테강[42]에서 죽으리라.

검은 레테강 물이
나의 모든 그리움과 생각을 잊게 해도
나의 사랑만은 온전하리라!
쉿! 난폭한 자 벌써 성벽을 향해 돌진하니
슬픔일랑 접고 날 위해 허리춤에 칼을 채워 다오.
헥토르의 사랑은 레테강에서 죽지 않으리라!

(프란츠, 변장한 헤르만, 다니엘이 등장한다.)

프란츠   여기 이 남자입니다. 끔찍한 소식을 전하겠다고
        하는데, 그가 하는 말을 견딜 수 있겠습니까?
모어 백작   나한테 끔찍한 소식이란 한 가지밖에 없다. 이리

---

41) 저승을 흐르는 강.
42) 저승 세계로 통하는 망각의 강.

94

다가오게, 이보게, 내 걱정은 하지 않아도 되네! 우선 이 사람에게 술을 한 잔 따라 주도록 해라!

헤르만 (목소리를 바꾸어) 나리! 제가 본의 아니게 나리의 마음을 아프게 하더라도 이 불쌍한 녀석에게 벌을 내리지 마십시오! 저는 이곳 출신이 아니지만 나리를 잘 알고 있습니다. 나리께서는 카를 폰 모어의 아버님이시지요.

모어 백작 자네가 그것을 어떻게 아나?

헤르만 저는 아드님과 알고 지냈습니다.

아말리아 (화들짝 놀라며) 그 사람이 살아 있나요? 살아 있단 말인가요? 어떻게 그 사람을 아나요? 그 사람이 어디 있나요, 어디, 어디예요? (밖으로 뛰쳐나가려 한다.)

모어 백작 자네가 내 아들에 관해 알고 있단 말인가?

헤르만 아드님은 라이프치히에서 공부하셨습니다. 그 후 어디까지 가셨는지 모르지만 사방을 돌아다녔다고 합니다. 아드님 말에 의하면 모자도 쓰지 않고 맨발로 문전걸식하며 독일 전역을 돌아다녔다고 합니다. 떠난 지 다섯 달 후 유감스럽게도 프로이센과 오스트리아 사이에 다시 전쟁이 터졌는데, 아드님은 이 세상에 더 이상 희망이 없었기에 프리드리히 대왕의 승리의 북소리에 이끌려 보헤미아로 갔습니다. 실례되는 말씀이지만, 그는 위대한 슈베린을 찾아가서 자신은 이제 아버지 없는 신세이니 영웅답게 죽게 해 달라고 말했답니다!

모어 백작 아말리아, 나를 쳐다보지 말거라!

헤르만 아드님은 기수를 맡게 되셔서, 프로이센이 승리한 기쁨을 함께 나누었습니다. 우리는 마침 같은 막사에서 잠을 자게 되었는데, 그때 아드님은 연로하신 아버님에 관해, 또 좋았던 지난날에 관해 많은 이야기를 해 주었습니다. 그리고 희망이 좌절된 이야기를 할 때는…… 우리 눈에 눈물이 고였습니다.

모어 백작 (머리를 베개에 파묻으며) 그만, 아, 그만하게!

헤르만 그리고 일주일 뒤 프라하 부근에서 치열한 교전이 벌어졌습니다. 감히 말씀 드리자면 아드님께서는 용감한 전사처럼 행동하셨습니다. 대군의 눈앞에서 기적을 이뤄 내셨지요. 다섯 개 연대가 교체되었는데도, 그분은 의연히 버티셨답니다. 좌우로 총알이 빗발처럼 쏟아져도 그분은 꿈쩍도 않으셨지요. 오른손이 총알에 으스러지자, 아드님께서는 왼손으로 군기를 잡고 버티셨습니다.

아말리아 (무척 감격한 어조로) 헥토르, 헥토르예요! 들으셨지요? 그 사람은 꿈쩍도 안 했답니다.

헤르만 전투가 벌어진 그날 저녁, 저는 총알이 빗발처럼 쏟아지는 가운데 쓰러져 있는 아드님을 만났습니다. 그분은 콸콸 쏟아지는 피를 왼손으로 누르고 계셨고, 오른손은 이미 땅속에 묻혀 있었습니다.

그런 상태에서 그분은 장군이 한 시간 전에 전사했다고 병사들이 수군거리는 걸 들었다면서 저한테 큰 소리로 외쳤습니다. 그래서 저는 장군님은 전사하셨는데 자네는 어떠냐고 물었지요. 그러자 아드님은 왼손을 떼고 누구든 용감한 병사는 나처럼 장군의 뒤를 따르라고 큰 소리로 외쳤습니다. 그 말을 한 뒤 아드님의 영혼은 영웅들의 뒤를 따르셨습니다.

프란츠 　(거칠게 헤르만에게 달려들며) 저주받은 네 혀를 계속 놀리다간 죽음을 면치 못하리라! 아버님의 죽음을 재촉하기 위해 네놈이 이곳에 찾아온 것이냐? 아버님! 아말리아! 아버님!

헤르만 　제가 이곳을 찾아온 것은 오직 죽어 가는 전우의 마지막 소원 때문입니다. 아드님은 가쁜 숨을 몰아쉬며 말했습니다. "이 칼을 갖고 가서 늙으신 아버님께 전해 드리게. 그분의 아들 피가 묻어 있는 칼이네. 아버님은 사태를 짐작하시고 기뻐하실 거네. 아버님의 저주에 내가 전쟁터와 죽음으로 내몰렸다고 말씀 드리게. 내가 절망하여 죽었다고 말일세!" 아드님은 마지막으로 "아말리아!" 하고 탄식했습니다.

아말리아 　(혼수상태에서 깨어난 듯) 마지막으로 아말리아 하고 탄식했다고요!

모어 백작 　(머리를 쥐어뜯으며 무섭게 절규한다.) 내 저주에 그

아이가 죽음으로 내몰렸다니! 절망한 나머지 죽
고 말았다니!

프란츠 (방 안을 서성이며) 아! 대체 어떻게 하셨길래요,
아버님? 카를 형, 우리 형!

헤르만 여기에 그 칼이 있습니다. 또한 아드님이 그때 가
슴속에서 꺼낸 초상화도 가져왔습니다. 여기 계
신 아가씨와 빼닮았군요! 그분은 이 초상화를 동
생 프란츠에게 전해 주라고 하셨습니다. 그가 무
슨 뜻으로 그 말을 했는지는 저도 모르겠습니다.

프란츠 (깜짝 놀란 표정을 지으며) 나한테 전해 주라고? 아
말리아의 초상화를? 카를 형이 나한테 아말리아
의 초상화를? 나한테 전해 주라고 했단 말인가?

아말리아 (헤르만에게 사납게 달려들며) 이 돈에 팔린 녀석,
돈에 매수된 이 사기꾼아! (헤르만을 거칠게 움켜잡
는다.)

헤르만 아가씨, 저는 그런 놈이 아닙니다. 아가씨의 초상
화인지 아닌지 직접 보십시오. 아가씨가 그분께
직접 건네준 초상화일지도 모르니까요.

프란츠 아니 이럴 수가! 아말리아, 당신의 초상화가 맞아
요! 정말 당신의 초상화인데요!

아말리아 (프란츠에게 초상화를 돌려주며) 내 것이야, 내 것이
야! 어찌 이럴 수가!

모어 백작 (절규하며 얼굴을 일그러뜨리고) 이럴 수가, 아, 이럴
수가! 나의 저주에 그 아이가 죽음으로 내몰렸다

니! 절망한 나머지 죽고 말았다니!

프란츠　세상을 떠나는 마지막 괴로운 순간에 형님이 나를 생각하셨다니! 천사 같은 마음을 가졌어! 죽음의 검은 깃발이 펄럭이는 순간에도 나를 생각하셨다니!

모어 백작　(알 수 없는 소리로 웅얼거리며) 나의 저주에 그 아이가 죽음으로 내몰렸다니! 내 아들이 절망한 나머지 죽고 말았다니!

헤르만　참담한 모습을 견디지 못하겠습니다. 안녕히 계십시오, 나리! (나지막한 소리로 프란츠에게) 무엇 때문에 이런 일을 했습니까, 도련님? (빠른 걸음으로 퇴장한다.)

아말리아　(벌떡 일어나 헤르만을 뒤쫓아 가며) 잠깐, 잠깐만요! 그분의 마지막 말이 뭐였다고요?

헤르만　(큰 소리로 대답한다.) 마지막으로 "아말리아!" 하고 탄식하셨습니다! (퇴장한다.)

아말리아　그분이 마지막으로 아말리아 하고 탄식하셨다니! 아니, 그렇다면 당신은 사기꾼이 아니군요! 그럼 사실이군요…… 정말 사실이군요……. 그분이 죽다니! 죽다니! (비틀비틀 걸음을 옮기다 결국 쓰러진다.) 죽다니, 카를이 죽다니…….

프란츠　이게 뭐지? 여기 칼에 뭐라고 쓰여 있는 거지? 피로 쓴 모양인데…… 아말리아!

아말리아　그분이 쓴 것인가요?

프란츠	내가 제대로 보는 것일까요, 아니면 꿈꾸고 있는 걸까요? 여기 피로 쓴 글씨 좀 보세요. "프란츠, 나의 아말리아를 버리지 말아라!" 좀 보세요! 좀 보시라니까요! 뒤쪽에도 쓰여 있군요. "아말리아, 막강한 죽음이 당신과의 맹세를 깨뜨렸소!" 자, 보세요, 이제 보이지요? 심장의 따뜻한 피를 묻혀 굳어 가는 손으로 썼습니다. 영원의 길을 가는 엄숙한 순간에 말입니다! 이승을 떠나는 형님의 영혼이 프란츠와 아말리아를 맺어 주기 위해 잠시 머뭇거리신 것이지요.
아말리아	아니 이럴 수가! 그 사람의 글씨예요. 그렇다면 그 사람은 결코 나를 사랑하지 않았어요! (총총걸음으로 퇴장한다.)
프란츠	(발을 쿵쿵 구르며) 절망적인 심정이군! 온갖 술수를 다 부려도 저 고집불통한테는 못 당하겠군.
모어 백작	이럴 수가, 아니, 이럴 수가! 아말리아! 날 버리지 말거라! 프란츠, 프란츠! 내 아들을 돌려다오!
프란츠	그 아들을 저주한 장본인이 누구였습니까? 자기 아들을 전쟁터와 죽음과 절망으로 내몬 사람이 도대체 누구였지요? 아, 형은 천사였고, 천국의 보배였어요! 형을 죽인 사람을 저주하세요! 아버님 자신을 저주, 저주하세요!
모어 백작	(주먹으로 가슴과 이마를 치며) 그 아이는 천사였고, 천국의 보배였어! 저주스럽구나, 나 자신이 저

주스러워! 난 죽어 마땅해. 나는 훌륭한 아들을 죽음으로 내몬 아비이다. 눈을 감는 순간까지 그런 아비를 사랑하다니! 그 아이가 전쟁터와 죽음으로 내달린 것은 내게 복수하기 위해서였어! 끔찍한 일이야, 끔찍한 일이야! (자신에 대해 몹시 분노한다.)

프란츠   형은 이미 저세상으로 갔습니다. 뒤늦게 한탄한들 무슨 소용 있겠습니까? (조롱하듯 웃음을 터뜨리며) 죽이는 게 살려 내는 것보단 쉽지요. 아버님은 형을 결코 무덤에서 끌어낼 수 없을 겁니다.

모어 백작   결코, 결코, 결코 무덤에서 살려 낼 수 없겠지! 가 버렸어, 영원히 사라졌어……. 네놈의 꾀임에 넘어가 그 아이를 저주했던 거야. 네…… 네 이놈, 내 아들을 돌려다오!

프란츠   내 화를 돋우지 마세요. 그렇지 않으면 아버지를 죽게 내버려 둘 겁니다!

모어 백작   이런 흉악한 놈! 이런 흉악한 놈이 다 있나! 내 아들을 다시 살려 내라! (안락의자에서 벌떡 일어나 프란츠의 멱살을 움켜쥐려 한다. 프란츠는 노인을 홱 밀쳐 낸다.)

프란츠   힘없는 노인네가 감히 멱살을 잡으려 하다니…… 죽으라지! 절망하라지! (퇴장한다.)

모어 백작   넌 평생 온갖 저주를 받을 것이다! 네놈이 내 아들을 내 품에서 앗아 갔어. (절망감을 이기지 못하고 안락의자에서 몸부림을 친다.) 이럴 수가, 아니 이럴 수가! 이렇게 절망스러운데도 숨이 끊어지지 않다니! 다들 도망치고 나를 죽음 속에 내팽개치는구나. 나의 착한 천사들도 내 곁에서 도망치고, 온갖 성인들도 백발의 살인자를 피하는구나. 이럴 수가, 아니 이럴 수가! 내 머리를 받쳐 주고 고통에 시달리는 내 영혼을 해방시켜 줄 자가 아무도 없단 말인가? 아들도 딸도 친구도 없고, 인간이라곤 아무도 없단 말이냐! 아무도 없이 나 혼자 버림받았다는 말이냐. 이럴 수가, 아니 이럴 수가! 이렇게 절망스러운데도 숨이 끊어지지 않다니!

(아말리아, 울어서 퉁퉁 부은 눈으로 등장한다.)

모어 백작 아말리아! 하늘의 사자(使者)로 왔구나! 내 영혼을 구해 주러 왔느냐?

아말리아 (좀 더 상냥한 어조로) 아버님은 훌륭한 아들을 잃으셨어요.

모어 백작 내가 죽였다고 말하려는 거지? 이런 증거 자료를 가지고 하느님의 심판대 앞에 서게 되다니.

아말리아 그렇지 않아요, 가엾으신 어르신! 하늘에 계신 아버지께서 그 사람을 자기 곁으로 데려가셨어요. 그렇지 않았으면 우리는 이 세상에서 지나치게 행복했을지도 몰라요. 저세상, 태양 너머 저세상에서 우린 그를 다시 만날 거예요.

모어 백작 다시, 다시 만난다고! 아, 그러면 내 영혼이 칼에 베이는 아픔을 느낄 텐데! 성인들과 함께 있는 그 아이를 보게 되면 천국 한가운데서도 난 지옥의 공포를 느낄 게야! 영원을 마주하면서 그 기억이 나를 산산이 부숴 버릴 거야. 내가 바로 내 자식을 살해했어!

아말리아 아, 그 사람은 미소 지으며 아버님의 마음에서 지난날의 아픈 기억을 몰아내 줄 거예요. 그러니 부디 즐거운 마음을 가지세요, 아버님! 저는 이제 괜찮아요. 그 사람은 벌써 천사들의 하프 소리에 맞춰 천국의 청중들에게 제 이름 아말리아를 노래하지 않았을까요? 그리고 천국의 청중들은 제 이름을 나직이 속삭였을 거예요. 그 사람이 마지막으로 "아말리아!" 하고 탄식했다니, 처음에도 "아말리아!" 하고 환호하지 않았겠어요?

모어 백작 네 말을 들으니 천국의 위로를 받는 것 같구나! 그 아이가 날 보고 미소 지을 거라 했느냐? 날 용서해 줄 거라고? 너는 내 아들 카를이 사랑한 여자이니, 내가 죽을 때 곁에 있어 다오.

아말리아 죽는다는 것은 그 사람의 품 안으로 날아가는 거예요! 아버님은 행복하신 거예요! 아버님이 부러워요. 제 몸뚱이는 왜 문드러지지 않을까요? 제

머리카락은 왜 하얗게 세지 않을까요? 청춘의 힘이 원망스러워요! 천국과 카를에게 더 가까워지도록 힘없는 나이가 되었으면 좋겠어요!

(프란츠, 등장한다.)

모어 백작   어서 오너라, 내 아들아! 조금 전에 너한테 너무 심한 말을 한 것을 용서해 다오! 네가 한 모든 일을 용서해 주마. 나는 평온한 마음으로 이 세상을 떠나고 싶구나.

프란츠   아들을 위해 원 없이 우셨나요? 제 생각에는 아버지에게 아들은 이제 하나뿐인 것 같은데요.

모어 백작   야곱은 열두 아들을 뒀지만, 요셉 때문에 피눈물을 흘렸단다.

프란츠   으흠!

모어 백작   아말리아, 애야, 가서 성경을 가져오너라. 나한테 야곱과 요셉의 이야기를 읽어 다오! 내가 야곱의 입장이 아니었을 때도 나는 그 이야기에 언제나 가슴 뭉클했단다.

아말리아   어떤 구절을 읽어 드릴까요? (성경을 집어 들고 책장을 넘긴다.)

모어 백작   형제들 가운데 요셉이 보이지 않자 쓸쓸해진 야곱이 비통해하는 구절을 읽어 다오. 열한 명의 자식에 둘러싸여 헛되이 요셉을 기다리다가, 요셉이 영원히 돌아오지 않을 거란 말을 듣고 몹시 슬퍼하는 대목을 읽어 다오!

아말리아   (성경을 읽는다.) "그리하여 그들은 염소 한 마리를 죽이고 요셉의 옷을 가져와 그 피를 적셨다. 그리고 그 피 묻은 옷을 아버지에게 보내 달라며 이렇게 전했다. 이것을 우리가 얻었는데, 이것이 아버지 아들의 옷인지 아닌지 보소서! (프란츠, 갑자기 방을 나간다.) 야곱이 그 옷을 알아보고 말했다. 내 아들의 옷이로다. 악한 짐승이 그를 먹었구나. 요셉이 갈가리 찢기었도다!"[43]

모어 백작   (베개 위에 풀썩 쓰러지며) 요셉이 갈가리 찢기었다니!

아말리아   (계속 읽는다.) "야곱이 자기 옷을 찢고, 굵은 베로 허리를 묶고 오래도록 그 아들을 위하여 애통했다. 모든 아들딸이 아버지를 위로하였지만, 그가 그 위로를 받지 아니하고 이렇게 말했다. 내가 슬퍼하며 스올[44]로 내려가 아들에게로 가리라."

모어 백작   그만, 그만 읽어라! 속이 몹시 안 좋아지는구나.

아말리아   (책을 내려놓고 급히 노인에게 달려간다.) 이를 어쩌나! 무슨 일이세요?

모어 백작   죽음이 임박했구나! 눈앞이…… 아물거리고 캄

---

43) 구약성서, 창세기 37장, 31~35절 참조.
44) 죽은 사람들이 가는 처소를 가리키는 구약적 명칭.

캄캄해진다…… 어서 신부를 불러오너라…… 나에게 미사와 성체배령을 올리도록…… 어디 있느냐…… 내 아들 프란츠는?

아말리아 달아났어요! 하느님, 우리를 긍휼히 여기소서!

모어 백작 달아났다고…… 아비의 임종 자리에서 달아났다고? 그토록 전도유망한 두 자식이었건만…… 이게 다…… 다라니…… 당신께서는 자식들을 주시고 다시 앗아 버렸습니다…… 당신의 이름은…….

아말리아 (갑자기 큰 소리로 울부짖으며) 돌아가셨어! 모두 돌아가셨어! (절망하여 퇴장한다.)

(프란츠, 몹시 기뻐하며 뛰어 들어온다.)

프란츠 다들 "돌아가셨다!", "돌아가셨다!"고 울부짖는구나. 이제 이 집안의 주인은 나다. 온 성안에서 돌아가셨다는 비명이 들리는구나! 헌데 혹시 그냥 잠든 거라면 어쩌지? 하기야 그렇지, 이것도 물론 잠이긴 하지. "안녕히 주무셨습니까?"라는 인사말을 영원히 들을 수 없는 잠이긴 하지. 잠과 죽음은 다만 쌍둥이에 지나지 않아.[45] 이름을 한번 바

---

45) 독일의 극작가이자 계몽 사상가인 레싱이 『라오콘』에서 언급해 실러 시대에 유행한 말이다.

꿔 봐야겠어! 꿋꿋하고 반가운 잠아! 우린 너를 죽음이라 부르련다! (모어 백작의 눈을 감겨 준다.) 이제 누가 감히 나를 법정에 불러 세우겠는가? 아니면 누가 감히 내 면전에 대고 악한이라 말하겠느냐![46] 그러니 온정이니 미덕이니 하는 성가신 가면을 벗어 버리자! 이제 너희들은 프란츠의 적나라한 모습을 보고 깜짝 놀랄 것이다! 우리 아버지는 요구 사항을 듣기 좋게 이야기했고, 영지의 모든 사람을 한 가족처럼 대했으며, 자비롭게 미소 지으며 성문에 앉아 너희들에게 형제니 자식이니 하며 인사했지. 이젠 내 눈썹이 시커먼 먹구름처럼 너희들 머리 위에 걸려 있고, 당당한 내 이름은 위협적인 혜성처럼 이 산맥들 위를 떠돌고, 내 이마는 너희들의 청우계가 될 것이다! 아버지는 고집스레 대드는 녀석들의 목덜미를 쓰다듬고 어루만져 주었지만, 난 그런 식으론 대하지 않을 것이다. 나는 너희들의 살 속에 뾰족한 못을 박고, 모진 채찍을 가할 것이다. 내 영지에서는 축제일에도 감자와 멀건 맥주로 허기를 달래야 할 것이다. 통통하고 뽀얀 뺨을 가진 자가 내 눈에 띄기만 하면 누구든 가만두지 않을 것이다! 내가 좋아하는 색깔은 가난에 찌들고 비굴한

---

46) 셰익스피어의 『오셀로』에서 이아고의 독백을 인용한 것이다.

두려움에 질린 창백한 낯빛이다. 그러니까 난 네 놈들에게 그런 하인 제복을 입혀 줄 것이다! (퇴장한다.)

3장

보헤미아의 숲.

슈피겔베르크, 라츠만, 도적의 무리.

라츠만   자네 왔어? 정말 자네 맞아? 나의 절친한 친구,
모리츠, 자네 몸이 으스러지도록 껴안아 주겠네!
이 보헤미아 숲에 오길 잘했네! 그동안 덩치도
커지고 힘도 세졌군. 굉장한 부대군! 신참들을
잔뜩 데려온 걸 보니, 사람 모으는 재주가 탁월
하네!

슈피겔베르크   어때, 이봐, 어때 괜찮지? 게다가 전부 쓸 만한
녀석들이라네. 하느님의 은총이 내 곁에 있다는
뚜렷한 증거를 자네가 믿어 줄지 모르겠네. 자네

가 보기에 나는 허기진 가엾은 녀석에 불과했지. 내가 요단강을 건널 때는 이 지팡이 하나밖에 없었지만 이젠 무려 일흔여덟 명이 되었다네. 대부분 슈바벤 출신의 망해 버린 장사꾼, 쫓겨난 선생이나 글쟁이들이지.

이보게, 다들 단결심이 대단하고 멋진 녀석들이네. 장전한 총으로 지키고 있어도 다른 사람 바지 속의 돈을 슬쩍하기는 식은 죽 먹기라네. 그래서 사업이 무척 번창하고 있지. 그리고 이해할 수 없는 일이지만 사십 마일 떨어진 곳까지 우리의 명성이 자자하다네. 이 약삭빠른 슈피겔베르크에 대한 기사가 실리지 않은 신문이 하나도 없을 정도라네. 내가 신문을 보는 것도 순전히 그 때문이지. 머리끝에서 발끝까지 정말 자세히도 묘사하는데, 마치 내 모습 그대로를 보는 것 같다니까. 심지어 내 윗도리의 단추까지 빼놓지 않는다네. 하지만 우리는 측은하게도 그들을 가지고 놀고 있지.

나는 얼마 전에 어느 인쇄소에 들어가서 악명 높은 슈피겔베르크를 보았다고 거짓말을 했네. 그리고 그곳에 앉아 있던 신문기자한테 근처에 사는 어느 돌팔이 의사의 모습을 아주 자세히 알려 주었다네. 그러자 그 소문이 널리 퍼져 그 돌팔이 녀석은 잡혀 들어갔고 호된 심문을 받았지. 그런데 어리석은 그 녀석은 겁에 질려 어처구니없게도 자신이 슈피겔베르크라고 자백해 버렸어. 이런 빌어먹을! 당장 관가로 달려가 그 악당이 내 명성을 그르쳤다고 고발하고 싶더라니까. 아무튼 그 녀석은 석 달 후에 교수형을 당하고 말았지. 나중에 교수대 옆을 지나가면서 그 가짜 슈피겔베르크가 영광스레 높이 매달린 것을 보고 난 담배 한 줌을 코에다 문질러야 했어. 그처럼 가짜 슈피겔베르크가 교수대에 매달려 있는 동안, 진짜 슈피겔베르크는 살그머니 올가미에서 벗어나서는, 잘난 재판관들 등 뒤에서 딱하다는 듯 그들을 바보라 놀려 댔지.

라츠만 (큰 소리로 웃으며) 자넨 여전히 옛날 그대로군.

슈피겔베르크 자네가 보다시피 몸과 마음은 옛날 그대로일세. 익살꾼이지! 내가 최근에 세실리아 수도원에서 재미있는 일을 저질렀는데 한번 들어 보겠나. 어느 날 해 질 녘에 길을 가다가 마침 그 수도원에 이르렀네. 그날따라 아직 총을 쏘아 보지 못했으니 악마에게 귀를 한쪽 바치는 한이 있더라도 뒤늦게 장난쳐서 근사한 밤을 보내야 하지 않겠는가! 자네도 알다시피 나라는 놈은 그렇게 무료하게 보내는 것을 죽기보다 싫어하지 않나. 우리는 밤이 이슥해질 때까지 조용히 참고 있었지. 사방이 쥐 죽은 듯 조용해지며, 수도원의 불빛도 하나둘 꺼지더군. 이제 수녀들이 곤히 잠들었을 거라 생각될 무렵, 나는 동지인 그림을 데리고 나서며, 다른 동지들한테는 내 휘파람 소리가 들릴 때까지 수도원 문 앞에서 기다리라고 일렀지.

나는 먼저 수도원지기를 사로잡아 열쇠를 빼앗고 하녀들이 자고 있는 곳으로 몰래 들어갔네. 그러고는 그들의 옷가지들을 살그머니 꺼내 수도원 문 밖으로 모두 내던져 버렸지. 우리는 계속 방마다 돌아다니며 수녀들의 옷과 수도원장의 옷마저 거둬들였어. 그러고 나서 내가 휘파람을 불자 밖에서 기다리던 녀석들이 마치 최후의 심판 날이 온 듯 우르르 달려들었네. 야수처럼 요란한 소리를 내며 수녀들의 방으로 뛰어들었지!

하하하! 자네가 그 소동을 봤어야 하는데. 불쌍한 것들이 어둠 속에서 옷을 찾아 더듬거리고, 마치 사탄이라도 만난 듯 애처롭게 허둥거리더군. 우리가 천둥 치듯 고함 지르며 달려들자 자지러지게 놀라 기겁하며 시트로 몸을 감싸거나, 고양이처럼 난로 밑으로 기어들기 바쁘더군. 어떤 것들은 새파랗게 질려 방바닥에 오줌을 싸는 바람에 방 안에서 수영을 배울 수 있을 정도였어. 애처롭게 비명을 지르고 징징대는 소리를 냈고, 결국 마귀할멈 같은 수도원장은 타락하기 전의 이브 같은 꼬락서니였어.

이보게, 자네도 알다시피 내가 이 세상에서 가장 싫어하는 게 바로 거미와 할망구가 아닌가. 거무튀튀하고 털이 텁수룩한 쭈글탱이 노파가 자신이 정숙한 숫처녀임을 맹세한다며 내 앞에서 길길이 날뛰는 꼴을 한번 생각해 보게. 이런 빌어먹을! 나는 이것저것 생각하지 않고 팔꿈치로 냅다 쳐서 그녀의 몇 개 남지 않은 이빨을 모조리 창자 속에 처박아 버렸지! 난 간단히 해치우기로 결심했어! 그래서 우리는 은그릇과 수도원의 보물이며 번쩍거리는 은화를 닥치는 대로 끌어모았네. 녀석들은 내가 굳이 시키지 않아도 척척 알아서들 하거든. 이보게, 난 그 수도원에서 천 탈러 이상의 값진 수확을 올렸고, 게다가 재미까지 보았네. 그리고 녀석들은 수녀들에게 기념품을 하나씩 남겨 두었으니, 그녀들은 아홉 달 동안 그걸 힘들게 끌고 다녀야 할 걸세.

라츠만   (발을 쿵쿵 구르며) 이런 제기랄, 내가 그런 재미를 놓치다니!

슈피겔베르크   어떤가? 이게 건달 생활이 아니고 뭔가? 그러니 늘 활기차고 팔팔하게 살아갈 수 있다네. 그리고 녀석들의 몸이 아직 원기 왕성한 데다, 고위 성직자의 배처럼 그 수가 시시각각 불어나는 거야. 지구상의 건달을 쇠붙이처럼 모조리 끌어당기는 걸 보면 내 몸에 지남철 같은 것이 달렸는지도 모르겠어.

라츠만   멋진 지남철이로군! 그런데 젠장 자네가 어떤 마술을 부리는지 알고 싶군.

슈피겔베르크   마술이라고? 아무에게도 마술은 필요 없네. 머리를 써야지! 물론 실제적인 문제에 필요한 판단 능력이 필요해. 자네도 알다시피, 내가 늘 입버릇처럼 말하곤 했지. 정직한 남자는 버드나무 등걸로도 만들 수 있지만, 악당을 만들려면 머리가 좋아야 한다고. 거기에다가 민족 고유의 재능, 말하자면 악당을 만들어 낼 수 있는 분위기가 필요하지, 자네에게 충고 하나 해 주겠네. 그라우뷘덴[47] 주에 한번 가 보게나. 그곳은 오늘날의 악당들이 모이는 아테네일세.

라츠만   이보게, 이탈리아는 어디나 그렇다고 칭찬이 자자하던데.

슈피겔베르크   그래, 그렇고말고! 누구든 자신의 권리를 남에게 넘겨줘선 안 되지. 이탈리아에도 괜찮은 녀석들이 나오고 있지. 독일이 이미 지금 하는 것처럼 계속하고, 멋지게도 성서를 완전히 몰아내기로 결정한다면 독일에도 점차 좋은 일이 생길 수 있을 거야. 자네에게 분명히 말하지만 분위기는 그다지 중요하지 않아. 재능은 어디서든 발휘되는 법이

---

47) 스위스의 주 이름.

지. 그 나머지 것들이야, 이보게, 자네도 알다시피 야생 능금나무를 낙원에 심는다고 파인애플이 나오겠나. 그런데 내가 자네에게 무슨 말을 하다 말았지?

라츠만　머리를 써야 한다고 했지.

슈피겔베르크　그래, 맞아. 머리를 써야 하지. 자네가 도시에 들어가게 되면 먼저 누가 거지 단속 경찰이나 야경꾼, 교도관한테 가장 열성적으로 고자질하고 꼬리 치는지 정보를 캐내 그런 놈을 찾아가는 걸세. 그런 다음 카페나 유곽이나 술집 같은 데 죽치고 앉아 염탐하는 걸세. 어떤 놈이 더러운 세상이니 5부 이자니, 경찰 개선의 뿌리 깊은 병폐에 대해 가장 많은 불평을 하는지 말이야. 또 어떤 놈이 정부에 대해 가장 많이 욕을 해 대는지, 아니면 골상학 같은 것에 반대해 핏대를 올리는지 말이야. 이보게, 그런 놈들이 제격이라네. 그런 녀석들의 양심은 썩은 이빨처럼 흔들거려 집게를 대기만 해도 빠져 버린다네.

또는 그보다 더 낫고 더 간편한 방법도 있어. 돈이 가득 든 지갑을 백주대로에 던져 놓고 몸을 숨긴 뒤 어떤 놈이 집어 가는지 지켜보는 거야. 그러다 그놈의 뒤를 잠시 따라가면서 돈주머니를 찾는 척 뭐라고 중얼대고, 옆을 지나가면서 혹시 돈주머니를 보지 않았냐며 슬쩍 떠보는 거야. 그놈이 그렇다고 하면 재수에 옴 붙은 거지만, 미안하지만 잘 모르겠는데요, 안됐군요, 하며 시치미를 뚝 떼면 (벌떡 일어나며) 이보게, 계획이 성공을 거둔 거야! 교활한 디오게네스![48] 등불을 꺼라! 자넨 원하던 짝을 찾은 거지.

라츠만   자넨 아주 능숙한 실천가가 되었구면.

슈피겔베르크   젠장! 언제는 내가 안 그랬던 것처럼 말하는군! 그건 그렇고 이제 그물에 걸려드는 놈이 있으면 교묘하게 붙잡아 낚아 올려야 하네. 이보게, 무슨 말인지 알겠지? 난 그런 식으로 해 왔다네. 일단 표적을 발견하면 찰거머리처럼 달라붙어 우의를 맺으며 거나하게 술을 퍼마시는 거야. 이때 주의해야 할 점은 자네가 한턱내야 한다는 걸세! 물론 적지 않은 돈이 깨지겠지만 그것에 연연해선 안 되네. 그다음에는 녀석을 도박판에 끌어들여 잘 노는 녀석들에게 소개시켜 주는 거야. 싸움질과 못된 짓거리에 말려들게 해서 결국 활력과 기력, 돈과 양심, 그리고 명성을 끝장내는 거지.

말 나온 김에 하는 말인데, 몸과 마음을 망쳐 놓

---

48) Diogenes(B. C. 412~B. C. 323). 고대 그리스의 철학자. 금욕적 자족을 강조하고 향락을 거부하는 그리스 철학 학파인 견유학파의 전형적 인물로, 자족과 무치(無恥)가 행복에 필요하다고 말하며, 반문화적이고 자유로운 생활을 실천했다. 참된 사람을 찾겠다며 대낮에 등불을 켜고 걸어갔다는 일화가 전해진다.

지 않으면 아무것도 이룰 수 없다네. 이보게, 내 말을 믿게! 내가 실제로 경험한 뒤에 이미 쉰 번이나 확인한 사실이야. 성실한 남자가 일단 둥지에서 쫓겨나면 그때는 악마 마음대로일세. 그러면 그다음 단계는 너무 쉬워지지. 창녀가 마음을 고쳐먹고 열성 신도가 되는 것만큼이나 쉬운 일이라고. 그런데 무슨 소리지! 우르릉 쾅쾅 소리 말이야!

라츠만　천둥 치는 소리였네. 그냥 계속하게!

슈피겔베르크　이보다 더 간단하고 좋은 방법이 있다네. 집과 전답을 모조리 탕진하게 해 몸에 셔츠 하나 걸칠 게 없도록 만드는 걸세. 그러면 곧장 제 발로 걸어온다니까. 이보게, 나한테 그런 술수를 배우려 들지 말고, 저기 얼굴이 불그레한 녀석한테 물어보게나! 제기랄, 내가 녀석을 근사하게 낚았지 뭔가. 내가 녀석에게 사십 두카텐을 쥐여 주며 주인집 열쇠의 밀랍 모형을 떠 오라고 했지. 한번 생각해 보게! 저 미련한 짐승이 어떻게 했을 것 같은가! 글쎄 저 우라질 놈이 열쇠를 통째로 가져와서는 돈을 내놓으라더군. 그래서 내가 이렇게 말해 주었지. 이보시오, 선생, 내가 곧장 경찰 나리한테 이 열쇠를 들고 가서, 탁 트인 교수대 밑에 당신의 자리를 잡아 놓으면 어떻겠소? 제기랄! 저 녀석이 눈을 둥그렇게 뜨고 물에 젖은 푸들처럼 안절부

절못하는 꼴을 자네도 봤어야 하는 건데. "나리, 제발 좀 봐 주십시오. 저는, 저는……. " 이보시오, 어쩔 텐가? 즉시 땋은 머리를 어깨 위로 쓸어 올려 행군 준비를 하고 함께 사탄을 찾아가기라도 할 텐가? "아, 그러고말고요, 기꺼이 그러지요!" 하하하! 불쌍한 녀석이야! 베이컨으로 쥐를 잡은 격이지. 마음껏 웃게나, 라츠만! 하하하!

라츠만　그래, 그래, 난 고백하지 않을 수 없어. 그 가르침을 황금빛 글자로 내 뇌의 서판에 새겨 둬야겠어. 사탄이 자넬 중개인으로 삼은 걸 보면 그도 자기 사람들을 알아보는 모양이야.

슈피겔베르크　이보게, 그렇지? 그런 녀석을 열 명쯤 넘겨주면 사탄도 나를 무사히 놓아주지 않을까. 알다시피 어떤 출판사든 구독자 모집인에게 열 번째 책은 공짜로 주는 법이지. 아무리 악마라도 무엇 때문에 유대인처럼 굴겠는가? 라츠만! 이거 화약 냄새가 나는데…….

라츠만　이런, 제기랄! 아까부터 그 냄새가 나는 것 같았어. 조심하게, 근처에서 무슨 일이 벌어진 모양이야! 아무렴, 그렇지! 모리츠, 자네에게 하는 말이지만, 이런 신출내기들을 잔뜩 데려왔으니 자넨 두목한테 환영받을 걸세. 두목도 벌써 쓸 만한 녀석들을 끌어모았다네.

슈피겔베르크　하지만 내 부하들을 보라고! 여기 내 부하들을…… 쳇…….

라츠만 뭐 그렇겠지! 손가락 솜씨가 좋은 녀석들이겠지. 하지만 자네에게 말하는데, 존경할 만한 인물들도 우리 두목의 평판을 듣고 혹한다는 거야.

슈피겔베르크 설마 그러기야 하겠나.

라츠만 농담이 아니라고! 그들은 그런 두목 밑에서 봉사하는 걸 부끄러워하지 않는다네. 두목은 우리처럼 물건을 강탈하려고 사람을 죽이지 않지. 쓸 만큼만 있으면 돈에는 연연하지 않아. 그리고 당연히 자기 몫인 노획물의 삼분의 일을 고아들에게 나눠 주거나 전도유망한 가난한 젊은이들에게 학자금으로 대 준다네. 하지만 자기 영지의 농부를 짐승처럼 부려 먹는 시골 귀족에게선 돈을 빼앗고, 자신의 목적을 위해 법을 왜곡하고 황금 레이스로 치장한 악당, 그리고 정의의 눈을 은도금으로 가리는 악당, 또는 그 밖의 불량배가 된 도련님에게는 철퇴를 가한다네. 이보게! 그때 그는 물고기가 물 만난 듯 살아나고, 모든 힘줄은 마치 복수의 여신이기라도 한 듯 악마처럼 날뛴다네.

슈피겔베르크 흠! 흠!

라츠만 얼마 전에 우린 어느 주막에 들렀다가 레겐스부르크[49]의 돈 많은 백작이 그곳을 지나갈 거란 소

49) 레겐스부르크는 제국의회가 개최되던 곳이다.

식을 들었다네. 그자는 소송에서 변호사의 술수로 엄청나게 큰돈을 챙겼다더군. 그때 두목은 마침 탁자에 앉아 체스를 두고 있었지. 그는 벌떡 일어서면서 지금 부하가 몇 명이냐고 내게 묻더군. 아랫입술을 꽉 깨물고 있는 것으로 보아 무척 격분한 모양이었어. 내가 다섯 명밖에 안 된다고 했더니 그 정도면 충분하다면서 주모한테 돈을 던져 주더라고.

그러고는 따라 놓은 포도주를 마시지도 않고, 곧장 주막을 나서 길을 떠났다네. 그는 가는 도중 내내 아무 말도 하지 않았고, 혼자 옆에서 떨어져 걸었네. 단지 이따금 무슨 소리가 들리지 않느냐고 묻고는, 땅에 귀를 대어 보라고 우리에게 명령하더군.

마침내 백작이 탄 마차가 달려왔는데, 마차에는 짐이 잔뜩 쌓여 있고, 그의 옆에 변호사도 앉아 있더군. 한 녀석이 말을 타고 앞장섰고, 양옆에는 두 녀석이 달리더군. 그때 쌍권총을 손에 든 두목이 마차에 뛰어오르던 모습을 자네가 봤어야 하는 건데! 두목은 "멈춰라!" 하고 소리쳤지. 말을 듣지 않은 마부는 땅바닥으로 나동그라졌어. 백작은 마차에서 마구 총질을 해 댔고, 말을 타고 있던 놈들은 줄행랑을 쳤어.

두목이 "이 못된 놈아, 돈을 내놓아라!" 하고 벽력

같이 소리쳤지. 그와 동시에 백작은 도끼에 맞은 황소처럼 고꾸라졌어. 괘씸한 놈, 너는 정의를 돈으로 살 수 있는 창녀 취급한 놈이 아니냐? 변호사는 이빨이 맞부딪칠 정도로 벌벌 떨더군. 하지만 단도가 포도밭의 말뚝처럼 그의 배때기에 박혔다네. "난 내 할 일을 했다!" 두목은 자랑스럽게 우리로부터 고개를 돌리면서 "노획물은 자네들이 가져라!"라고 외쳤어. 이 말을 하고는 숲속으로 사라졌지.

슈피겔베르크	음, 음! 이보게, 내가 방금 한 이야기는 우리끼리 묻어 두자고. 두목은 굳이 그 이야기를 알 필요 없겠어. 내 말 알아듣겠지?
라츠만	그럼, 그렇고말고! 알았네.
슈피겔베르크	자네도 두목이 어떤 사람인지 잘 알잖아! 그에게는 우울한 면이 있지. 내 말 알아들었겠지?
라츠만	알았어, 알아들었다니까.

(슈바르츠, 전속력으로 달려온다.)

라츠만	저게 누구야? 대체 무슨 일이지? 숲을 지나가는 사람인가?
슈바르츠	서두르게, 어서! 다른 동지들은 어디 있지? 이런 제기랄! 자네들은 여기서 잡담이나 하고 있다니! 자네들 아직 모르나? 정말 아무 일도 모르냐고?

롤러가…….

라츠만　무슨 일이야? 대체 무슨 일이냐고?

슈바르츠　롤러가 교수대에 매달리게 됐어. 다른 네 명과 함께…….

라츠만　롤러가? 맙소사! 언제부터 그렇게 되었지? 자네는 어떻게 알았어?

슈바르츠　벌써 삼 주일이나 잡혀 있었는데 우리는 아무것도 몰랐어. 벌써 세 번이나 재판을 받았는데, 우리는 전혀 몰랐다고. 놈들이 고문해서 두목이 있는 곳을 알아내려고 했지만 늠름한 그 친구는 실토하지 않았다는 거야. 어제 판결이 내려져 오늘 아침 특별 우편 마차로 악마에게 보내졌다네.

라츠만　망할 놈들! 두목도 이 사실을 알고 있나?

슈바르츠　어제서야 두목도 알았다네. 멧돼지처럼 길길이 날뛰고 있어. 두목은 누구보다 롤러를 신임하지 않나. 게다가 고문까지 당했다니……. 밧줄과 사다리를 동원해 성탑 감옥에서 롤러를 빼내려고 했지만 허사로 돌아가고 말았어. 두목이 수도사로 변장하고 감옥에 숨어들어 자기가 대신 갇혀 있겠다고 했으나, 롤러가 완강히 거부했다네. 그러자 두목은 맹세를 했어. 어느 왕의 장례식에서도 보지 못한 장례 횃불을 밝혀 놈들의 등짝을 그을려 버리겠다고 말이야. 그 모습을 보니 간담이 서늘해지더군. 이제 도시가 염려되네. 두목은 벌써 오래전부터 도시를 못마땅하게 여기거든. 도시가 치욕적일 만치 위선적이라고 말이야. 자네도 알잖아. 우리 두목은 한번 한다고 하면 반드시 하는 사람이란 걸.

라츠만　맞는 말이야! 나는 두목이 어떤 사람인지 잘 알아. 일단 지옥에 가겠다고 사탄과 약속했으면 주기도문을 어중간하게 외어 천당에 갈 수 있다고 해도 절대 그러지 않을 사람이지. 그런데 아! 불쌍한 롤러! 불쌍한 롤러!

슈피겔베르크　메멘토 모리![50] 하지만 나와는 상관없는 일이지! (떨리는 소리로 노래 부른다.)

교수대 옆을 지나며
그저 오른쪽 눈을 찡긋 감네.
그대 혼자 매달려 있다고 생각하는가.
누가 바보인가, 나인가 그대인가?

라츠만　(놀라 펄쩍 뛰며) 쉿! 총소리일세.

(총소리와 함께 시끌벅적한 소리가 들린다.)

슈피겔베르크　또 총소리가 났어!

---

50) Memento mori. '죽음을 잊지 마라.'라는 뜻의 라틴어.

라츠만   한 번 더 났어! 두목이다!

(무대 뒤에서 노랫소리가 들려온다.)

뉘른베르크 놈들은 아무도 교수형에 처하지 않는
다네.
그 전에 목매달 사람을 붙잡지 않는다면.

(노랫소리가 한 번 더 들려온다.)

슈바이처와 롤러   (무대 뒤에서) 어이, 이봐! 어이, 이봐!
라츠만   롤러다! 롤러야! 열 명의 마귀에 홀린 기분인걸!
슈바이처와 롤러   (무대 뒤에서) 라츠만! 슈바르츠! 슈피겔베르
크! 라츠만!
라츠만   롤러! 슈바르츠! 아니, 이럴 수가! (모두들 롤러에
게 우르르 달려간다.)

(말을 탄 도적 카를과 함께 슈바이처, 롤러, 그림, 슈프테를레, 그
밖의 도적 무리가 먼지를 뒤집어쓴 지저분한 모습으로 등장한다.)

도적 카를   (말에서 뛰어내리며) 자유야! 자유라고! 이제 자넨
안전해, 롤러! 내 말을 끌고 가서 포도주로 씻어
주게, 슈바이처. (바닥에 벌렁 드러누우며) 멋지게
해결했어!

라츠만	(롤러에게) 플루톤이 다스리는 지옥의 굴뚝[51]에 있다던데 이게 어찌 된 일인가? 환형차에서 부활했단 말인가?
슈바르츠	자네 유령인가, 아니면 내가 바보인가? 자네 정말 롤러가 맞는가?
롤러	(가쁘게 숨을 몰아쉬며) 날세. 바로 나란 말이야. 온전히 말이야. 내가 어디서 오는 길 같은가?
슈바르츠	그런 건 마녀에게나 물어보라고! 자넨 벌써 사형 판결을 받았다던데!
롤러	그야 물론 그랬지. 어디 그것뿐인 줄 아나. 교수대에서 곧장 오는 길일세. 나는 일단 한숨 좀 돌려야겠으니 슈바이처에게 들어 보게. 나한테 화주 한 잔 주게나! 모리츠, 자네도 다시 여기 왔는가? 어디 다른 곳에서 다시 만날 줄 알았는데. 화주 한 잔 좀 달라니까! 뼈마디가 부서지는 것 같아. 어, 우리 두목! 우리 두목은 어디 갔지?
슈바르츠	금방, 금방 준다니까! 먼저 그 이야기나 좀 들려주게! 어떻게 빠져나왔나? 우리가 어떻게 다시 만나게 되었지? 머리가 어지럽군. 교수대에서 오는 길이라 했나?
롤러	(화주를 병째 들이켜며) 아, 맛 좋다, 속이 찌르르

---

51) 로마 신화에서 플루톤은 굴뚝이 있는 지옥의 지배자인 하데스의 별칭이다.

하구먼! 교수대에서 곧장 오는 길이라고 말하지 않았나. 자네들 멍청히 입 벌리고 서 있는데, 꿈도 못 꿀 일이었네. 제기랄, 세 걸음만 더 내디뎠으면 아브라함의 품에 안길 뻔했네. 하마터면, 하마터면…… 온몸이 난도질당할 뻔했다니까! 내 목숨을 코담배 한 줌하고 맞바꿀 뻔했어. 이렇게 살아서 자유롭게 숨 쉴 수 있게 된 것은 우리 두목 덕분일세.

슈바이처　재미난 일이었는데 한번 들어 볼 텐가. 일전에 우린 첩자를 통해 롤러가 큰 곤경에 처했다는 정보를 입수했네. 때맞춰 하늘이라도 무너지지 않는다면 그는 내일, 그러니까 바로 오늘 말일세, 저승길을 갈 수밖에 없는 운명이었어. 그러자 두목이 친구의 목숨보다 소중한 것은 없다면서 "가자!"라고 말했네. 우리가 그를 구해 내자. 만약 구해 내지 못한다면 어느 왕의 장례식에서도 보지 못한 장례 횃불을 밝혀 최소한 놈들 등짝이라도 그을려 버리자고. 그리고 전 대원이 소집되었지. 우린 작은 쪽지를 지닌 급사(急使)를 보내 롤러의 수프 속에 집어넣게 했네.

롤러　난 성공할 거라 믿지 않았네.

슈바이처　우린 인적이 뜸해질 때까지 기다렸네. 말 탄 사람, 걷는 사람, 거기에다 마차까지 뒤섞여 도시 전체가 구경거리를 쫓아갔지. 멀리 교수대에서는 떠들

썩한 소리와 성경 읽는 소리가 시끄럽게 들려왔
네. 그때 두목이 "이때다, 불을 질러라, 불을 질러
라!"라고 말했다네. 그러자 녀석들은 화살처럼 날
아가 도시의 서른세 곳에 일제히 불을 지르고, 탑
모양의 화약고 근처며 교회와 창고에 불붙은 화
승줄을 던졌다네. 웬걸, 채 십오 분도 안 되어, 때
마침 도시 쪽으로 혀를 날름거리던 북동풍이 우
리를 때맞춰 도와주었어. 불길이 합각머리 지붕까
지 활활 타오르더라고.

그사이 우린 복수의 화신처럼 도시 곳곳의 골목
길을 이리저리 내달리며 "불이야! 불이야!" 하며
울부짖고 고래고래 소리 지르며 야단법석을 떨었
네. 화재를 알리는 종이 울리기 시작했고, 화약고
가 터지며 공중분해 되었네. 마치 땅덩어리가 두
조각으로 갈라지고, 하늘이 폭발하며, 지옥이 천
길만길 더 깊이 가라앉는 것 같더라니까.

롤러 그때 나를 호송하던 녀석이 뒤돌아보더군. 도시
는 소돔과 고모라처럼 되었고, 눈길 닿는 곳은 온
통 불길과 유황 냄새, 연기로 뒤덮였다네. 마흔 개
의 산들이 무시무시한 장난질을 보고 같이 울부
짖었으며, 모두 겁에 질려 땅바닥에 주저앉았다
네. 나는 이때다 싶어 비호처럼 도망쳤지. 포승줄
은 이미 풀려 있었거든. 정말 아슬아슬했어. 나
를 끌고 가던 놈들이 롯의 아내[52]처럼 뒤돌아보

며 돌처럼 굳어지는 순간 냅다 튀었지! 군중을 헤집고 냅다 도망쳤어! 육십 보쯤 뛰어가다가 옷을 벗어 던지고 강물에 뛰어들어, 사람들 눈에 띄지 않을 것 같은 곳까지 물속에서 헤엄쳤지. 그곳에는 두목이 말과 옷가지를 준비해 미리 기다리고 있었다네. 이렇게 내가 살아났지. 모어! 모어! 자네도 어서 곤경에 처해야 내가 이 은혜를 도로 갚을 수 있을 텐데!

라츠만 별 해괴한 소원도 다 있군. 그러다간 자네 목이 교수대에 매달리는 수가 있어. 하지만 그 일은 포복절도할 만큼 재미있었겠네.

롤러 정말 아슬아슬한 순간에 구조된 거야. 자네들이 어찌 알겠나. 나처럼 목에 오랏줄을 걸고 산 채로 무덤을 향해 걸어 봐야 알겠지. 빌어먹을 종교 절차와 사형 집행 의식을 치르고, 억지로 한 걸음씩 비틀비틀 앞으로 내디딜 때마다 내가 매달릴 그 빌어먹을 기계 장치가 끔찍하게 점점 다가오는 거야. 섬뜩한 아침 햇살을 받으며 우뚝 솟아 있는 교수대, 숨어서 기다리는 망나니들…… 지금도 귓가에 쟁쟁한 소름 끼치는 음악 소리…… 그리고 굶주린 까마귀들이 까옥까옥 울어 대는 소리. 나

---

52) 아브라함이 소돔과 고모라의 파괴로부터 롯의 가족을 구출하는 중에 롯의 아내는 금지를 어기고 뒤를 돌아보다가 소금 기둥이 되었다고 한다.

보다 먼저 간 반쯤 썩은 시신에 서른 마리 정도의 까마귀들이 들러붙어 있더군. 이 모든 것에다가 내가 겪을 죽음을 미리 맛보는 기분이라니! 이보게, 이보게! 그때 별안간 자유의 신호가 울린 거야. 하늘이라는 통에 두른 테가 우지끈 부러지는 듯한 총성이었어. 이봐, 불한당들! 말하자면 뜨겁게 달아오른 난로에서 얼음장 같은 물속으로 뛰어든다 해도 내가 강 건너편에 도달했을 때의 기분에는 미치지 못할 걸세.

슈피겔베르크   (껄껄 웃으며) 불쌍한 녀석! 자 이것으로 끝났어. (롤러에게 건배하며) 다시 태어난 것을 축하하며!

롤러   (술잔을 물리치며) 아니야, 세상의 온갖 재물을 다 준다 해도, 두 번 다시 그 꼴을 당하고 싶진 않네. 죽는다는 건 어릿광대의 장난이 아니야. 죽음보다 죽음에 대한 공포가 더 고약하네.

슈피겔베르크   그래서 화약고가 날아갔군. 이제 알겠는가, 라츠만? 그래서 몰록[53]이 하늘 아래 모든 옷장을 열어 바람을 쐰 것처럼 이렇게 몇 시간 떨어진 곳까지 유황 냄새가 진동했군. 두목이 참으로 대단한 일을 했어! 그래서 두목이 부럽단 말이야.

슈바이처   도시가 우리 동지를 돼지처럼 몰아대는 것으로 즐거워하려 하다니! 이런 빌어먹을! 우리 동지를

---

53) Moloch. 구약성서에 나오는 셈족이 섬기던 소의 모습을 한 불의 신.

위해 도시를 날려 버리면서 우리가 양심의 가책을 느껴야겠나? 그 틈에 우리 동지들은 도시를 마음껏 노략질했다네. 말들 좀 해 보게나! 자네들은 대체 무엇을 빼앗아 왔나?

도적 1 나는 아수라장을 틈타 성 스테파노 교회에 몰래 들어가 제단 장식 보의 레이스를 뜯어 왔네. 하느님은 부자인 데다 새끼줄로도 금실을 만들어 낼 수 있겠지.

슈바이처 잘했네. 그런 허섭스레기 따위가 교회에 무슨 소용이 있겠는가? 창조주가 거들떠보지도 않는 잡동사니를 놈들은 왜 갖다 바치는지 모르겠어. 하느님의 피조물은 굶주리고 있는데 말이야. 그리고 슈팡겔러, 자네는 어디서 한 건 했나?

도적 2 나와 뷔겔은 가게를 털어 우리 오십 명이 쓸 물건을 가져왔네.

도적 3 나는 금시계 두 개와 은수저 한 다스를 훔쳐 왔네.

슈바이처 좋아, 좋아. 우리가 한 방 먹이는 바람에 놈들이 불을 끄려면 이 주일은 좋이 걸릴 걸세. 불을 끄려면 도시를 온통 물바다로 만들어야 할걸. 슈프테를레, 대체 몇 명이나 죽었는지 아는가?

슈프테를레 여든세 명이라더군. 화약고 하나만도 예순 명을 가루로 날려 버렸으니.

도적 카를 (무척 심각하게) 롤러, 자네 목숨값을 비싸게 치렀어.

슈프테를레 쳇, 쳇! 그까짓 게 무슨 대수겠어? 혹시 장정들이라면 또 몰라도……. 기껏해야 요에 똥이나 싸는 갓난아기들, 아기들에게 달려드는 모기나 쫓아 주는 쭈글탱이 할망구들, 문도 찾을 줄 몰라 난롯가에 쭈그리고 앉아 있는 비쩍 마른 놈들, 거들 먹거리며 말을 타고 사냥을 떠나 버린 의사를 찾아 헤매는 환자들이 고작이지 않겠는가. 다리가 날렵한 놈들은 구경거리를 본답시고 나가 버렸고, 찌꺼기 같은 인간들이나 집을 지키고 있었다네.

카를　오, 이런 가련한 인간들이 다 있나! 병자와 노인, 아기들만 당했다고 했나?

슈프테를레　그렇다니까, 빌어먹을! 게다가 갓 애를 낳은 산부들이나 훤한 교수대 아래서 유산할까 두려워한 만삭의 임산부들, 교수형을 구경하다가 배 속의 아이 등짝에 교수대의 낙인이라도 찍힐까 봐 우려한 젊은 여자들이 당했지. 그리고 한 켤레뿐인 신발을 구두장이에게 수선 맡겨 신고 나갈 신이 없었던 가난한 시인들이 당했지. 그 밖에 굳이 입에 올릴 가치도 없는 시시한 녀석들이 당했다네. 어쩌다 허름한 오두막 곁을 지나는데 칭얼대는 소리가 들리기에 안을 들여다보았지. 환한 방 안에서 무엇이 보였는지 알겠나? 탁자 아래 바닥에 아직 팔팔하고 건강한 아이가 누워 있었어. 탁자에 막 불이 붙으려는 순간이었어. 나는 불쌍한 녀석, 여기에 그대로 있다가는 얼어 죽겠다 싶어 불

속에 던져 버렸지.

카를 슈프테를레, 그게 사실인가? 이 세상이 끝날 때
까지 그 불이 너의 가슴속에서 영원히 타오를 것
이다! 나쁜 녀석, 썩 꺼져 버려라! 우리 패거리에
다시는 얼씬거리지도 마라! 자네들 반발하는 건
가! 아니면 다른 생각을 하는 건가? 내가 명령하
는데 불만인 사람이 누구야? 저놈을 끌어내라고
했잖은가. 자네들 가운데 나한테 된통 당할 녀석
이 더 있을 것이다. 슈피겔베르크, 난 자네를 잘
알고 있어. 다음에는 자네들을 한 명씩 불러 철저
히 추궁할 거야. (도적들, 벌벌 떨며 퇴장한다.)

(혼자 남은 카를, 분을 참지 못하고 이리저리 왔다 갔다 한다.)

카를 하늘에 계신 응징하는 분이시여, 저들의 말에 개
의치 마십시오! 저더러 어쩌란 말입니까? 당신이
내리시는 페스트와 기근, 홍수도 의로운 인간과
악한 인간을 가리지 않고 한번에 휩쓸어 가 버리
는데 저더러 어쩌란 말입니까? 잘 익은 곡식은 태
우지 말고 말벌의 집만 파괴하라고 누가 불꽃에
명령할 수 있겠습니까?
하지만 빌어먹을, 아이들을 불태워 죽이다니! 연
약한 부녀자와 병든 자를 불태워 죽이다니! 이
런 일을 저지르고 내가 어떻게 머리를 들겠는가?

그 바람에 나의 근사한 과업을 망치고 말았구나. 거인을 때려잡겠다고 주제넘게 주피터의 몽둥이를 휘둘러 난쟁이를 쓰러뜨린 소년 꼴이 아닌가. 낯 뜨겁고 창피해서 어찌 하늘을 똑바로 바라보겠는가! 가거라! 가거라! 너는 높다란 재판관석에서 응징의 칼을 휘두를 남자가 아니야. 너는 첫걸음부터 실패했다. 이제 뻔뻔스러운 계획을 단념하고, 환한 빛을 보기 창피하니 어디 쥐구멍에라도 기어들어야겠다. (도망치려 한다.)

도적 4   (급히 달려오며) 두목, 조심해야겠어요! 어째 분위기가 수상한데요! 보헤미아의 기병대가 숲속을 어슬렁거리고 있어요. 어떤 허접한 녀석이 밀고한 것 같습니다.

도적 5   두목! 두목! 놈들이 냄새를 맡은 모양입니다. 수천 명의 병사가 숲 주위를 포위했어요.

도적 6   이럴 수가, 아니 이럴 수가! 꼼짝없이 잡혀 환형을 당하거나 능지처참을 당하게 생겼어! 수천 명의 용기병, 경기병, 저격병이 언덕을 에워싸고 물샐틈없이 지키고 있어. (카를, 퇴장한다.)

(슈바이처, 그림, 롤러, 슈바르츠, 슈프테틀레, 슈피겔베르크, 라츠만과 함께 도적단이 등장한다.)

슈바이처   우리가 깃털을 털어 놈들을 만들어 냈나? 롤러,

기뻐하게나! 군대 밥을 먹은 놈들과 한판 붙는 것이 나의 오랜 소원이었네. 두목은 어디 갔지? 우리 패거리는 다 모였는가? 탄약은 충분한가?

라츠만　충분하고말고. 하지만 우린 다 합해야 여든이니, 한 명이 스물은 상대해야겠는걸.

슈바이처　그러니 더욱 잘되었어! 나의 커다란 손톱으로 쉰 명은 상대할 수 있네. 우리가 저놈들 엉덩이 밑에 깐 짚에 불을 지를 때까지 정말 오래도 기다렸군. 이보게들, 이보게들! 별로 걱정할 일 아니야. 놈들은 십 크로이처[54]에 목숨을 걸지만 우리는 자유와 목숨을 위해서 싸우는 게 아닌가? 노아의 홍수처럼 놈들을 덮쳐 번갯불처럼 모가지를 날려 버리는 거야. 그런데 제기랄 두목은 어디 갔지?

슈피겔베르크　이처럼 위급한 처지의 우리를 버리고 떠난 모양이야. 대체 우리가 빠져나갈 방도가 없단 말인가?

슈바이처　빠져나간다고?

슈피겔베르크　아, 예루살렘에 그냥 있을 걸 그랬어.

슈바이처　이런 비열한 놈, 똥구덩이에 빠져 질식해 죽을 놈 같으니라고! 벌거벗은 수녀들 이야기할 땐 잘도 큰소리치더니만, 이젠 두 주먹만 봐도 겁이 난다는 거냐? 어서 앞장서! 그렇지 않으면 네놈을 돼지가죽에 싸서 개한테 던져 줄 테다.

---

54) Kreuzer. 13~19세기 독일, 오스트리아, 헝가리에서 사용한 동전의 이름.

라츠만	두목이다, 두목이다!
카를	(느릿느릿 혼잣말로) 놈들이 우릴 완전히 에워쌌으니 이제 다들 죽기 살기로 싸우는 수밖에 없겠지. (큰 소리로) 이보게들, 이제 결단을 내릴 때네! 이대로 최후를 맞든지 아니면 총 맞은 멧돼지처럼 싸우는 수밖에 없네.
슈바이처	홍! 이 멧돼지 어금니로 놈들의 배때기를 쑤셔 오장육부를 확 터뜨려 버릴 테다! 두목, 앞장서게! 죽음의 아가리에 들어갈 때까지 두목을 따르겠네.
카를	총이란 총은 모조리 장전하게나! 탄약은 부족하지 않은가?
슈바이처	(펄쩍 뛰며) 탄약은 충분하다네. 지구를 달까지 날려 보낼 만큼 말이야!
라츠만	각자 권총 다섯 자루에다 소총 세 자루씩 장전하세.
카를	좋아, 좋아! 그러면 한 패는 나무 위에 올라가거나 우거진 숲속에 숨어 있다가 놈들에게 사격을 하게.
슈바이처	슈피겔베르크, 자네는 그쪽에 붙으라고!
카를	나머지 인원은 복수의 여신처럼 적의 측면을 공격한다!
슈바이처	나는, 나는 거기에 끼겠어!
카를	그리고 각자 호각을 불며 숲속을 이리저리 뛰어다니는 걸세. 우리 숫자가 무척 많은 것처럼 보이게 말이야. 그리고 개들도 모두 풀어 놈들의 팔다

리를 물어뜯도록 하게. 놈들이 한군데 모이지 않고 사방에 흩어지게 해서 자네들이 총에 맞지 않도록 말일세. 롤러, 슈바이처, 나, 이렇게 우리 셋은 함께 싸운다.

슈바이처 탁월해, 정말 훌륭해! 놈들이 어디서 따귀를 맞는지 모르게 함께 혼쭐내 주자고. 놈들이 몰려오면 아가리를 날려 버릴 테다. (슈프테를레가 슈바이처를 잡아당기자, 슈바이처는 두목을 옆으로 데려가서 뭐라고 나직이 말한다.)

카를 입 다물게!

슈바이처 제발 부탁이네…….

카를 저리 가게! 저놈은 치욕스러운 짓을 한 덕에 목숨을 건졌으니 그것에 고마워해야지! 나하고 슈바이처, 롤러는 죽어도 되지만 저놈은 여기서 죽어선 안 되네. 저놈의 옷을 벗기고, 자기는 길 가는 나그네인데 나한테 약탈당했다고 말하라 하게나. 가만히 있게, 슈바이처, 맹세컨대 저놈은 언젠가 교수형을 당하고 말 거야.

(그때 신부가 등장한다.)

신부 (놀라 주춤하며 혼잣말로) 여기가 도적 소굴인가? 실례지만, 이보시오! 난 하느님 종이고, 저 밖에서는 천칠백 명이 내 관자놀이 털 한 올까지 지켜보고 있소.

슈바이처 얼씨구, 잘한다 잘해! 보아하니 조심하라는 말인 가 본데.

카를 가만히 있게, 동지! 신부님, 용건만 간단히 말씀하 시지요! 무슨 일로 이곳에 행차하셨나요?

신부 생사 문제를 관장하는 높은 당국에서 나를 보냈 소. 여러분은 도둑에다 방화 살인범, 불한당들이 오. 어둠 속을 다니며 몰래 칼로 찌르는 사악한 악당이자, 인류의 문둥병이자 악마의 무리, 까마 귀와 해충의 맛 좋은 먹이, 교수형과 환형을 당해 야 할 족속이란 말이오.

슈바이처 개자식! 악담을 그만두지 못할까, 안 그러면…….
(신부의 얼굴에 개머리판을 들이댄다).

카를 손대지 마, 슈바이처! 자네가 신부님 계획을 망치 고 있잖아. 이렇게나 점잖게 설교를 줄줄 외시는 데. 어서 계속하시지요, 신부님! '교수형과 환형' 을 당해야 한다고요?

신부 그리고 자네, 교활한 두목! 소매치기의 대공! 도 적의 왕! 태양 아래 악당 중의 대악당! 자네는 죄 없는 수많은 천사 무리에게 반란을 부추겨 저주 의 구렁텅이에 빠뜨린 최초의 역겨운 괴수와 진배 없어. 자식 잃은 어머니들의 울부짖음이 자네의 뒤꿈치를 따라다니고 있어. 자네는 피를 물처럼 마구 들이켜고, 자네의 잔혹한 칼에 걸리면 사람

목숨이 물거품보다 가볍지 않은가.

카를 참으로, 참으로 지당하신 말씀입니다! 계속하십
시오!

신부 뭐라고? 참으로, 참으로 지당한 말이라고? 그게
자네 대답인가?

카를 그게 어때서요, 신부님? 이런 대답을 들을 거라
예상하지 않았습니까? 계속하세요, 어서 계속하
시라니까요! 무슨 말씀을 더 하실 건가요?

신부 (흥분하여) 끔찍한 인간이군! 내 앞에서 썩 꺼져
라! 저주받은 네 손가락에 살해당한 백작의 피가
묻어 있지 않더냐? 도둑질하던 손으로 주님의 성
전에 들어와 무엄하게도 신성한 성찬 그릇들을
훔쳐 가지 않았느냐? 경건한 우리 도시에 불을 지
르지 않았느냐? 어떻게 그럴 수 있단 말인가? 그
리고 선량한 기독교인들의 머리 위에 화약고를 날
려 버리지 않았느냐? (두 손을 마주 잡으며) 하늘에
까지 악취를 풍기는 그런 소름 끼치는, 소름 끼치
는 악행이 최후 심판의 날을 앞당겨서 머지않아
최후 심판의 날이 오리라! 이제 응징의 때가 무르
익어, 곧 최후 심판의 나팔이 울려 퍼질 것이다!

카를 여기까지 참으로 탁월하신 말씀입니다! 하지만
이제 본론으로 들어가시지요! 존귀한 시장님께서
신부님을 통해 무슨 전갈을 보내셨나요?

신부 너는 그런 전갈을 받을 가치도 없어. 주위를 둘

러보아라, 이 방화 살인범아! 네 눈으로 보다시피 너는 우리 기병들에게 완전히 포위되었다. 여기선 더 이상 달아날 곳이 없어. 이 떡갈나무에 버찌가 열리고, 이 전나무에 복숭아가 달리지 않은 이상, 이곳에서 절대로 무사히 달아나지 못할 것이다.

카를   슈바이처, 자네 잘 듣고 있나? 어서 계속하시지요!

신부   그래도 법정이 너 같은 악당을 얼마나 자비롭고 너그러이 대하는지 들어 보아라. 네가 지금 당장 십자가 아래 무릎 꿇고 은총과 용서를 간청한다면 준엄함은 자비가 되고 정의는 자애로운 어머니가 되어 네가 저지른 악행의 절반을 눈감아 줄 것이다. 잘 생각해 보아라! 그러면 모든 것이 환형으로 끝을 맺을 것이다.

슈바이처   두목, 신부가 하는 말 들었나? 내가 나서서 잘 길든 이 양치기 개의 목을 졸라 땀구멍마다 붉은 피가 뿜어져 나오게 해 줄까?

롤러   두목! 이런 빌어먹을! 두목! 아랫입술을 질끈 깨물었군! 이 녀석을 구주희[55] 핀처럼 허공에 거꾸로 매달아 놓아야 하지 않을까?

슈바이처   내게, 제발 내게 맡겨 주게! 자네 앞에 무릎 꿇고 애원하네! 이놈을 짓이겨 곤죽으로 만드는 희열

---

55) 아홉 개의 핀을 세워 놓고 공을 굴려 쓰러뜨리는 실내 경기. 11세기 무렵 독일 교회에서 시작된, 현대 볼링의 전신이다.

을 느끼게 해 주게. (신부, 비명을 지른다.)

카를　저리들 비키게! 신부에게 함부로 손대지 마라! (칼을 뽑아 들면서 신부를 향해) 보십시오, 신부님! 나를 두목으로 삼아 여기 일흔아홉 명이 모여 있소. 이 사람들은 신호와 명령에 따라 내달리거나 대포 소리에 맞춰 춤출 줄은 모르지요. 늙어 빠지도록 화승총이나 쏘아 대는 저 바깥의 천칠백 명과는 달라요. 하지만 살인 방화범의 두목인 모어가 하는 말을 잘 들어 보시오! 사실 백작을 때려죽이고, 도미니크 교회에 불을 질러 약탈한 사람은 바로 나요. 그리고 위선적인 도시를 불태워 버리고, 선량한 기독교인들의 머리 위로 화약고를 날려 버린 사람도 바로 나요.

하지만 그게 다는 아니오. 나는 더 많은 일을 했소. (오른손을 앞으로 내밀며) 내가 손가락에 끼고 있는 네 개의 값비싼 반지를 잘 보시오. 가서, 이곳에서 보고 들은 내용을 생사를 주관하는 재판관 나리들에게 그대로 전하시오. 이 루비 반지는 어느 대신의 손가락에서 빼낸 거요. 나는 사냥을 하던 그의 제후의 발치에서 그를 쓰러뜨렸지요. 그 대신은 아부를 잘해 천한 신분에서 제후의 총애를 받는 최측근의 지위까지 올랐다오. 그놈에게는 이웃의 몰락이 출세의 발판이었고, 고아의 눈물은 부귀영화의 토대가 되었소.

이 다이아몬드 반지는 어느 재무관에게서 뺏은 거요. 그놈은 가장 돈을 많이 내는 자에게 명예직과 관직을 팔아먹고, 탄식하는 애국자는 문밖으로 내쫓았소. 이 마노 반지는 당신과 같은 사제를 기리기 위해 끼고 있는 거요. 그자가 사람들이 모인 설교단에서 종교 재판소가 붕괴하고 있다고 애통해하는 소리를 해서 내 손으로 놈을 목 졸라 죽였소. 이 반지들에 얽힌 더 많은 이야기를 해 줄 수 있지만, 이미 당신에게 몇 마디 한 것조차 후회가 될 뿐이오.

신부   오, 파라오[56]로군! 파라오야!

카를   자네들 잘 들었겠지? 탄식하는 모습을 눈치챘겠지? 방자한 고라[57] 일당에게 불을 내려 달라고 하늘에 기도하려는 자세가 아닌가? 어깨를 으쓱 추켜올리고, 기독교인처럼 탄식하고 비난하면서 말이야! 아! 어쩜 인간이 저렇게 눈멀 수 있을까? 형제의 흠을 찾아내는 데는 눈이 백 개 달린 거인 아르고스처럼 행동하는 자가 자신에 대해서는 어쩜 저렇게 눈멀 수 있을까?

저들은 구름 위에 앉아 온유하고 너그러워지라고 호통을 치지만, 자신들은 불을 내뿜는 몰록처럼

---

56) 고대 이집트 왕의 칭호.
57) 모세에 대항했던 레위의 자손, 민수기 제16장 1~3절 참조.

하느님께 인간을 제물로 바치고 있어. 네 이웃을 사랑하라고 설교하면서 팔순의 눈먼 노인을 문전박대하며 내쫓는 족속이지. 탐욕을 부리지 말라고 아우성치면서, 자기들은 황금 때문에 페루인을 학살하고 이교도들에게 짐승처럼 수레를 끌게 하지.

또 그들은 자연에서 유다 같은 인간이 어떻게 생길 수 있느냐의 문제로 골머리를 앓지. 그들 중에는 삼위일체 하느님을 은화 열 냥에 팔아먹는 것보다 더한 짓을 할 사람도 얼마든지 있을 거야. 아, 너희들 바리새인들, 너희들 진리의 위조자들, 하느님을 흉내 내는 이 원숭이들아! 너희들은 거리낌 없이 십자가와 제단 앞에 무릎 꿇고, 가죽끈으로 등을 후려치며 단식으로 육신을 괴롭히지. 그러면서 너희 멍청이들이 전지하시다고 일컫는 하느님을 그런 가련한 속임수로 속여 넘길 수 있다고 생각하지. 아첨꾼을 증오한다고 힘 있는 자들에게 아부한다면 그들을 가장 지독하게 조롱하는 것과 뭐가 다르단 말인가. 그러면서도 너희들은 정직과 모범적인 품행을 집요하게 주장하지. 너희들의 마음을 꿰뚫어 보는 하느님이 나일강의 괴물을 만들어 낸 분이 아니라면, 그런 괴물을 만든 자에게 크게 화를 내실 거야. 저자를 내 눈에 보이지 않게 하라!

신부   악당 주제에 이렇게 오만할 수 있다니!

카를   이 정도로는 충분하지 않아. 이제부터 정말 오만
      하게 이야기하겠다. 생사를 주관하는 존귀한 법
      정에 가서 말하라. 나는 잠든 야밤을 틈타 훔치
      고, 사다리 위에서 잘난 척 뽐내는 도둑이 아니
      다. 내가 저지른 행위에 대해서는 언젠가 하늘의
      회계 장부에서 분명 읽게 되겠지만, 너희들 가련
      한 대리인과는 더 이상 말하지 않겠다. 내 본업은
      보복이고, 복수는 내 생업이라고 그들에게 가서
      말하라! (신부에게 등을 돌린다.)

신부   그렇다면 자네는 관용과 은사를 받지 않겠다는
      말인가? 좋다, 자네하고는 이야기가 끝났다. (다른
      도적들을 향해) 정의가 내 입을 통해 너희들에게
      전하는 말을 잘 들어라! 너희들이 유죄 판결을
      받은 이 범죄자를 묶어 넘겨주는 경우엔 너희들
      이 저지른 모든 만행을 말끔히 용서받을 것이다.
      신성한 교회는 너희 길 잃은 양들을 새로운 사랑
      으로 품 안에 맞아 줄 것이요, 너희들 각자에게는
      명예로운 지위에 오르는 길이 열릴 것이다. (의기
      양양하게 미소 지으며) 자, 이제 어떠신가? 높으신
      나리, 기분이 어떤가? 자, 어서! 이자를 묶어 자
      유를 얻어라!

카를   자네들도 듣지 않았는가? 들었으면서 뭘 멈칫거
      리는가? 왜 당황해서 멀뚱히 있는 건가? 자네들

에게 자유를 준다지 않는가. 자네들은 사실상 이미 붙잡힌 거나 다름없는데 목숨을 살려 준다지 않는가. 자네들은 이미 처형된 거나 마찬가진데 그 말이 절대 허풍은 아닐 것이다. 자네들에게 명예와 관직을 주겠다고 약속하지 않더냐. 만약 자네들이 승리를 거둔다 해도 자네들을 기다리는 운명은 치욕과 저주와 박해뿐일 것이네. 자네들은 사실상 저주받은 몸이나 다름없는데 하늘과 화해시켜 준다고 하지 않는가. 자네들 중에 지옥에 떨어지지 않을 녀석은 하나도 없어. 뭘 더 생각하는가? 뭘 더 망설이는가? 천국과 지옥 사이에서 선택하는 것이 그렇게 어려운가? 신부님, 저들을 좀 도와주시오!

신부   (혼잣말로) 이 녀석이 미쳤나? ······내가 하는 말이 너희들을 생포하려는 함정이 아닐까 우려하는 거냐? 그렇다면 이걸 직접 읽어 보아라. 여기 총사면령에 서명이 되어 있으니. (슈바이처에게 서류 한 장을 넘겨주며) 그래도 의심할 테냐?

카를   자, 보거라, 어서 보거라! 더 이상 뭘 바라느냐? 직접 손으로 서명하지 않았는가. 그야말로 한없는 자비로구나. 아니면 배반자와의 약속은 지키지 않는다는 말을 들어서 저들이 약속을 깰까 봐 두려워하는 거냐? 아, 그런 것은 두려워할 필요 없다! 사탄과 한 약속일지라도 전략상 지키지

않을 수 없을 것이다. 그렇지 않다면 앞으로 누가
저들의 말을 믿겠느냐? 어떻게 이런 전략을 두 번
다시 사용할 수 있겠느냐? 난 저들의 말이 진심이
라고 확신할 수 있다. 저들은 내가 자네들의 분노
와 적개심을 부추겼다는 것을 알고 있으니, 자네
들한테는 죄가 없다고 생각한다. 저들은 자네들
이 젊은 혈기에 경솔하게 잘못을 저질렀다고 생
각한다. 저들이 원하는 것은 오직 나뿐이니, 나
혼자 죄의 대가를 치르면 족하다. 신부님, 그렇지
않나요?

신부 저놈 속에 어떤 악마가 들어 있길래 저렇게 말하
는 걸까? ……아무렴, 그렇지, 아무렴, 그렇고말
고. ……저 녀석 때문에 내 머리가 어지럽구나.

카를 어째서 아무도 대답하지 않는가? 혹시 무기를 갖
고 이곳을 빠져나갈 수 있다고 생각하는가? 하지
만 주위를 둘러보게, 주위를 둘러보라고! 그건 어
리석은 믿음이란 생각이 들지 않는가? 아니면 내
가 시끌벅적한 것을 좋아한다고 생각해서 영웅처
럼 죽는 것에 우쭐하는 거냐? 그런 생각일랑 버
려라! 자네들은 모어가 아니다! 자네들은 무도한
도둑일 뿐이야! 형리의 손에 들린 비루한 올가미
처럼 보다 원대한 내 계획을 실현하기 위한 가련
한 도구일 뿐이다! 도둑의 죽음은 영웅의 죽음이
될 수 없다. 도둑에겐 사는 게 이득이고, 끔찍한

일은 그다음이다. 도둑은 죽음 앞에서 벌벌 떨 권리가 있다. 저 나팔 소리를 들어 봐라! 번쩍거리는 저들의 군도(軍刀)가 얼마나 위협적인지 보아라! 어떠냐? 아직도 망설이는 게냐? 미쳤느냐? 제정신이 아닌 거냐? 도저히 용서할 수 없는 일이군! 난 자네들 덕분에 살고 싶지 않다. 난 자네들 희생이 부끄러울 뿐이다!

신부 (극도로 놀라서) 이러다간 미쳐 버리겠군. 이곳을 떠나야겠어! 원 세상에 이런 말을 들어 본 사람이 있을까?

카를 내가 스스로 칼로 목숨을 끊을까 봐 두려운 게냐? 아니면 자살을 하는 바람에 생포되어야만 성립되는 계약을 망칠까 봐 두려운 게냐? 그렇지 않아, 이보게들! 그것은 쓸데없는 두려움이야. 내칼과 권총, 그리고 나한테는 유용할 독이 든 병도 여기에 던져 버리겠다. 나는 내 목숨조차 마음대로 할 수 없는 불쌍한 놈이다. 뭐라고, 아직 결정을 못 했느냐? 아니면 나를 묶으려 할 때 내가 저항할까 봐 그러는 게냐? 자, 보아라! 내 오른손을 여기 떡갈나무 가지에 묶겠다. 난 이제 완전히 무방비 상태라서 어린아이라도 날 넘어뜨릴 것이다. 누가 곤경에 처한 두목을 제일 먼저 버리고 떠나겠느냐?

롤러 (격렬한 동작을 하며) 지옥이 우리를 아홉 겹으로

에워싼다 해도! (칼을 휘두르며) 개자식이 아닌 놈
이라면 두목을 구하자!

슈바이처 (사면령을 갈기갈기 찢어 신부의 얼굴에 내던지며) 사
면은 우리들의 총알 속에 있을 뿐이다! 썩 꺼져
라, 이 나쁜 놈아! 네놈을 보낸 시 정부에 가서 전
해라. 모어의 일당 가운데 한 명도 배신자가 없더
라고. 구하자, 구하자, 두목을 구하자!

일동 (떠들썩한 목소리로) 구하자, 구하자, 구하자, 두목
을 구하자!

카를 (묶었던 손을 풀고 기뻐하며) 이제 우린 자유의 몸
이다, 동지들! 나는 천군만마를 얻은 기분이다.
죽음이냐, 자유냐! 저들은 한 사람도 생포하지 못
할 것이다!

(공격의 나팔 소리가 울리자 소란스럽고 시끌벅적한 소리가 들린
다. 도적들, 칼을 빼 들고 퇴장한다.)

3막

1장

아말리아   (정원에서 라우테를 켜고 있다.)

그는 발할라[58]의 희열로 가득 찬 천사처럼 아름
다웠네.
이 세상 어떤 젊은이보다 아름다웠네.
거울처럼 매끄러운 푸른 바다에 되비친 5월의 태
양처럼
그의 눈빛은 더없이 부드러웠네.

---

58) Valhalla. 북유럽 신화에서, 오딘을 위해 싸우다가 살해된 전사들이 머
무는 궁전.

그의 포옹, 말할 수 없는 황홀감!
가슴과 가슴이 두근거리며 거세게 불타올랐고
아무것도 보이지도 들리지도 않고, 아무 말도 할
수 없었네.
우리의 마음은 회오리바람을 일으키며 하늘 높
이 솟아올랐네.

그의 입맞춤, 더없이 행복한 느낌!
두 개의 불꽃이 하나로 어우러지는 듯
두 개의 하프 소리가
천상의 화음을 빚어 내는 듯했네.

마음과 마음이 뒤엉켜 미친 듯 날아오르고
입술과 뺨이 바르르 떨며 불타올랐네.
영혼이 영혼 속으로 흘러들고
사랑하는 사람들 주위의 땅과 하늘이 녹아 없어
지는 듯했네.

그는 가 버리고, 헛되이 한숨짓네!
헛되이 그를 그리며 한숨만 깊어 가네.
그는 가 버리고, 삶의 온갖 기쁨은
절망적인 탄식으로 바뀌어 애처로이 눈물짓네!

(프란츠, 등장한다.)

프란츠	또 여기서 고집스레 몽상에 잠겨 있나요? 즐거운 식사 자리에서 슬쩍 빠져나가 손님들의 흥이 깨져 버렸지 않소.
아말리아	어떻게 아무 일도 없었던 것처럼 흥겨워할 수 있겠어요! 당신 아버님의 무덤가에서 울리던 장송곡이 아직 귓가에 쟁쟁한데…….
프란츠	그러면 언제까지 슬퍼만 할 건가요? 죽은 사람은 편히 자게 내버려 두고, 산 사람은 행복하게 해 줘야지요! 내가 온 이유는…….
아말리아	그래서 언제 다시 여기서 떠날 건데요?
프란츠	아니, 이런! 그렇게 어둡고 오만한 얼굴 좀 하지 말아요! 아말리아, 당신 때문에 슬프네요! 당신한테 할 말이 있어서 왔어요.
아말리아	당연히 들어 드려야죠. 프란츠 폰 모어가 이곳의 주인이 되었으니까요.
프란츠	그래요, 바로 그겁니다. 당신에게서 바로 그 말을 듣고 싶었던 거요. 이제 나의 아버님 막시밀리안은 조상의 묘지에 잠드셨으니, 내가 이 성의 주인이오. 하지만 나는 완전한 주인이 되고 싶소, 아말리아. 당신이 우리 집에서 어떤 존재였는지는 당신 스스로 잘 알 거요. 당신은 모어 가문의 딸이나 마찬가지였고, 당신에 대한 우리 아버님의 사랑은 세상을 떠나신 지금도 마찬가지일 거요. 당신은 그 사실을 결코 잊을 수 없겠지요?

아말리아	결코, 결코 잊을 수 없겠지요. 누군 흥겹게 식사 하며 쉽게 잊어버릴 수 있겠지만요!
프란츠	당신은 우리 아버지의 사랑을 그 아들들에게 은혜로 갚아야 합니다. 카를 형은 이미 세상을 떠났으니…… 무얼 그렇게 놀라는 거요? 어지러운가요? 하기야 그렇겠지요. 생각만 해도 우쭐해져서 여자의 자존심마저 마비될 테니까요. 프란츠는 귀족 처녀들의 희망을 짓밟아 버리고, 오갈 데 없는 가련한 고아한테 손 내밀며 마음을 바치고 있소. 온갖 금은보화와 함께 성과 숲을 다 주겠다면서 말이오. 모든 사람의 부러움을 사고 두려움의 대상이 되는 프란츠가 아말리아의 노예가 되겠다고 선언하고 있어요.
아말리아	저런 파렴치한 말을 내뱉는 야비한 혀에 왜 벼락이 내려치지 않는 걸까! 내 사랑하는 사람을 살해한 당신을 지아비라 불러야 하다니요! 당신은…….
프란츠	그렇게 험한 말을 입에 올리지 말아요, 공주님! 물론 프란츠는 사랑을 구걸하는 셀라동[59]처럼 당신 앞에서 굽실거리진 않을 거요. 또한 사랑에 애태우는 아르카디아의 목동처럼 동굴과 바위의 메아

---

59) 프랑스 작가 오노레 뒤르페(Honoré d'urfé, 1567~1625)의 목가 소설인 『아스트레와 셀라동의 사랑(Les Amours d'Astrée et de Celadon)』에 나오는 시골 처녀 아스트레에게 반한 목동의 이름이다.

리에게 사랑의 아픔을 하소연하는 일도 없을 것이오. 응답이 없을 때는 이 프란츠는…… 명령을 내릴 것이오.

아말리아 버러지 같은 당신이 명령을 내린다고요? 내게 명령을 내린다고요? 그 명령에 코웃음을 친다면요?

프란츠 그렇게는 못 할 거요. 망상에 빠진 고집쟁이의 높은 콧대를 납작하게 꺾어 놓을 비책이 있소. 수녀원과 담장이오!

아말리아 마침 잘됐어요! 근사하군요! 수녀원과 담장 안에서 당신의 사악한 눈길을 영원히 피할 수 있다니! 카를을 생각하고 그리워할 시간이 충분히 있겠군요. 당신의 수도원으로, 당신의 담장으로 어서 보내 주세요!

프란츠 하하! 그게 과연 진심일까? 조심해야지! 당신을 괴롭힐 비결을 지금 알아냈거든! 한없이 카를에게 집착하는 마음은 분노에 찬 복수의 여신 같은 내 모습을 보면 사라질 수밖에 없을걸. 당신이 사랑하는 남자의 모습 뒤에는 소름 끼치는 프란츠의 모습이 숨어 있을 거야. 지하의 금궤 위에 누운 마법 걸린 개처럼 말이야. 칼을 손에 쥔 채 당신의 머리채를 휘어잡고 교회로 끌고 가서 기어코 혼인 서약을 받아 내고, 당신의 처녀성을 강제로 빼앗아, 당신의 오만한 정조를 더욱 커다란 오만함으로 정복할 작정이오.

아말리아   (프란츠의 따귀를 갈기며) 지참금으로 이것부터 받
            으시지.

프란츠   (격분하여) 그것에 대해 열 배, 아니 스무 배로 갚
            아 줄 테다! 넌 내 정실이 되는 명예를 누리지 못
            하고 내 소실이 되어, 네가 골목에 감히 모습을
            드러내면 성실한 시골 아낙네들의 손가락질을 받
            을 거야. 이를 바드득 갈며 눈에 불을 켜고 독기
            를 뿜어 보시지. 계집의 원한은 나를 즐겁게 하
            고, 당신을 더 아름답게 만들어 나의 욕망을 더
            욱 자극할 뿐이야. 자, 이리 오시지. 이런 앙탈은
            내 승리를 멋지게 장식하고, 강제로 껴안으면 나
            의 쾌락은 배가 될 것이야. 함께 내 침실로 가자
            고. 욕정으로 몸이 달아오르네. 지금 당장 나와
            같이 가야겠어. (아말리아를 잡아끌려고 한다.)

아말리아   (프란츠의 목에 매달리며) 날 용서해 줘요, 프란츠!
            (프란츠가 아말리아를 껴안으려 하자 그녀는 프란츠의
            허리춤에서 칼을 뽑아 들고 얼른 뒤로 물러선다.) 이
            악랄한 인간아, 내가 지금 어떻게 할지 아느냐?
            나는 한낱 여자에 불과하지만 미쳐 날뛰는 여자
            이다. 너의 음탕한 손으로 감히 내 몸을 건드리면
            이 칼이 네 음탕한 가슴을 찌를 것이다. 내 숙부
            의 혼이 내 손을 이끌어 주실 것이다. 당장 물러
            서지 못할까! (프란츠를 쫓아낸다.)
            아! 이렇게 후련할 수가! 이제야 제대로 숨을 쉴

수 있겠구나. 나는 불꽃을 튀기며 내달리는 말처럼 힘이 솟는 기분이고, 호랑이 새끼를 빼앗은 승리감에 포효하는 짐승을 뒤쫓는 암호랑이처럼 분노한다. 나를 수도원에 가두겠다니……. 그런 행복한 생각을 해 주다니 고맙기도 해라! 기만당한 사랑이 이제야 피난처를 찾았구나. 수도원, 구세주의 십자가야말로 기만당한 사랑의 피난처가 아니겠는가. (그곳을 떠나려고 한다.)

(헤르만, 쭈뼛거리며 등장한다.)

헤르만　아말리아 아가씨! 아말리아 아가씨!

아말리아　이런 불쌍한 사람! 왜 나를 방해하지요?

헤르만　이 무거운 짐이 제 영혼을 지옥으로 밀어 넣기 전에 이 짐에서 벗어나야겠습니다. (아말리아 앞에 넙죽 엎드리며) 용서해 주십시오! 제발 용서해 주십시오! 제가 아가씨한테 차마 못 할 짓을 했습니다.

아말리아　일어나요! 어서 가세요! 아무 말도 듣고 싶지 않아요. (그 자리를 떠나려 한다.)

헤르만　(아말리아를 붙잡으며) 아닙니다! 잠깐만 기다려 주십시오! 맹세코! 하느님께 맹세코! 아가씨께 모든 것을 알려 드리겠습니다.

아말리아　아무 말도 더 이상 듣고 싶지 않아요. 용서해 줄

테니 마음 편히 집에 돌아가세요. (서둘러 그곳을
떠나려고 한다.)

헤르만 한마디만 제 말을 들어 주십시오. 그럼 아가씨 마
음이 다시 평온해질 겁니다.

아말리아 (가던 길을 되돌아와 의아하다는 듯 헤르만을 쳐다보
며) 뭐라고요? 세상천지에 누가 내 마음을 평온하
게 해 줄 수 있겠어요?

헤르만 제가 한마디만 하면 가능하답니다. 부디 한마디
만 들어 주십시오! 그러면 아가씨 마음도 편해지
실 겁니다.

아말리아 (안됐다는 표정으로 헤르만의 손을 잡으며) 마음씨
착한 분이로군요. 당신의 입에서 나오는 한마디가
영원의 빗장을 열어젖힐 수 있단 말인가요?

헤르만 (몸을 일으키며) 카를 도련님은 아직 살아 계십니
다!

아말리아 (크게 소리치며) 이런 불쌍한 사람 같으니!

헤르만 바로 그렇습니다. 한마디만 더 하겠습니다. 아가
씨의 숙부님께서도…….

아말리아 (헤르만에게 달려들며) 그런 거짓말을 하다니…….

헤르만 아가씨의 숙부님께서도…….

아말리아 카를이 아직 살아 있다고?

헤르만 숙부님께서도 살아 계십니다. 아무한테도 이 말
을 하지 말아 주십시오. (황급히 그곳을 떠난다.)

아말리아 (화석처럼 한참 동안 서 있다가 불현듯 정신을 차리고

허둥지둥 헤르만을 뒤쫓아 가며) 카를이 아직 살아
있다니!

2장

다뉴브 강가의 어느 지역.

도적들은 언덕 위의 나무 밑에 누워 휴식을 취하고 말들은 언덕 아래서 풀을 뜯고 있다.

카를　여기에 좀 누워야겠다. (땅에 벌렁 드러누우며) 피곤해 죽겠구나. 입안은 바싹 말라 버렸어. (슈바이처가 슬며시 자리를 뜬다.) 누가 강물을 좀 떠 왔으면 좋겠는데, 다들 기진맥진해 있으니.

슈바르츠　우리가 마실 술도 동이 났다네.

카를　저길 보게, 곡식이 얼마나 탐스럽게 여물었는지! 나무들도 가지가 부러질 만큼 열매가 가득하고…… 포도 재배도 잘된 것 같아.

그림 풍년이군.

카를 그렇게 생각하나? 세상에서 한 가지는 땀 흘린 보상을 받을 거야. 한 가지는 보상을 받겠지? 하지만 밤새 우박이 떨어져 모든 걸 망가뜨릴 수도 있지.

슈바르츠 그럴 수도 있겠지. 추수를 몇 시간 앞두고 모든 걸 망쳐 버릴 수 있다고.

카를 내 말이 바로 그거야. 모든 걸 망쳐 버릴 수 있어. 인간을 신들처럼 만드는 데 실패한 마당에 개미에게 배운 것인들 제대로 하겠는가? 혹은 이것이 바로 인간의 숙명적 한계가 아닐까?

슈바르츠 그런 것은 잘 모르겠네.

카를 그 말 잘했네. 아예 알려고도 하지 않았다면 더욱 잘한 일이네! 이보게…… 나는 숱한 사람들을 보았네. 그들의 사소한 걱정과 웅대한 구상을 보았네. 그들의 신적인 계획과 옹졸한 행위, 행복을 좇는 기이한 경쟁을 보았네. 어떤 사람은 자신이 탄 말이 잘 뛸 것을 믿고, 다른 사람은 당나귀의 코를 믿고, 또 어떤 사람은 자신의 두 발을 믿는다네. 삶의 이 같은 다채로운 복권에 당첨되려 자신의 결백함과 자신의 천국을 거는 사람도 더러 있지만, 결과는 모두 꽝이네. 아무도 당첨되지 않는 거지. 이보게, 이것이야말로 눈물을 자아낼 만치 포복절도하게 만드는 구경거리

아닌가.

슈바르츠   저기 해 지는 광경은 얼마나 장관인가!

카를   (넋 놓고 그 광경을 바라보며) 영웅이라면 저렇게 숨을 거두어야지! 그래야 숭배할 만하지.

그림   깊이 감동 받은 모양이군.

카를   아직 소년 시절 나는 늘 태양처럼 살고 태양처럼 죽고 싶다고 생각했네. (비통한 표정으로) 철부지 같은 생각이었지!

그림   나도 그랬으면 좋겠어.

카를   (모자를 얼굴 깊숙이 눌러쓰며) 한때 그런 시절이 있었지……. 동지들, 나 혼자 있게 해 주게.

슈바르츠   카를! 카를! 아니 왜 그러나? 낯빛이 변하지 않았는가!

그림   제기랄! 무슨 일이야? 속이 좋지 않은가?

카를   밤 기도를 잊어버리면 잠을 못 이루던 시절이었지…….

그림   자네 제정신이야? 소년 시절을 모범으로 삼겠다는 건가?

카를   (그림의 가슴에 머리를 기대며) 이보게! 이보게!

그림   왜 이러는가? 어린애처럼 굴지 말게. 제발 부탁이네.

카를   그럴 수 있다면…… 다시 그럴 수만 있다면!

그림   쳇! 쳇!

슈바르츠   기운 내게. 그림처럼 아름다운 이 경치를 보라고…… 사랑스러운 저녁을.

카를	그래, 친구들, 이 세상은 너무나 아름답네.
슈바르츠	그래, 자네 말 한번 잘했네.
카를	이 지구는 참으로 근사하지.
그림	맞아…… 맞고말고…… 그것 듣기 좋은 말이군.
카를	(뒤로 벌렁 넘어지며) 그런데 이 아름다운 세상에서 내 모습이 이리 흉하다니. 이 근사한 지구에서 내 꼴이 이게 뭔가.
그림	이런! 아, 이런!
카를	나의 결백함이여! 나의 결백함이여! 보아라! 다들 봄의 평화로운 햇살을 즐기려 밖으로 나갔구나. 어찌하여 나만은 천상의 기쁨에서 지옥을 맛보아야 한단 말인가? 만물은 저토록 행복하고, 평화의 정신으로 밀접하게 결속되어 있지 않은가! 온 세상이 하나의 가족이고, 저 위에 한 분의 아버지가 있는데. 하지만 그분은 내 아버지가 아니야. 나만 순수한 자들의 대열에서 내쫓기고 떨어져 나갔구나. 내 자식이라는 달콤한 말을 다시는 듣지 못하고, 사랑하는 사람의 애타는 눈길을 다시는 보지 못하고, 다시는 죽마고우의 포옹을 받지 못하리라! (거친 동작으로 흠칫 뒤로 물러나며) 살인자들에게 둘러싸이고, 간악한 자들의 야유 소리 들으며 쇠줄로 죄악에 묶인 채, 죄악이라는 흔들리는 갈대를 타고 파멸의 무덤을 향해 비틀거리며 나아가는구나. 나는 행복한 세상의 꽃 중에서

울부짖는 아바도나[60] 신세구나!

슈바르츠 (다른 동지들에게) 도저히 이해할 수 없군! 두목의 이런 모습은 본 적이 없어.

카를 (침통하게) 어머니의 배 속으로 다시 들어갈 수 있다면! 그렇다면 거지로 다시 태어나고 싶은데! 그래, 그 이상은 바라지 않겠어. 오, 하늘이여…… 관자놀이에 피가 나도록 고된 일을 하는 날품팔이라도 좋습니다! 그 대신 단 한 번만이라도 낮잠의 즐거움을 누리고, 단 한 방울이라도 행복의 눈물을 흘렸으면!

그림 (다른 동지들에게) 좀 참게나! 발작이 거의 끝나 가고 있으니.

카를 즐겨 행복의 눈물을 흘리던 시절이 있었지. 오, 평화의 날들이여! 아버지의 성이며 꿈꾸는 듯하던 푸른 골짜기들! 오, 나의 유년시절의 온갖 황홀한 장면들! 그런 순간이 다시는 돌아오지 않을 건가? 그런 순간이 달콤한 속삭임으로 불타는 내 가슴을 다시는 식혀 주지 않을 건가? 자연이여, 나와 함께 슬퍼해 다오! 그것들은 다시는 돌아오지 않을 것이고, 달콤한 속삭임으로 불타는 내 가슴을 다시는 식혀 주지 않을 것이다! 사라져 버

---

60) 독일 시인 프리드리히 고틀리프 클롭슈토크(Friedrich Gottlieb Klopstock, 1724~1803)의 『구세주(Der Messias)』에 나오는 타락한 천사로, 지난 잘못을 뉘우치고 용서를 빈다.

렸어! 모든 게 사라져 버렸어! 다시는 되돌릴 수
없을 거야!

(슈바이처, 모자에 물을 떠 온다.)

슈바이처   두목, 물 좀 마시게나. 이곳은 물이 풍부하고, 얼
　　　　　음처럼 시원하다네.

카를　　　아니, 자네 피를 흘리는데…… 무슨 일이 있었나?

슈바이처   바보 같은 짓을 하다가 재수 없게 하마터면 두 다
　　　　　리와 목이 부러질 뻔했네. 강가의 모래언덕을 어
　　　　　슬렁거리며 걷는데 발밑의 잡동사니에 미끄러져
　　　　　버렸어. 그 바람에 열 길 아래로 나동그라지고 말
　　　　　았네. 쓰러져 있다가 정신 차리고 다시 일어나 보
　　　　　니 조약돌 속에 더없이 맑은 물이 흐르지 않는가.
　　　　　이번에는 얼씨구나 춤출 일이었지. 두목이 마시면
　　　　　물맛이 좋다고 할 것 같았어.

카를　　　(모자를 돌려주고 슈바이처의 얼굴을 닦아 주며) 이
　　　　　런 일이 아니면 보헤미아 기병이 자네 이마에 만
　　　　　들어 놓은 상처 자국을 어찌 보겠는가. 자네가 떠
　　　　　온 물맛이 좋구면, 슈바이처…… 이 상처 자국이
　　　　　자네에게 잘 어울리네.

슈바이처   쳇! 이런 상처 자국쯤이야 서른 개도 생길 자리
　　　　　가 있네.

카를　　　그래, 이보게들…… 위태위태한 오후였어. 그런데

한 사람만 목숨을 잃었네……. 나의 롤러는 장렬
히 전사했어. 그가 나를 위해 죽지 않았어도 우린
그의 무덤에 대리석 비석을 세워 줘야 할 텐데. 이
것으로 그냥 만족하게나. (눈물을 훔치며) 적의 손
실은 얼마나 되는가?

슈바이처 경기병 백육십, 용기병 구십삼, 저격병 사십……
모두 합해 삼백 명일세.

카를 일 대 삼백이군! 자네들 모두 살아 있을 권리를
충분히 주장할 수 있어! (모자를 벗어 들며) 여기
내 칼을 빼 들고 맹세컨대, 목숨이 붙어 있는 한
나는 절대 자네들 곁을 떠나지 않겠네.

슈바이처 맹세하지 말게! 행복하지 않아 후회할 날이 올지
누가 알겠나.

카를 롤러의 주검을 두고 맹세하네! 난 절대 자네들 곁
을 떠나지 않겠네.

(코진스키, 등장한다.)

코진스키 (혼잣말로) 이 근방 어딘가에서 만나게 될 거라던
데……. 아니, 어럽쇼! 저 사람들 꼬락서니가 왜
저렇지? 혹시…… 저 사람들이 아닐까? 만약 저
사람들이라면 어떡하지? 저 사람들이야, 저 사람
들이 맞아! 말을 걸어야겠어.

슈바르츠 조심들 하게! 저기 누가 오지 않나?

코진스키	여러분, 실례하겠소! 내가 제대로 찾아왔는지 아닌지 모르겠소.
카를	누굴 찾아왔기에 그러시오?
코진스키	사나이 대장부들이오!
슈바이처	두목, 우리가 사나이 대장부들이란 걸 보여 줘야 하지 않겠나?
코진스키	죽음을 두려워하지 않는 사나이 대장부들을 찾고 있소. 길든 뱀을 다루듯 위험을 불사하고 명예나 목숨보다 자유를 더 높이 평가하는 사나이들 말이오. 가난하고 억눌린 자들은 이름만 들어도 반색하고, 용감무쌍한 자마저 겁먹게 하고, 폭군들을 하얗게 질리게 만드는 사나이 대장부 말이오.
슈바이처	(두목에게) 맘에 드는 녀석인데. 이보게, 친구! 우리가 바로 자네가 찾는 그런 사람들이네.
코진스키	나 역시 그러리라 생각했소. 곧 나의 형제들이 되길 바라오. 그렇다면 나를 진정한 사나이에게 데려가 주시오. 내가 찾는 사람은 여러분들의 위대한 두목 카를 모어 백작이기 때문이오.
슈바이처	(코진스키와 화기애애하게 악수를 나누며) 이보게, 젊은 친구! 우리 서로 말을 트기로 하지.
카를	(코진스키에게 가까이 다가가며) 당신도 그 두목을 잘 알고 있소?
코진스키	자네가 바로 두목이군. 이 표정을 보니⋯⋯ 자네 얼굴을 보고 누가 다른 사람을 두목이라 하겠는

가? (카를을 한참 동안 뚫어지라 쳐다보며) 나는 카
르타고의 폐허에 앉아 있던 매몰찬 눈초리의 사
내[61]를 언제나 만나 보고 싶었네. 이제야 내 소원
을 풀게 되었네.

슈바이처　눈치가 비상한 녀석이군!

카를　그런데 날 찾아온 이유가 뭔가?

코진스키　오, 두목! 더없이 혹독한 나의 운명 때문이네. 나
는 이 세상이라는 험난한 바다에서 난파당해 삶
의 희망이 바닷속 깊이 가라앉는 것을 마냥 지켜
볼 수밖에 없었어. 그래서 내게는 이제 희망을 잃
어버렸다는 괴로운 추억만이 남아 있다네. 다른
곳에서 뭔가 활동을 해서 그 추억을 잠재우지 않
으면 난 미쳐 버리고 말 걸세.

카를　하느님을 고발하는 자가 또 한 명 나타났군! 계
속해 보게!

코진스키　그리고 어찌하여 나는 군인이 되었다네. 그런데
군인이 되어서도 계속 불행한 일을 당했지 뭔가.
동인도행 배를 탔다가 배가 암초에 걸려 좌초하는
바람에 그 계획도 무산되고 말았네! 그런데 살인
방화를 저질렀다는 자네의 활약상을 어디서나 듣

---

61) 고대 로마의 집정관을 여러 차례 지낸 정치가이자 장군인 가이우스 마
리우스(Gaius Marius, B. C. 157~B. C. 86)를 말한다. 마리우스는 한때 실각
하여 아프리카의 카르타고로 도주했으나 다시 돌아와 자신을 배신한 자들
에게 잔혹하게 복수했다.

게 되었네. 그래서 나를 받아 주기만 하면 자네 부하가 되겠다고 굳게 결심하고 이곳까지 30마일을 달려왔다네. 그러니 부탁하건대, 위엄 있는 두목, 제발 물리치지 말게나.

슈바이처 (펄쩍 뛰어오르며) 으샤! 으샤! 이제 우린 롤러를 잃은 대신 천 배로 보상받았어! 우리 패거리에 막강한 살인 동지가 생겼군!

카를 자네 이름이 뭔가?

코진스키 코진스키라 하네.

카를 코진스키라고. 자네가 얼마나 경솔한 젊은이인지 스스로 잘 알겠지. 자넨 자네 인생에서 중대한 일을 철부지 소녀처럼 쉽게 생각하고 있어. 이곳은 자네 생각처럼 공놀이나 볼링을 하는 곳이 아니네.

코진스키 자네가 무슨 말을 하려는지 잘 알겠네. 내 나이 스물넷이지만, 칼날이 번득이는 것을 보았고, 총알이 귓전을 윙윙 울리며 날아가는 소리도 들었네.

카를 그런가, 젊은이? 자네는 겨우 일 탈러 때문에 불쌍한 나그네를 칼로 찔러 죽이거나 등 뒤에서 여자들의 배를 찌르려고 칼싸움을 배웠는가? 가게나, 돌아가게! 자네는 매로 위협한다고 유모에게서 도망친 꼴이라네.

슈바이처 이런 빌어먹을, 두목! 대체 무슨 생각 하는 건가? 이 헤라클레스를 쫓아 보내려는 게야? 이자는 주

격 하나로 작센의 대원수를 갠지스강 너머로 쫓
아 버릴 녀석처럼 보이지 않나?

카를　　사소한 일들이 뜻대로 되지 않는다고 악당이나
암살자가 되겠다고 찾아왔단 말인가? 이보게, 살
인이란 말이 무슨 뜻인지 아는가? 양귀비꽃 모가
지를 꺾어 버리고는 편히 자러 갈 수 있겠지만, 영
혼에 살인이라는 낙인이 찍혀서는…….

코진스키　　자네가 지시한 살인에 대한 책임은 내가 지겠네.

카를　　뭐라고? 자네가 그렇게 교활하단 말인가? 감히
아부의 말로 사나이의 마음을 사로잡을 수 있다
고 생각하는가? 내게 사악한 꿈이 있을지, 임종의
자리에서 낯빛이 하얗게 변할지 어떻게 안단 말
인가? 자네 지금까지 책임감을 갖고 해 본 일이
얼마나 되는가?

코진스키　　정말이지! 지금까지는 별로 없네. 하지만 자네를
찾아온 이번 여행은 다르네, 고귀한 백작!

카를　　가정교사한테서 로빈 후드 이야기를 들은 적이
있는가? 그런 경솔한 사기꾼은 갤리선에 꽁꽁 묶
어 놓아야 할 걸세. 자네를 흥분시켜 유치한 환상
을 부추기고, 위대한 인물이 되겠다는 정신 나간
생각을 불어넣었으니 말이야. 명성과 명예에 휘둘
린 건가? 방화 살인으로 불후의 이름을 얻겠다
는 건가? 이봐 야심 찬 젊은이, 내 말 명심하게!
살인 방화범이 월계관을 쓰지는 못한다네! 산적

이 승리하면 개선 행진을 하는 것이 아니라 위험에 처하고 저주와 죽음, 치욕을 당할 뿐일세. 자네 눈에 저기 언덕 위의 교수대가 보이지 않나?

슈피겔베르크 (못마땅한 표정으로 이리저리 오가며) 에이, 저렇게 어리석을 수가! 차마 눈 뜨고 지켜볼 수 없군! 용서할 수 없을 만치 멍청해! 저런 식으로 하면 안 되지! 나 같으면 저렇게 안 할 텐데.

코진스키 죽음을 두려워하지 않는 자가 뭘 겁내겠는가?

카를 용감하군! 정말 훌륭해! 학교는 착실히 다녀 세네카의 말은 잘도 외웠군. 하지만 이보게, 그런 문장으로 고통에 시달리는 인간을 설득할 수 없네. 그것으로는 고통의 화살을 결코 무디게 할 수 없네. 이보게, 잘 생각해 보게나! (코진스키의 손을 잡는다.) 내가 아버지의 입장에서 충고한다고 생각하게. 뛰어들기 전에 나락의 깊이를 먼저 따져 보게! 자네가 이 세상에서 단 하나의 기쁨이라도 낚아채게 될지 누가 알겠는가. 언젠가 자네가 눈을 뜰 순간이 올지도 모르는데, 그때가 너무 늦게 오지 않았으면 좋겠네. 여기에 있다간, 말하자면 인간성의 범주에서 벗어나게 되어 좀 더 고상한 인간이 되든가, 아니면 사탄이 될 수밖에 없는 걸세. 이보게, 또 한 번 말하겠네. 다른 어디선가 일말의 희망이라도 보이면 좀 더 높은 지혜가 아닌 단지 절망에서 생겨난 이 끔찍한 무리를 떠나게. 누구나 잘못 생각할 수 있는 걸세. 결국 절망에 불과한 것을 정신의 위대함으로 여길 수도 있다는 내 말을 믿게나. 내 말, 내 말을 믿어 주게! 어서 이곳을 떠나게.

코진스키　안 되네! 이제 다시는 도망치지 않겠어. 내 부탁을 들어주지 못하겠다면 불행한 내 이야기라도 들어 주게. 그러면 아마 자넨 자진해서 내 손에 칼을 쥐어 줄 거야. 여기 땅바닥에 편히 앉아 내 이야기를 잘 들어 보게.

카를　그럼 들어 보기로 하세.

코진스키　말하자면 난 보헤미아의 귀족인데, 아버님을 일찍 여읜 뒤 상당한 영지를 물려받게 되었네. 그 지역은 그야말로 낙원이었지. 왜냐하면 천사가 한 명 있었기 때문이지. 꽃 피어난 청춘의 온갖 매력을 지닌, 천상의 빛처럼 순결한 아가씨였어. 근데 내가 이런 말을 왜 하는 거지? 이런 말이 자네들 귀에 들리기나 하겠는가. 자네들은 사랑을 해 본 적도 받아 본 적도 없을 테니 말이야.

슈바이처　조심하게, 조심하라고! 우리 두목 얼굴이 시뻘겋게 달아오르지 않나.

카를　그만두게! 다음번에 듣기로 하겠네. 내일이나 나중에, 아니면 내가 피를 보았을 때 말이야.

코진스키　피, 바로 그 피 이야기라니까…… 계속 들어 보게! 자네 마음속에 피가 부글부글 끓어오를 걸세. 그녀는 시민 출신의 독일 아가씨였네. 하지만 그녀의 모습은 귀족의 편견을 날려 버렸지. 그녀는 무척 수줍어하며 겸손하게 내 손에서 결혼반지를 받아 들었네. 그래서 이틀 후면 나는 아말리아와 결혼할 예정이었지.

카를   (자리에서 벌떡 일어난다.)

코진스키   난 눈앞의 행복에 취해 정신없이 결혼식 준비를 하고 있었지. 그때 급사(急使)를 통해 궁중의 소환을 받게 되었네. 그래서 궁중에 출두했지. 내가 썼다는 편지들을 보여 주는데 모반을 꾀하는 내용으로 가득 차 있더군. 음흉한 간계에 얼굴이 붉게 달아오르더군. 결국 난 단도를 빼앗기고 감옥에 투옥되고 말았어. 정말 미치고 환장하겠더군.

슈바이처   그래서 어떻게 되었나? 계속 이야기하게! 벌써 낌새를 채겠는걸.

코진스키   나는 도대체 어찌 된 영문인지도 모르고 한 달이나 감옥에 갇혀 있었다네. 나 때문에 한시도 마음 편한 날 없이 애태울 아말리아가 걱정되었지. 그러던 어느 날 궁중의 수석 재상이 나타나 나의 무죄가 밝혀진 걸 축하한다며 감언이설을 늘어놓고, 특별 허가증을 낭독하고 내 단도를 돌려주더군. 나는 의기양양하게 내 성으로, 아말리아의 품으로 달려갔네. 그런데 아말리아는 사라지고 없었네. 한밤중에 어디론가 끌려갔다는데, 어디로 갔는지 아는 사람이 아무도 없더군. 그리고 그 이후로 아말리아를 본 사람은 아무도 없었다네. 순간 번개처럼 생각이 머리를 스치고 지나갔네. 나는 급히 시내로 달려가 궁정의 동태를 살폈네. 그런데 모두 나를 빤히 쳐다보기만 했지 아무도 자세한 소식을 알려 주지 않더군. 마침내 나는 궁성의 외진 창살 너머에서 아말리아를 찾아냈어. 그녀는 조그만 쪽지를 던져 주더군.

슈바이처 내가 낌새를 챘다고 하지 않았나?

코진스키 이런, 제기랄! 내가 죽는 꼴을 보거나, 아니면 영주의 소실이 되거나 둘 중 하나를 택하도록 강요당했다고 쓰여 있지 않겠나! 그녀는 정절과 사랑 사이에서 갈등하다 결국 사랑을 택했고, (너털웃음을 터뜨리며) 나는 풀려나게 되었지.

슈바이처 그래서 자네는 어떻게 했지?

코진스키 날벼락을 맞은 기분으로 멍하니 서 있었지. 맨 먼저 '피!'라는 말이 떠오르고, '피!' 말고 다른 생각은 나지 않더군. 입에 거품을 물고 집으로 달려가 뾰족한 삼지창을 집어 들고 급히 재상의 집을 찾아갔지. 그놈…… 바로 그놈이 빌어먹을 뚜쟁이 짓을 했기 때문이지. 골목을 뛰어오는 내 모습을 보았는지 그 집에 도착해 보니 방이란 방은 모조리 문이 잠겨 있더군. 집 안을 돌아다니며 물어보니 그놈이 영주에게 갔다고 하더군. 그 길로 곧장 영주를 찾아갔더니 거기서도 아무도 그놈 행방을 모른다는 거야. 나는 재상의 집으로 돌아가 문이란 문은 모조리 부숴 버리고 놈을 찾아내 박살을 내려는데…… 그때 대여섯 명의 하인이 뒤에서 달려들어 나의 삼지창을 빼앗아 버렸다네.

슈바이처 (두 발로 바닥을 쿵쿵 구르며) 그래서 그놈은 무사했고 자넨 빈손으로 물러났단 말인가?

코진스키 난 붙잡혀서 고발당했네. 난 곤혹스럽게도 기소되어 불명예스러운 일을 당했지. 내 말 똑똑히 듣게나! 난 특별 은사를 받고 나라 밖으로 불명예 추방을 당했네. 나의 재산은 재상에게 선물로 넘어갔어. 내 아말리아가 호랑이 발톱에 붙잡혀 한숨과 눈물로 하루하루를 보내는 동안, 내 복수심은 힘을 쓰지 못하고 압제의 멍에에 눌려 애태우고 있다네.

슈바이처 (자리에서 일어나 자신의 칼을 갈며) 우리가 나설 때 아닌가, 두목! 확 불을 질러 버려야겠어!

카를 (지금까지 격한 동작으로 이리저리 오가다가, 도적들에게 급히 달려가며) 그녀를 꼭 봐야겠어. 자, 가자! 힘을 내자고. 코진스키, 자네도 우리와 함께 행동한다. 서둘러 행장을 꾸리게!

도적들 어디로 간단 말이지? 무슨 일이지?

카를 어디로 가느냐고? 누가 어디로 가냐고 물었지? (슈바이처에게 벌컥 화를 내며) 배신자, 자네 날 만류하겠다는 건가? 하지만 난 맹세코 반드시 가 겠다!

슈바이처 내가 배신자라고? 이런 제기랄, 자넬 따라간다니 까!

카를 (슈바이처의 목을 끌어안으며) 이보게, 동지! 함께 가세. 그녀가 울면서 슬픔에 잠긴 나날을 보낸다 고 하지 않은가. 자, 가세! 빨리 서두르라고! 다들 프랑켄으로 가자! 일주일 내로 우린 그곳에 도착 할 것이다. (도적들, 모두 퇴장한다.)

4막

1장

모어 백작의 성 주변 시골 지역.

저 멀리 도적 카를과 코진스키의 모습이 보인다.

카를   먼저 가서 내가 온다고 알리게. 무슨 말을 해야 할지 잘 알고 있겠지?

코진스키   나리는 메클렌부르크 출신의 브란트 백작이시고, 저는 백작님의 마부란 말씀이지요. 제 역할을 거뜬히 해낼 테니 아무 걱정 마십시오. 그럼 나중에 뵙겠습니다. (퇴장한다.)

카를   고향 땅이여, 반갑구나! (땅에 입맞춤을 한다.) 고향의 하늘과 태양! 그리고 들판과 언덕, 강과 숲이여! 너희들 모두 진심으로 반갑구나! 고향 산천의 바람이 참으로 달콤하게 불어오는구나! 너희가 내뿜는 환희가 아픔을 치유해 주고 이 가련한 도망자를 맞아 주는구나! 그야말로 극락이로다! 시인의 세계로구나! 발길을 멈추어라, 카를! 너의 발은 신성한 신전을 거닐고 있다.

(성에 좀 더 가까이 다가간다.) 저기 성 안뜰의 제비집과 정원의 문도 보아라! 네가 자주 숨어서 기다리며 술래를 골려 주던 울타리 곁의 모퉁이가 보이지 않나! 그리고 저 아래 푸른 골짜기를 보아라! 거기서 너는 영웅 알렉산드로스가 되어 마케도니아 병사를 이끌고 아르벨라 전투를 지휘했으며, 그 옆의 풀로 뒤덮인 언덕에서는 페르시아 총독을 굴복시키고 승리의 깃발을 높이 휘날리지 않았는가!

(미소 짓는다.) 꽃 피어나던 황금빛 소년 시절이 이 비참한 인간의 영혼 속에 되살아나는구나. 그 시절의 너는 행복하고 온전했으며, 티 없이 밝고 명랑했는데…… 그런데 이젠…… 네 꿈들이 깨진 잔해만 남았구나! 너는 당당하고 칭송받는 위대한 남자가 되어 이곳을 활보해야 하는데……. 이곳에서 아말리아가 낳은 생기발랄한 아이들을 보고 너의 두 번째 소년 시절을 맛보아야 하는데……. 바로 이곳에서 말이다! 이곳에서 네 백성의 숭배의 대상이 되어야 하는데……. 그런데 사

악한 적이 음흉하게 미소 짓고 있구나!

(갑자기 화를 내며) 내가 이곳에 온 이유가 뭐란 말인가? 내 모습이 마치 자유의 꿈을 잃고 절그럭거리는 쇠사슬에 묶인 죄수 꼴이 아닌가? 아니, 차라리 나의 비참한 생활로 되돌아가련다! 죄수는 그동안 불빛을 잊고 살았지만, 자유에 대한 꿈이 밤하늘을 더욱 어둡게 하는 한밤중의 번갯불처럼 그의 머리 위를 스쳐 가는구나. 잘 있거라, 고향의 골짜기들아! 너희들이 옛날에 본 소년 카를은 행복한 소년이었지. 그런데 지금 너희들이 보는 남자는 절망에 빠져 있다.

(얼른 몸을 돌려 가장 외진 곳으로 가려다가, 문득 발길을 멈추고 슬픔에 잠긴 눈으로 성을 올려다본다.) 그녀를 보지 못하고, 눈길 한 번 마주치지 못한 채 돌아서야 한단 말인가? 아말리아와 나 사이에는 담장 하나밖에 없는데……. 아니야, 꼭 만나야해! 아버님도 꼭 만나 뵈어야 해! 비록 내 몸이 바스러져 산산조각이 난다 해도! (돌아선다.) 아버님! 아버님! 당신 아들이 이렇게 가까이 왔습니다. 김을 모락모락 내뿜는 시커먼 피여, 썩 사라지거라! 무섭게 파르르 떠는 퀭한 죽음의 눈길이여, 물러나거라! 이 시간만은 나를 가만히 놓아 다오! 아말리아! 아버님! 당신의 카를이 이렇게 가까이 왔습니다.

(빠른 걸음으로 성을 향해 다가간다.) 날이 밝으면 저를 고통에 몰아넣더라도, 밤이 오면 제 곁을 떠나지 마십시오. 끔찍한 꿈속에서 저를 고통에 몰아넣더라도! 단 한 가지 이 즐거움만은 앗아 가지 마십시오! (성문 옆에서 발걸음을 멈춘다.) 내가 왜 이럴까? 무슨 일이냐, 모어? 사나이답게 굴어라! 극심한 두려움에 떨고 공포에 지레 겁먹다니…….
(성문 안으로 들어간다.)

2장

성의 화랑.

도적 카를과 아말리아, 등장한다.

아말리아   이 그림들 중에서 그분 초상화를 가려낼 수 있단
말인가요?

카를   그야 물론이지요. 그분의 모습은 언제나 제 마음
속에 살아 있거든요. (그림들을 둘러보며) 이분은
아닙니다.

아말리아   맞았어요! 그분은 백작 가문의 시조(始祖)세요.
해적을 물리친 공로로 바바로사 황제로부터 귀족
작위를 받으셨지요.

카를   (계속 그림들을 둘러보며) 이분도 아니고…… 저분

도 아닌데…… 저기 저분도 아니고…… 이분들 중
에는 없는데요.

아말리아　좀 더 자세히 보시지 그래요! 그분을 잘 알아보실
줄 알았는데…….

카를　저는 우리 아버님보다도 그분을 더 잘 알아볼 수
있습니다! 수천 명 중 그분을 알아낼 수 있는 특
징인 입가의 부드러움이 저 그림에는 없습니다.
그분이 아닙니다.

아말리아　놀랍군요. 어떻게 그럴 수 있나요? 18년 동안이나
만나 보지 못했으면서, 아직까지…….

카를　(얼굴을 붉히며 재빨리) 여기 이분입니다! (마치 번
개에 맞은 듯 감동한 표정으로 서 있다.)

아말리아　참으로 훌륭한 분이시지요!

카를　(넋을 놓고 초상화를 바라보며) 아버님, 아버님! 저
를 용서해 주십시오! 그래요, 훌륭한 분이시지
요! (눈가에 맺힌 눈물을 닦는다.) 거룩하신 분이시
지요!

아말리아　그분께 무척 관심이 많으신 것 같아요..

카를　아, 훌륭한 분이시지요. 그런데 벌써 세상을 뜨셨
다니?

아말리아　돌아가셨다니! 우리의 최고 기쁨이 사라지듯 말
이에요! (다정하게 카를의 손을 잡으며) 백작님, 이
제 이 세상에선 행복을 맛볼 수 없어요.

카를　그래요, 정말 그래요. 아가씨 같은 분이 이런 슬

픈 일을 겪어야 하다니요? 아직 스물세 살도 안 돼 보이는데.

아말리아   슬픈 일을 겪었답니다. 모든 것은 결국 슬프게 죽으려고 살아 있는 것 같아요. 우린 관심을 갖고 얻으려 하지만 결국 고통스럽게 잃어버릴 뿐이에요.

카를   벌써 잃어버린 게 있는 모양이지요?

아말리아   아무것도 잃지 않았어요. 모든 것을 잃었지만요. 말하자면 다 잃었으면서 아무것도 잃지 않았어요……. 백작님, 이제 다른 곳으로 가 보실까요?

카를   왜 이리 급히 서두르나요? 저기 오른편의 저 그림은 누구 초상화인가요? 왠지 불행한 인상이군요.

아말리아   왼쪽 그림은 돌아가신 백작님의 아들이지요. 지금 이 성의 주인이랍니다. 어서 가요! 어서 가요!

카를   그런데 이 오른쪽 그림은 누구신가요?

아말리아   정원으로 나가지 않으시겠어요?

카를   그런데 이 오른쪽 그림은 누구시냐고요? 울고 있나요, 아말리아?

아말리아   (급히 자리를 뜬다.)

카를   나를 사랑하고 있어, 그녀는 아직 나를 사랑하고 있어! 온몸이 분노에 떨기 시작했고, 자신도 모르게 눈물이 뺨을 타고 흘렀어. 아직 나를 사랑하다니! 이 불행한 인간아, 네놈이 그녀의 사랑을 받을 자격이 있단 말이냐! 나는 여기 단두대 앞의 죄수처럼 서 있지 않은가? 저것은 내가 그녀의 목을 끌어안고 환희에 잠겼던 소파가 아닌가?
저것은 아버님의 홀들이지? (아버지의 모습을 보고
큰 충격을 받아) 아버님, 아버님…… 아버님의 눈
에서 불꽃이 입니다…… 저를 저주하고 내쫓으십
니다! 여기가 어딘가? 눈앞이 캄캄해지고 하느님
이 두려워지는구나…… 내가, 바로 내가 아버지
를 돌아가시게 했어! (그곳에서 뛰쳐나간다.)

(프란츠, 깊은 생각에 잠겨 있다.)

프란츠   녀석의 모습을 떨쳐 버려야 해! 이 나약한 겁쟁이
녀석아, 떨쳐 버려라! 네가 무엇을, 누구를 겁내는
거냐? 그 백작이 이 성벽 안을 어슬렁거리던 몇
시간 동안 마치 지옥의 첩자가 내 꽁무니를 따라
다니는 듯한 기분이 아니더냐! 그 녀석이 누군지
알아내야 해! 어디서 많이 본 듯하고 심상치 않은
기운이 서린, 햇볕에 그을려 거칠어진 그 얼굴을
보면 왠지 자꾸 떨린단 말이야.
아말리아도 그 녀석한테 관심이 있는 것 같던데!
평소에는 세상 모든 일에 그저 시큰둥하기만 하
더니 그 녀석한테는 줄곧 애타는 눈길을 보내지
않았던가? 그리고 몰래 술잔에 눈물을 떨어뜨리
지 않았던가? 그러자 녀석은 내 등 뒤에서 허겁지
겁 그 술잔을 들이켜지 않았나? 마치 술잔을 통

째로 삼킬 듯이 말이야.

그래, 난 똑똑히 보았어. 거울에 비친 그 모습을 내 두 눈으로 똑똑히 보았어. 어이, 프란츠! 조심해! 그 배후에 뭔가 아주 불길한 괴물이 숨어 있어! (카를의 초상화 앞에 서서 찬찬히 들여다본다.) 거위처럼 기다란 목…… 불꽃이 번득이는 검은 눈, 흠! 흠! 텁수룩하고 검은 진한 눈썹, (갑자기 놀라 기겁을 하며) 남의 불행을 고소해하는 지옥아! 네가 내게 이런 예감을 불어넣는 거냐?

그놈은 카를이야! 그래, 이제야 생김새 모두가 다시 생생하게 떠오르는구나. 카를이야! 비록 가면을 썼다 해도 카를이 분명해! 이런, 제기랄! (격한 발걸음으로 이리저리 오가며) 무수히 밤을 새워 가며 바위를 치우고 절벽을 평평하게 하고, 인류의 온갖 본능을 거역해 가며 반란을 일으켰는데, 내가 아주 교묘하게 일으킨 회오리바람 속을 결국 정처 없이 떠도는 저런 부랑자가 어정거리고 다닌단 말인가. 조심! 조심해야지!

이제 어린애 장난 같은 일만 남아 있을 뿐이다! 안 그래도 벌써 귀밑까지 죽을죄를 졌고, 이미 강가에서 너무 멀리 헤엄쳐 왔는데, 이제 와서 되돌아간다는 건 말이 안 되지. 이제 되돌아간다는 건 더 이상 생각할 수 없어. 은총이 내 모든 죄를 보증 서려다간 은총 자체가 거덜 나고, 한없는 연민도 파산하고 말 거야. 그러니 사나이답게 앞으로 나아가야 한다! (벨을 울려 사람을 부른다.) 아버지의 혼령과 힘을 합쳐 덤빌 테면 덤벼 보라지. 나는 죽은 사람 따위는 하나도 무섭지 않아. 다니엘, 어이, 다니엘! 저들이 벌써 다니엘까지 내게 등을 돌리라고 부추겼으면 어떡하지? 다니엘도 뭔가 비밀을 숨기고 있는 듯이 보이던데.

(다니엘, 등장한다.)

다니엘 나리, 무슨 분부라도 있으신가요?

프란츠 별다른 일 아니네. 얼른 가서 이 잔에 포도주를 채워 오게. 어서 서두르게! (다니엘, 퇴장한다.) 두고 보자. 영감! 난 네놈의 꼬리를 잡고 말 테다. 네놈의 눈을 정면으로 바라보아 온몸이 뻣뻣이 굳게 만들고, 양심의 가책에 사로잡힌 가면 속의 네 얼굴이 하얗게 질리도록 만들 테다! 그놈을 살려 줘선 안 돼! 그 얼간이 녀석은 어설픈 일을 벌이고는 그곳을 떠나, 일이 어떻게 되어 갈지 하릴없이 멍하니 바라보겠지.

(다니엘, 포도주 잔을 들고 등장한다.)

프란츠 술잔을 여기에 갖다 놓게! 내 눈을 똑바로 바라보

게! 자네 무릎이 왜 후들거리나! 어째서 떨고 있
지! 솔직히 자백하게, 영감! 자네 무슨 짓을 했지?

다니엘   나리, 아무 짓도 하지 않았습니다. 하느님과 저의
불쌍한 영혼을 걸고 맹세합니다.

프란츠   이 술을 다 마셔 보아라! 뭘 망설이느냐? 어서 숨
김없이 다 말해라! 이 술에 뭘 탔느냐?

다니엘   오, 맙소사! 무슨 말씀이십니까? 제가…… 술에
다가요?

프란츠   술에다 독약을 타지 않았느냐! 네 얼굴이 백지장
처럼 하얘지지 않느냐? 실토해라, 냉큼 실토하거
라! 누구한테서 독약을 받았느냐? 분명코 백작,
그 백작한테서 받지 않았느냐?

다니엘   백작이라고요? 오, 하느님 맙소사! 백작한테서 아
무것도 받지 않았습니다.

프란츠   (다니엘을 거칠게 움켜잡으며) 이 늙어 빠진 거짓말
쟁이, 네놈 얼굴이 새파랗게 질리도록 목을 졸라
버릴 테다! 아무것도 받지 않았다고? 그럼 네놈
들은 왜 한 패거리가 되었지? 그놈과 네놈과 아말
리아가? 늘 함께 무슨 말을 속삭였느냐? 어서 솔
직히 말하지 못하겠는가! 그놈이 너한테 무슨, 무
슨 비밀을 털어놓았느냐?

다니엘   전지하신 하느님께서는 알고 계실 겁니다! 백작
은 제게 아무 비밀도 털어놓지 않았습니다.

프란츠   그래도 아니라고 할 거냐? 나를 제거하려 무슨

음모를 꾸몄었지? 그렇지 않은가? 내가 잠들었을 때 목 졸라 죽이려 했느냐? 수염을 깎을 때 내 목을 자르려 했더냐? 포도주나 초콜릿으로 나를 독살하려 했느냐? 어서 말해라, 어서 솔직히 말해라! 아니면 수프에 약을 타서 날 영원히 잠들게 할 생각이었느냐? 다 알고 있으니 어서 실토하거라.

다니엘　하느님, 곤경에 빠진 저를 도와주십시오. 저는 나리께 아무것도 숨김없이 오로지 진실만을 말씀드리고 있습니다.

프란츠　이번만큼은 용서해 주겠다. 하지만 틀림없이 그놈이 네 지갑에 돈을 찔러줬겠지? 필요 이상으로 네 손을 꼭 쥐지 않더냐? 말하자면 오래된 지인의 손을 잡듯이 말이다.

다니엘　나리, 결코 그런 일 없었습니다.

프란츠　이를테면 그놈이 너를 잘 알고 있고…… 네가 그를 알고 있을지도 모른다고 하지 않더냐? 언젠가는 네가 진실을 알게 될 거라고…… 그런 말을 전혀 하지 않았단 말이냐?

다니엘　그런 말은 전혀 없었습니다.

프란츠　지금은 피치 못할 사정이 있어서 말할 수 없지만 원수에게 접근하려면 가끔은 가면을 써야 한다고 하지 않더냐? 그놈이 복수할 거라고, 아주 잔인하게 복수할 거라고 말하지 않더냐?

다니엘	단 한마디도 그런 말을 하지 않았습니다.
프란츠	뭐라고? 한마디도 하지 않았다고? 잘 생각해 보아라. 그가 고인이 된 어른을 아주 잘, 특별히 잘 알았고 그분을 사랑했다고, 자기 아버지처럼 엄청나게 사랑했다고 말하지 않더냐?
다니엘	그 비슷한 말을 들은 기억은 납니다요.
프란츠	(얼굴이 하얗게 질리며) 정말 그런 말을 했느냐? 무슨 말을 했는지 자세히 말해 보아라! 혹시 내 형이라고 하지 않더냐?
다니엘	(당황하며) 나리, 무슨 말씀이십니까? 아닙니다, 그런 말은 하지 않았습니다. 하지만 아가씨께서 그분을 화랑에 모시고 왔을 때, 저는 마침 그림 액자의 먼지를 닦고 있었습니다. 그분은 돌아가신 백작님의 초상화 앞에서 마치 벼락에 맞는 충격을 받은 듯 갑자기 걸음을 멈추시더군요. 아가씨께서 그 그림을 가리키며 참으로 훌륭하신 분이라고 말씀하시자, 그분이 눈물을 훔치며 그렇다고 대답하더군요.
프란츠	다니엘, 그것 보게! 자네도 알다시피 난 언제나 자네에게 잘 대해 주었고, 먹을 것과 입을 것을 주었네. 자네 나이를 생각해서 힘들고 어려운 일은 시키지 않았네.
다니엘	주님께서 그에 대한 보답을 해 주시겠지요! 그래서 저도 항상 나리를 성심성의껏 모셔 왔습니다.

프란츠	막 그 말을 하려던 참이었네. 자넨 평생 내 말을 거역한 적이 없었어. 자넨 내가 시키는 일은 무엇이든 복종해야 한다는 것을 잘 알고 있기 때문이었지.
다니엘	하느님 말씀과 제 양심에 반하지 않는 한 뭐든 진심으로 나리의 뜻을 따랐지요.
프란츠	시시한 소리, 시시한 소리 집어치우게! 자넨 부끄럽지도 않나? 살 만큼 산 늙은이가 아직 크리스마스 동화를 믿다니! 그만두게, 다니엘! 그건 어리석은 생각이었어. 내가 이 집안의 주인이야. 만약 하느님과 양심이라는 게 있다면 난 벌 받겠지.
다니엘	(두 손을 맞잡으며) 아니, 저런!
프란	자네의 복종심을 믿네! 이 말이 무슨 뜻인지 자네도 알아듣겠지? 자네의 복종심을 믿고 명령하는데, 그 백작이 내일부터 산 사람들 틈에 끼어 돌아다니지 않도록 하게.
다니엘	하느님, 맙소사! 무엇 때문에요?
프란츠	무조건 내 명령에 따르게! 자네만을 믿겠네.
다니엘	저를요? 아니, 이런, 맙소사! 저를 믿으신다고요? 대체 이 늙은이가 무슨 잘못을 했길래요?
프란츠	이제 길게 생각할 시간이 없네. 자네 운명은 내 손아귀에 들어 있어. 평생을 내 성탑의 지하 감방에 갇혀 자신의 뼈를 발라 먹으며 허기를 달래고, 타는 듯한 목마름을 자신의 오줌으로 잠재우며

죽도록 시달릴 것인가? 아니면 평온하게 빵을 먹으며 노년의 안식을 누릴 것인가?

다니엘 뭐라고요, 나리? 노년의 평온과 안식을 누린다고요? 사람을 죽여 놓고서요?

프란츠 내 질문에 대답이나 하게!

다니엘 저의 허연 머리를 보십시오! 이 늙은이의 허연 머리를 보십시오!

프란츠 할 텐가, 안 할 텐가!

다니엘 못 하겠습니다! 하느님, 저를 불쌍히 여기소서!

프란츠 (자리를 뜨려 하며) 좋아, 정 그렇다면 할 수 없지. (다니엘, 프란츠를 붙잡으며 그의 앞에 넙죽 엎드린다.)

다니엘 자비를 베푸십시오, 나리! 자비를 베풀어 주십시오!

프란츠 그럼 할 텐가, 안 할 텐가!

다니엘 나리! 지금 제 나이가 일흔하나입니다. 저는 아버지와 어머니를 공경하며 살았고, 평생 남의 것이라면 한 푼도 욕심낸 적 없으며, 충실하고 정직하게 하느님을 믿으며 마흔네 해 동안 나리 댁에서 봉사해 왔습니다. 이제 조용히 세상을 하직하고 싶을 뿐입니다, 아, 나리, 나리! (프란츠의 무릎을 격렬하게 부여잡으며) 여생이 얼마 남지 않은 이늙은이의 마지막 위안을 앗아 가려는 겁니까? 양심의 가책 때문에 최후의 기도도 못 드리게 하려는 겁니까? 하느님과 사람들 앞에서 잔혹한 인간

으로 잠들게 하려는 겁니까? 아니, 아니시겠지요,
더없이 자비롭고 훌륭하신 나리! 나리께서 그러
실 리 없습니다. 일흔한 살 먹은 늙은이에게 그런
일을 시키실 리 없습니다.

프란츠 　할 텐가, 안 할 텐가! 무슨 군소리가 그리 많은
가?

다니엘 　앞으로는 더 열심히 나리를 모시겠습니다. 비쩍
마른 이 몸으로 나리를 위해 날품팔이처럼 뼈가
으스러지도록 일하겠습니다. 새벽에 더 일찍 일어
나고 밤이면 더 늦게 잠자리에 들겠습니다. 아, 그
리고 아침저녁으로 나리를 위해 기도 드리겠습니
다. 하느님께서 늙은이의 기도를 매정하게 물리치
진 않으실 겁니다.

프란츠 　희생보단 순종이 더 낫네. 형리가 사형 판결을 집
행할 때 머뭇댄다는 말 들어 봤는가?

다니엘 　아, 그야 그렇지요! 하지만 죄 없는 사람에게 교
살 형을 내린다는 건…….

프란츠 　내가 자네에게 이런저런 해명을 해야겠나? 왜 이
쪽이 아니라 저쪽을 내리치는지 도끼가 형리에게
물어봐야겠는가? 하지만 내가 자네에게 얼마나
너그러운지 보게나. 내게 충성을 다하면 자네에게
톡톡히 보답하겠네.

다니엘 　저는 나리께 충성을 다하면서도 기독교인으로서
의 본분을 잃지 않았으면 합니다.

프란츠 더 이상 군말 말게! 하루 동안 생각할 시간을 줄 테니 다시 한번 잘 생각해 보게! 행복이냐, 불행이냐……. 내 말 알아들었겠지, 무슨 말인지 이해하겠는가? 최고의 행복을 누릴 테냐, 최악의 불행을 맛볼 테냐! 난 사람을 괴롭혀서 기적을 행하려 한다네.

다니엘 (잠시 생각에 잠긴 뒤) 하겠습니다, 시키시는 대로 내일 하겠습니다! (퇴장한다.)

프란츠 네겐 큰 시련이겠지. 그런데 애당초부터 신앙의 순교자가 될 놈은 아니야. 그럼 어디 두고 보자고, 백작 나리! 보아하니 내일 저녁에는 최후의 만찬을 들게 될 걸세! 만사가 다 생각하기 나름이지. 이익이 눈앞에 보이는데도 다른 것을 생각하는 자는 바보에 불과해! 거나하게 술을 마신 아비가 욕정이 동하면 인간이 하나 생겨난단 말이야. 그러다가 헤라클레스의 초인적 대과업을 수행할 인간이 생겨날 줄 누가 알았겠나. 나도 이제 슬슬 욕정이 동하는데……. 그러면 한 인간이 뒈진단 말이야. 물론 이 경우에는 그런 인간이 생길 때보다 머리를 더 많이 굴리고 계획을 더 잘 세워야 하지.

인간들 대부분이 어떻게 세상에 태어났겠어? 칠월 한낮이 푹푹 찐다든가, 침대 시트에 마음이 동한다든가, 아니면 예쁘장한 부엌데기가 드러누워 자고 있다든가, 불이 꺼져 있어서가 아니었을까?
인간이 동물적 충동이나 우연의 소산으로 태어
났는데, 무엇 때문에 자신의 출생을 부정하려고
굳이 의미심장한 것을 생각해 내야 한단 말인가?
유모나 보모의 어리석음은 저주받아야 해. 끔찍
한 동화로 우리의 상상력을 망쳐 버리고, 징벌이
라는 끔찍한 이미지를 우리의 연약한 뇌수에 각
인시키거든.
그래서 어른이 된 후에도 자기도 모르게 사지를
벌벌 떨게 하고, 우리의 대담무쌍한 결단을 가로
막아 눈 뜨는 이성을 미신 같은 암흑의 쇠사슬에
묶어 버리거든. 살인! 이 단어를 둘러싸고 복수의
여신들이 있는 지옥 전체가 요동치지 않는가!
자연이 사내 하나 더 만드는 것을 잊어버리거나,
탯줄이 잘리지 않거나, 신랑이 신혼 첫날밤에 할
일을 제대로 못 하면, 그 모든 손그림자 놀이가
사라지게 되지. 뭔가가 있었지만 아무것도 없게
되는 거야. 이는 아무것도 없었다가 아무것도 없
게 된다는 말과 크게 다를 게 없는 것이지. 그리
고 아무것도 없게 된다는 말을 다른 말로 바꿀
수는 없어.
인간은 진흙에서 생겨나서, 잠시 진흙 속에서 뒹
굴며 진흙을 만들다가, 다시 진흙으로 부글부글
끓어올라서는 결국 증손자의 구두 밑창에 지저

분하게 붙어 다니는 거야. 그게 바로 노래의 끝이고 인간 숙명의 질픽한 순환이 아니겠는가!

그러니 형님, 부디 안녕히 가십시오! 발가락이 통풍에 걸리고 비장을 앓는 양심적인 도덕군자가 유곽에서 쭈글쭈글한 여자를 내쫓고, 죽음을 맞이한 늙은 고리대금업자를 호통칠 수 있을지는 몰라도, 다시는 내 앞에 모습을 드러내지 못할 것이다! (퇴장한다.)

3장

모어 성의 다른 방.
한쪽에는 도적 카를, 다른 쪽에는 다니엘이 등장한다.

카를　　(조급하게) 아가씨는 어디 계시는가?

다니엘　나리! 한 불쌍한 사내의 청을 부디 들어주셨으면
　　　　합니다!

카를　　그래, 말해 보게나. 바라는 게 뭔가?

다니엘　별일 아니면서 모든 것이 걸려 있고, 하찮은 일이
　　　　면서 아주 중대한 일입니다. 나리의 손에 입을 맞
　　　　추게 해 주십시오!

카를　　노인장, 그래서야 되겠는가! (다니엘을 끌어안는다.)
　　　　난 자네가 아버지처럼 느껴지네.

다니엘	나리의 손, 나리의 손을 좀 보여 주십시오! 제발 부탁입니다.
카를	그럴 필요 없다니까.
다니엘	꼭 봐야 합니다! (카를의 손을 붙잡고 재빨리 살펴본 뒤 그의 앞에 무릎을 꿇는다.) 아이고, 카를 도련님!
카를	(깜짝 놀라지만 순간 정신을 차리고 냉담하게 말한다.) 이보게, 그게 무슨 말인가? 난 자네가 무슨 말을 하는지 모르겠네.
다니엘	네, 부인하십시오, 아니라고 잡아떼십시오! 좋아요, 좋습니다요! 도련님은 저한테 언제나 더없이 좋고 소중한 분이셨습니다. 원, 세상에! 늙은이에게 이런 기쁜 날이 오다니……. 도련님을 금방 알아보지 못하다니 이런 미련한 인간이 또 어디에 있겠습니까. 아, 하늘에 계신 하느님 아버지! 도련님이 이렇게 다시 오셨는데 백작님은 땅에 묻히셨으니. 도련님은 이렇게 다시 오셨는데……. 첫눈에 도련님을 알아보지 못하다니 저는 참으로 눈먼 얼간이입니다. (자신의 머리를 치며) 이런, 세상에! 이런 날이 오게 해 달라고 눈물로 기도했건만 정말로 실현될 줄 누가 꿈이나 꾸었겠습니까? 아니 이럴 수가! 도련님이 이렇게 멀쩡하게 살아서 전에 살던 방에 다시 서 계시다니!
카를	그게 무슨 소리요? 열병을 앓다 뛰쳐나온 게요, 아니면 나한테 코미디의 어떤 역할을 시험해 보

자는 게요?

다니엘 아니, 그런 말씀, 그런 말씀 마세요! 늙은 하인을 놀리시면 보기 흉합니다. 이 흉터! 아직 기억나십니까? 아니, 이런! 그때 제가 얼마나 겁에 질렸는지…… 저는 언제나 도련님을 무척 좋아했지요. 그런데 도련님 때문에 제가 얼마나 상심했는지 몰라요. 도련님은 제 무릎에 앉아 계셨지요. 아직 기억나십니까? 저기 둥근 방이었지요. 그리고 그 새, 생각나지 않으십니까? 물론 잊어버리셨겠지요. 도련님이 듣기 좋아하시던 뻐꾸기시계 소리 말입니다. 한번 생각해 보십시오! 그 뻐꾸기시계가 바닥에 떨어져 박살이 나고 말았지요. 할멈이 방을 청소하다가 그만 망가뜨리고 말았답니다. 네, 그랬지요. 그때 도련님은 제 무릎에 앉아 '말[馬]!' 하고 소리쳤고, 저는 말을 가지러 달려 나갔습니다. 젠장! 이 어리석은 인간이 그때 왜 달려 나갔는지? 바깥에서 비명을 듣고 저는 등골이 오싹했습니다. 방 안에 뛰어들어가 보니 시뻘건 피가 흐르고 도련님은 바닥에 쓰러져 있었지요.

아, 이를 어쩌지! 저는 목덜미에 찬물 한 대야를 끼얹은 기분이었어요. 어린애에게서 잠시라도 한눈을 팔면 그런 일이 생긴다니까요. 세상에, 그것이 눈에라도 박혔으면 어쩔 뻔했습니까. 그나마 오른손이었기에 천만다행이었지요. 그래서 저는 평생 칼이나 가위 등 뾰족한 것은 절대 어린애 손에 닿지 않게 해야겠다고 굳게 결심했답니다. 다행히도 백작 나리와 마님은 여행 중이셨지요. 그래, 그래, 이날은 내 평생 잊지 못할 교훈이 될 거야, 저는 그렇게 말했었지요. 아뿔싸! 저는 하마터면 이 집에서 쫓겨날 뻔했습니다. 저는 이 철부지를 부디 너그럽게 봐 달라고 하느님께 빌었지요. 그런데 다행히도! 상처는 쉽게 아물어 보기 흉한 이 흉터만 남았지요.

| 카를 | 난 자네가 무슨 말을 하는지 하나도 모르겠네. |
| 다니엘 | 네, 그렇지 않았나요, 그렇지 않았나요? 그런 시절이 있었지요? 제가 언제나 도련님을 제일 좋아해서 빵이며 비스킷, 과자를 갖다 드리지 않았습니까? 한번은 제가 도련님을 백작 나리의 구렁말에 태워 넓은 초원 위를 신나게 달리게 했을 때, 도련님이 저 아래 마구간에서 뭐라고 하셨는지 아십니까? 다니엘, 내가 커서 어른이 되면 다니엘이 내 집사가 되어 나와 함께 마차를 타고 다녀야해. 도련님의 그 말에 저는 웃으면서 그러겠노라고 대답했지요.
그리고 제가 오랫동안 건강하게 살고, 도련님이 늙은이를 부끄럽게 여기지 않는다면 도련님께 청을 드리겠다고 말했지요. 저 아랫마을에 꽤 오래 |

비어 있는 오두막에 살게 해 달라고 말입니다. 그
곳에 포도주를 스무 통쯤 담가 두고 늘그막에 술
이나 팔며 살고 싶었지요.

네, 웃으십시오, 마음껏 웃으십시오! 도련님은 그
런 이야기를 까맣게 잊으셨나요? 사람들은 늙은
이를 상대하려 하지 않고, 고상한 척 굴며 냉담하
게 대합니다. 하지만 나리는 저의 소중한 도련님
입니다. 물론 그동안 인생을 약간 즐기면서 살긴
하셨지요. 제 말을 나쁘게 받아들이지 마십시오!
사실 젊은 시절에 대부분 그러기는 하지만 결국
모든 것이 좋아질 수 있답니다.

카를 (다니엘의 목을 끌어안으며) 그래! 다니엘, 더 이상
숨기지 않겠네! 내가 자네의 카를, 집 나간 카를
일세! 나의 아말리아는 어떻게 지내는가?

다니엘 (울음을 터뜨리며) 죄 많은 이 늙은이가 이런 기쁨
을 누리다니! 돌아가신 나리께서 까닭 없이 마냥
우셨습니다! 허연 해골바가지야! 썩어 문드러진
뼈다귀야! 이제 기쁜 마음으로 무덤 속으로 들어
가라! 내 주인께서 살아 계시고, 내 눈으로 그분
을 똑똑히 보았으니!

카를 전에 자네에게 한 약속을 지키겠네. 성실한 할아
범, 마구간의 구렁말에 대한 대가로 이걸 받게.
(묵직한 돈주머니를 억지로 쥐여 주며) 난 영감을 잊
지 않았네.

다니엘 아니, 왜 이러시는 겁니까? 너무 많습니다! 돈을
잘못 집으신 모양인데요.

카를 잘못 집은 게 아니네, 다니엘! (다니엘, 무릎을 꿇으
려 한다.) 일어나서, 내 아말리아가 어떻게 지내는
지 말해 주게.

다니엘 하느님께서 보상해 주셨습니다! 하느님께서 보상
해 주셨습니다! 세상에, 이럴 수가! 아말리아 아
가씨가 이 사실을 아시면 아마 살아남지 못할 겁
니다. 아가씬 너무 기뻐서 숨이 넘어가실 겁니다!

카를 (격한 어조로) 아말리아가 나를 잊지는 않았는가?

다니엘 잊다니요! 무슨 그런 말씀을 하십니까? 도련님을
잊다니요? 도련님께서 돌아가셨다는 소식을 접하
고 아가씨께서 어떻게 하셨는지 직접 두 눈으로
보셨어야 하는데요. 그런 이야기는 젊은 나리께
서 퍼뜨리셨습니다.

카를 그게 무슨 말인가? 내 아우가…….

다니엘 네, 도련님의 동생인 젊은 나리가요. 다음에 기회
가 되면 그에 관해 더 자세히 말씀드리겠습니다.
젊은 나리께서는 날이면 날마다 아가씨께 자기
아내가 되어 달라고 청혼하며 졸라 댔습니다. 그
런데도 아가씨께서는 단호히 거절하셨답니다. 아
참, 어서 아가씨에게 가서, 이 기쁜 소식을 전해
드려야겠습니다. (그 자리를 뜨려 한다.)

카를 잠깐, 잠깐만 기다리게! 아말리아가 이 사실을 알

아서는 안 되네. 아무도 알아서는 안 되고, 내 아
우도 마찬가지네.

다니엘   도련님의 동생 말인가요? 물론 알아서는 안 되지
요, 그분은 절대 알아서는 안 되고말고요! 절대로
안 되지요! 그분은 필요 이상 많은 것을 알면 안
되지요. 아, 도련님께 말씀드리지만, 이 세상에는
역겨운 인간, 역겨운 형제, 역겨운 주인들이 있답
니다. 하지만 저는 주인의 금은보화를 다 준다 해
도 결코 역겨운 하인이 되고 싶지는 않습니다. 그
런데 젊은 나리는 도련님께서 돌아가셨다고 여겼
지요.

카를   으흠! 뭘 그렇게 중얼거리고 있느냐?

다니엘   (목소리를 더욱 낮추어) 반갑잖은 불청객이 살아
돌아온다면……. 도련님의 동생은 돌아가신 백작
나리의 유일한 상속자였습니다.

카를   영감! 무슨 말 못 할 엄청난 비밀이 입안에서 뱅
뱅 도는 것처럼 뭘 그리 입속으로 웅얼거리는가!
나오려고 하지 않지만 나와야 할 것 같은데 좀 더
분명히 말해 보게!

다니엘   제 늙은 뼈다귀로 허기를 달래고, 제 오줌으로 갈
증을 달래는 한이 있더라도 사람을 죽여 호사를
누리고 싶진 않습니다. (황급히 퇴장한다.)

카를   (잠시 섬뜩한 침묵이 흐른 후 카를이 펄쩍 뛰면서) 속
았어, 속았구나! 이제야 퍼뜩 정신이 드는구나!

교활한 술수였어! 아니, 이럴 수가! 아버지가 아니라 그놈의 교활한 술수였어! 교활한 술수에 넘어가 살인자와 도적이 되다니! 그 녀석이 나를 무고하고, 내 편지를 가로채서 날조했구나! 아버님 마음엔 사랑이 넘쳤는데……. 아, 나는 바보처럼 아무것도 몰랐어. 아버님 마음엔 사랑이 넘쳤어. 아, 이렇게 속이다니, 이렇게 속이다니! 아버님 앞에 무릎 꿇고 눈물 한 방울만 흘렸으면 됐을 것을……. 아, 난 어리석은, 참으로 어리석은 바보였어! (벽에 머리를 찧으며) 행복하게 살아갈 수 있었는데……. 아, 이런 비열한 일이, 이런 비열한 일이! 비열하게, 비열하게 속이고 내 삶의 행복을 앗아가 버렸어.

(격분하여 방 안을 빠르게 이리저리 오간다.) 교활한 술수에 넘어가 살인자와 도적이 되다니! 아버님은 한 번도 화내신 적이 없었어! 저주의 생각도 품지 않으셨어. 아, 이런 악당 같으니! 이런 납득할 수 없고 음흉하며 역겨운 악당 같으니!

(코진스키, 방에 들어온다.)

코진스키   어이, 두목, 어디 있는 거야? 무슨 일인가? 이곳에 좀 더 있을 모양이군.

카를   자, 떠나세! 말에 안장을 얹게나! 해 떨어지기 전에 국경을 넘어야 하네.

코진스키 　지금 농담하는 게지.

카를 　(명령 투로) 어서, 서두르게! 우물쭈물 망설이지 말고, 죄다 그대로 놔두고 떠나세! 그리고 사람들 눈에 띄지 않게 하게. (코진스키, 퇴장한다.)

이 담장으로 도망쳐야겠어. 조금만 더 지체하다 간 분노가 폭발할지 모르겠어. 그래도 아버님의 아들이고…… 동생, 내 동생이 아닌가! 네놈이 나를 세상에서 가장 비참한 인간으로 만들다니. 난 한 번도 네 마음에 상처를 준 적이 없는데, 그것은 형제로서 할 짓이 아니었어. 네놈은 조용히 죄악의 열매를 거두어라. 내가 여기 있어 그 즐거움을 망쳐 버려선 안 되겠지. 하지만 그것은 형제로서 할 짓이 아니었어. 암흑이 네 죄악의 열매를 영원히 지워 버리고, 죽음은 그것에 손대지 않았으면 좋겠어!

(코진스키, 등장한다.)

코진스키 　말에 안장을 얹었으니 언제라도 탈 수 있네.

카를 　다그치지 말게! 다그치지 말게! 왜 그리 서두르는 건가? 그녀를 더 이상 보지 말아야 한단 말인가?

코진스키 　자네가 원한다면 즉시 말의 재갈을 벗기겠네. 하지만 조금 전에는 급히 서두르라고 성화를 부렸지 않은가.

카를   한 번만 더 봐야지! 잘 있으라는 인사말이라도 해
야지! 이 행복의 독배를 남김없이 다 마셔 버려야
겠어. 잠깐만, 코진스키! 십 분만 더 기다리게. 성
안뜰의 뒤쪽에서 말이야. 그런 뒤 곧장 이곳을 떠
나세!

4장

정원에서.

아말리아.

아말리아   울고 있나요, 아말리아? 그분이 그렇게 말씀하셨
어……. 그 목소리, 그분 목소리를 들었을 때 만
물이 다시 소생하는 느낌이었어. 그 목소리로 인
해 지난날 즐거웠던 사랑의 봄이 되살아났어! 그
때처럼 밤꾀꼬리가 노래하고, 그 당시처럼 꽃들
이 향기를 내뿜었어. 난 기쁨에 취해 그분의 목에
매달렸지. 아, 신의를 저버린 거짓된 마음이여! 거
짓 맹세를 미화하려 하다니! 아니, 아니야, 내 마
음에서 썩 꺼져라, 이 뻔뻔스러운 형상아! 난 맹

세를 저버리지 않았어요, 내겐 당신밖에 없답니다! 내 마음에서 썩 꺼져라, 이 음험하고 사악한 소원아! 오로지 카를만 들어있는 내 마음속에 다른 어떤 인간도 둥지 틀 수 없어. 그런데 어째서 내 마음이 나도 모르게 자꾸만 그 낯선 분에 이끌리는 걸까? 그분은 내 유일한 분의 모습과 너무나 흡사하지 않은가? 혹시 그분은 내 유일한 사람의 영원한 길동무가 아닐까? 울고 있나요, 아말리아? 그분이 그렇게 물으셨지. 아, 그분에게서 달아나야 해! 달아나야 해! 다시는 그 낯선 분을 내 눈으로 보아선 안 돼!

(도적 카를, 정원 문을 연다.)

아말리아 (흠칫 놀라며) 쉿! 쉿! 무슨 소리지! 문소리가 난 것 같은데! (카를인 것을 알아차리고 화들짝 놀란다.) 그분일까? 어디를 가시는 거지? 무슨 일일까? 달아나야 할 텐데 붙박인 듯 꼼짝하지 못하겠네. 하늘에 계신 아버지, 저를 버리지 말아 주소서! 안 됩니다, 저에게서 카를을 빼앗아 가선 안 됩니다! 저의 마음에는 신적인 두 분을 모실 자리가 없고, 저는 죽음을 면치 못할 여자일 따름입니다! (카를의 초상화를 꺼낸다.) 오, 나의 카를, 사랑의 훼방꾼인 저 낯선 사람으로부터 날 지켜 줘요!

꼼짝 않고 당신, 당신만을 바라보겠어요. 그러니
저 낯선 사람에 이끌리는 이 사악한 눈길을 부디
거두어 주세요. (말없이 앉아 초상화를 뚫어져라 바
라본다.)

카를 　아, 아가씨, 여기 계셨군요? 그런데 무슨 슬픈 일
이라도 있나요? 여기 초상화에 눈물 한 방울이
떨어지지 않았습니까? (아말리아, 아무런 대답도 하
지 않는다.) 천사의 눈을 은빛 눈물로 어른거리게
한 이 행복한 남자는 누구입니까? 영광을 누리는
이 남자를 저도 볼 수 있겠습니까? (초상화를 들여
다보려 한다.)

아말리아 　안 돼요, 그건 안 됩니다!

카를 　(뒤로 물러나며) 아니! 그렇게 받들어 모실 만한 사
람인가요? 그럴 만한 분인가요?

아말리아 　당신도 그분을 아셨더라면!

카를 　그 사람을 부러워했을 겁니다.

아말리아 　숭배했을 거예요.

카를 　아니, 그런 말씀을 하다니!

아말리아 　아, 당신도 이분을 무척 좋아했을 거예요. 이 사
람의 얼굴과 눈이며 목소리…… 제가 사랑하는
아주 많은 것들이 당신을 빼닮았거든요.

카를 　(땅바닥을 내려다본다.)

아말리아 　여기 당신이 서 있는 곳에 그분은 수천 번이나 서
계셨지요. 그리고 그분 곁에는 그 말고는 온 세상

을 잊어버린 여자가 있었답니다. 여기서 그 사람은 주변의 수려한 경치를 둘러보았지. 그러면 경치는 위대한 보답의 눈길을 느끼는 것 같았고, 자신의 걸작을 즐기면서 더욱 아름다워지는 것 같았어요. 여기서 그분은 천상의 음악으로 하늘의 청중을 사로잡았고, 여기 수풀에서 장미를 꺾었지요. 저를 위해서요. 여기, 바로 여기서 그분은 제 목을 끌어안고 제 입에 뜨겁게 입맞춤을 했지요. 그리고 꽃들은 두 연인의 발길에 밟혀 기꺼이 죽어 갔지요.

카를 그분은 더 이상 살아 계시지 않은가요?

아말리아 그 사람은 거칠고 험한 바다 위를 떠돌아다니고, 아말리아의 사랑은 그분과 함께 떠돌고 있어요. 그 사람은 길 없는 모래사막을 헤매고 다니고, 아말리아의 사랑은 그분의 발아래 있는 불타는 모래에 푸른 싹을 틔우고 들풀을 꽃 피운답니다. 한낮의 태양이 모자도 쓰지 않은 그분의 맨머리를 그을리고, 북풍한설이 그분의 발바닥을 얼어붙게 하고, 사나운 우박은 그분의 관자놀이에 사정없이 내리칠 거예요. 아말리아의 사랑은 폭풍우를 맞는 그분을 따스하게 어루만져 준답니다. 바다와 산, 수평선이 사랑하는 사람들 사이를 가로막을지라도, 우리의 영혼은 먼지 덮인 지하 감방에서 빠져나와 사랑이 꽃피는 낙원에서 만난답니다. 백작님, 슬퍼 보이시는데요?

카를 　사랑 이야기를 들으니 제 사랑이 생생히 떠올라
서요.

아말리아 　(얼굴이 창백해지며) 뭐라고요? 사랑하는 여자가
있다고요? 어머나, 나 좀 봐, 제가 무슨 말을 하고
있지요?

카를 　그 여자는 제가 죽었다고 생각해서, 죽은 저를 위
해 정절을 지켰습니다. 그러다 제가 살아 있단 말
을 듣고 저를 위해 성스러운 여인의 면류관을 포
기했습니다. 그녀는 제가 사막을 헤매며, 불행하
게 세상을 떠돈다고 알고 있지요. 그녀의 사랑은
사막과 불행을 넘어 저를 향해 날아온답니다. 그
여자의 이름도 아가씨처럼 아말리아랍니다.

아말리아 　당신의 아말리아가 무척 부럽군요.

카를 　아, 그녀는 불행한 아가씨랍니다! 그녀는 세상에
서 사라진 남자를 사랑하지만, 그 사랑은 영원히
보답받을 수 없거든요.

아말리아 　아니에요, 그 사랑은 천국에서 보답받을 거예요.
슬퍼하는 사람들이 즐거워하게 되고, 사랑하는
사람들이 다시 만나게 되는 더 나은 세계가 있다
고들 하지 않던가요?

카를 　그래요, 베일이 벗겨져 사랑하는 사람들이 서로
를 알아보고 깜짝 놀라는 세계가 있지요. 소위
영원이라 불리는 세계지요. 제 아말리아는 불행

한 아가씨랍니다.

아말리아 당신의 사랑을 받는데도 불행하단 말인가요?

카를 저를 사랑하기 때문에 불행한 것이지요! 제가 사람을 때려죽인 살인자라면 어떻겠습니까? 나의 아가씨는 어떻겠습니까? 당신이 사랑하는 남자가 당신에게 입맞춤할 때마다 살인한 횟수를 헤아린다면 어떻겠습니까? 아, 가련한 아말리아! 그녀는 참으로 불행한 아가씨랍니다.

아말리아 (기뻐서 풀쩍 뛰어오르며) 아, 저는 얼마나 행복한 여자인지 모르겠어요! 저의 유일한 분은 하느님의 후광을 입고 있는데, 하느님이란 은총과 자비거든요! 그분은 파리 한 마리의 고통도 보지 못한답니다. 정오와 자정이 멀리 떨어져 있듯이 그분의 영혼은 피비린내 나는 생각과는 한참 멀지요.

카를 (갑자기 덤불 속으로 들어가더니 주변을 멍하니 바라본다.)

아말리아 (라우테에 맞추어 노래한다.)

아킬레우스의 치명적인 쇠 검이
끔찍하게 파트로클로스를 위한 제물을 바치려는 곳에서
헥토르, 그대는 저를 영원히 뿌리치실 건가요?
크산토스가 그대를 집어삼켜 버리면
앞으로 누가 어린 자식들에게

창을 던지고 신들을 받드는 법을 가르친단 말인
가요?

카를   (말없이 라우테를 받아 들고 연주한다.)

소중한 아내여, 죽음의 창을 가져다주오!
거친 전쟁의 춤을 추게…… 내가 싸움터로 가
게…… 해 주오…….

(카를, 라우테를 내던지고 도망치듯 그곳을 떠난다.)

5장

근처의 숲. 밤.

한가운데에 무너진 낡은 성이 보인다.

도적들, 땅바닥에 드러누워 쉬고 있다.

도적들　(노래한다.)

　　도둑질, 살인, 오입질, 싸움질.

　　우린 이런 걸 그냥 심심풀이로 할 뿐이라네.

　　내일은 교수대에 매달릴 신세

　　그러니 오늘 신나게 즐기는 거라네.

　　우린 자유롭게 살아간다네,

　　즐거움이 넘치는 생활.

밤엔 숲에서 자고
비바람 불면 일하러 나간다네.
달이 우리의 해님이고
슬쩍하는 솜씨 뛰어난
메르쿠리우스[62]가 우리와 한패라네.

오늘은 사제(司祭)를 털고
내일은 살찐 소작인을 턴다네.
그 밖의 다른 일은
자애로운 하느님께 맡겨 두세.

그리고 포도즙으로
목을 축여 힘을 내고,
지옥에서 불로 지져질
사악한 형제애로
용기와 힘을 얻는다네.

얻어맞은 남정네들의 신음 소리,
불안에 떠는 여인네들의 탄식 소리,
홀로 남겨진 새색시들이 흐느껴 우는 소리가
우리 고막에는 푸짐한 잔치 음식이네!

---

62) 로마 신화에 나오는 신의 사자(使者)로 상업과 이익 추구, 교역의 신이
다. 그리스 신화의 헤르메스에 해당한다.

아하, 저들이 손도끼 아래서 부르르 몸을 떨고
송아지처럼 울부짖으며 모기처럼 쓰러지면
우리의 눈동자는 근질거리고
우리의 귀는 즐거워진다네.

어차피 때가 오면
형리에게 잡혀갈 신세라네.
그러니 우리 몫이나 챙겨
냅다 줄행랑을 치세.
달아나다 독한 위스키로 목을 축이고
만세, 얼씨구나, 야호! 쏜살같이 달아나세.

슈바이처   날이 어두워졌는데, 두목은 아직 오지 않았어!

라츠만   정각 여덟 시에 여기서 다시 만나기로 약속하지
않았나.

슈바이처   무슨 좋지 않은 일이 생긴 것은 아닐까…… 이보
게들! 우리 불을 지르고 젖먹이들을 죽여 버리자
고.

슈피겔베르크   (라츠만을 옆으로 잡아끌며) 라츠만, 한마디 할
말이 있네.

슈바르츠   (그림에게) 염탐꾼을 보내야 하지 않을까?

그림   그냥 내버려 두게! 두목은 우리가 부끄러워질 만
큼 듬뿍 수확을 올려 나타날 거네.

슈바이처   잘못 생각한 거야, 젠장! 두목은 이곳을 떠날 때

크게 한탕 할 사람처럼 보이지 않았네. 우리를
이끌고 들판을 지날 때 두목이 한 말을 잊었는
가? "밭에서 무 한 개라도 훔치는 녀석이 발각되
면 살아선 이곳을 떠나지 못할 것이다. 내 성이
모어인 한은 말이야." 그러니 여기서는 약탈해선
안 되네.

라츠만   (슈피겔베르크에게 나지막이 말하며) 무슨 말을 하
려는 거야…… 좀 더 분명히 말하라고!

슈피겔베르크   쉿, 조용히 하게! 자네나 나나 자유라는 게 뭔
지 모르지 않나. 황소처럼 수레나 끄는 주제에
자주니 뭐니 근사한 소리를 떠들어 대고 있으
니…… 나는 그게 못마땅하네.

슈바이처   (그림에게) 저 바람잡이가 여기서 또 무슨 음모를
꾸미려는 거지?

라츠만   (소리를 낮춰 슈피겔베르크에게) 자네 지금 두목 얘
기를 하는 건가?

슈피겔베르크   쉿, 좀 조용히 하라고! 우리가 하는 말이 금방
그의 귀에 들어간다니까. 자네 두목이라고 말했
나? 누가 그자를 우리 두목으로 앉혔는가? 당연
히 내 몫이 되어야 할 자리를 그자가 빼앗은 게
아닌가? 그렇지 않아? 그 때문에 우리가 목숨을
걸어야겠나? 그 때문에 우울증 걸린 자의 뒤치다
꺼리를 하고, 결국 어느 노예의 몸종이 되는 것을
행운이라 해야겠나? 우리가 제후가 될 수 있는데

도 몸종이 되어야 한단 말인가? 라츠만, 맹세코
나는 그런 것이 애초부터 못마땅했다네.

슈바이처 (다른 도적들에게) 그래, 자네야말로 개구리를 돌
멩이와 함께 멀리 내던지는 나의 진정한 영웅이
야. 두목이 코를 풀면 콧소리만으로 자네를 바늘
구멍으로 날려 버릴 걸세.

슈피겔베르크 (라츠만에게) 그래, 난 벌써 진작부터 이래선
안 되겠다고 생각했다네. 라츠만, 난 자네를 언제
나 남달리 생각했어. 라츠만, 다들 두목을 기다
리고 있지만 반쯤 그를 포기한 모습들이야. 라츠
만, 그의 최후가 온 것 같아. 어떤가? 자유의 종
이 울리는데 자넨 얼굴을 붉히지도 않는단 말인
가? 자넨 노골적인 암시를 이해할 용기조차 없단
말인가?

라츠만 홍, 사탄 같은 녀석! 내 영혼을 어디로 끌고 들어
가려는 것이냐?

슈피겔베르크 이제 무슨 말인지 알아들었나? 좋아, 그럼 따
라오게. 그자가 몰래 어디로 갔는지 알아 두었네.
같이 가세! 권총 두 자루면 틀림없이 성공할 거
네. 그다음엔 갓난아기 목 졸라 죽이는 거나 다름
없지. (라츠만을 끌고 가려 한다.)

슈바이처 (분격하여 칼을 빼 들며) 이런, 짐승 같은 놈! 네놈
을 보니 보헤미아의 숲에서 일어난 일이 다시 생
각나는구나! 적이 온다는 소리에, 네놈은 겁에 질

려 벌벌 떨던 겁쟁이가 아니었더냐? 그때 나는 맹세코 네놈을 저주했다. 잘 가거라, 이 암살자야! (슈피겔베르크를 찔러 죽인다.)

도적들   (우왕좌왕하며) 살인이다! 살인이다! 슈바이처, 슈피겔베르크, 두 사람을 떼어 놓아라.

슈바이처   (슈피겔베르크의 몸 위에 칼을 내던지며) 저길 봐! 뻗어 버렸군. 조용히들 하게, 동지들! 하던 일 그대로 하라고! 이 짐승 같은 놈은 늘 두목에게 앙심을 품어 왔지. 그러면서 자기 몸뚱이에는 상처 자국 하나 없다고. 다시 한번 말하지만 자네들에겐 잘된 일이네. 흥! 이런 못된 놈. 등 뒤에서 사람을 해치겠다고? 등 뒤에서 말이야! 우리가 개새끼처럼 죽으려고 땀을 뻘뻘 흘린 줄 아나? 이런 짐승 같은 놈! 우리가 쥐새끼처럼 돼지려고 불과 연기 속에서 잠잔 줄 아나?

그림   이런 제기랄! 이보게, 이게 대체 무슨 짓인가? 두목이 알면 길길이 날뛸 걸세.

슈바이처   그건 나한테 맡기게. 그리고 이 못된 놈아, (라츠만에게) 네놈도 한패였어. 내 눈앞에서 썩 꺼져 버려! 슈프테를레도 같은 짓을 하더니, 결국 두목의 예언대로 스위스에서 교수대에 매달려 죽었지. (총소리가 들린다.)

슈바르츠   (펄쩍 뛰며) 쉿! 총소리가 아닌가! (다시 총소리가 들린다.) 또 한 방 들렸어! 어이쿠! 두목이다!

그림   잠시 기다려 보게! 두목이라면 세 방을 쏘아야
하거든! (세 번째로 총소리가 들린다.)

슈바르츠   두목이다, 두목이야! 슈바이처, 자네는 잠깐 피해
있게! 이보게들, 두목에게 응답하세! (도적들, 총을
쏜다.)

(카를, 코진스키와 함께 나타난다.)

슈바이처   (두 사람을 맞이하며) 어서 오게, 두목. 자네 없는 사
이 내가 좀 주제넘은 짓을 했네. (카를을 시신이 있
는 곳으로 데려간다.) 나하고 이놈 중에 누가 옳은
지 판결해 주게. 이놈이 등 뒤에서 자네를 죽이려
고 했네.

도적들   (깜짝 놀라며) 뭐라고? 두목을 죽이려 했다고?

카를   (이 광경을 넋 잃고 지켜보다 격분하여) 복수의 여신
네메시스[63]의 손가락은 참으로 알다가도 모르겠
구나! 나를 꾀어 이 길로 끌어들인 자가 바로 이
녀석이 아니었던가? 이 칼을 이해하기 어려운 복
수의 여신에게 바쳐라! 슈바이처, 이 녀석을 죽인
것은 자네가 아닐세.

---

63) 그리스 신화에 등장하는 복수의 여신으로, 바다의 신 오케아노스 혹
은 제우스의 딸이라는 이야기가 있다. 그러나 시인 헤시오도스에 따르면 그
녀는 암흑의 신 에레보스와 밤의 여신 닉스 사이에서 태어났으며, 닉스만의
딸로 묘사되기도 한다.

슈바이처	맹세코! 정말 내가 한 짓이네. 빌어먹을, 나는 지금까지 이보다 훨씬 나쁜 짓도 했었네. (못마땅한 표정으로 퇴장한다.)
카를	(깊이 생각에 잠겨) 이제 이해하겠어. 하늘에서 우리를 이끄시는 분의 뜻을 이제야 이해할 것 같구나. 나무에서 나뭇잎이 떨어지고, 내 인생에도 가을이 왔구나. 이것을 내 눈에 안 보이게 치우게나. (슈피겔베르크의 시신을 치운다.)
그림	두목, 분부를 내리게. 이제 우리 어떻게 하면 되겠나?
카를	곧…… 머지않아 모든 것이 이루어질 것이네. 내 라우테를 가져다주게. 그곳에 갔다 온 이후로 내 마음이 심란하네. 내 라우테를 가져다 달라 하지 않았는가. 노래를 불러 기운을 내야겠네. 날 혼자 있게 해 주게나.
도적들	두목, 밤이 깊었소.
카를	하지만 그것은 극장에서 흘리는 눈물에 불과했어. 나의 잠든 수호신이 다시 깨어나게 로마인의 노래를 들어야겠어. 내 라우테를 이리 주게. 자네들, 밤이 깊었다고 했는가?
슈바르츠	곧 자정이 될 걸세. 우리 눈꺼풀은 납덩이처럼 무겁다네. 사흘 전부터 한숨도 자지 못했어.
카를	악당들도 눈꺼풀이 감긴단 말이지? 그런데 왜 나한테선 잠이 달아난단 말인가? 난 겁쟁이거나 나쁜 사람이었던 적이 결코 없었는데……. 자네들은

	누워 자게나. 내일 날 밝으면 다시 떠나도록 하세.
도적들	그럼 잘 자게, 두목. (도적들, 땅바닥에 드러누워 잠이 든다.)

(깊은 성적이 흐른다. 카를, 라우테에 맞추어 노래한다.)

카를　　브루투스[64]

반갑구나, 평화로운 들판이여!

여기 최후의 로마인을 받아 다오!

혈전이 벌어진 필리피로부터

비통한 내 발길이 이곳으로 숨어들었노라.

카시우스[65]여, 어디 있는가? 로마는 멸망했도다!

형제 같은 내 군대는 다 목숨을 잃고

내 도망칠 곳은 죽음의 성문뿐이구나!

이제 브루투스가 살아갈 세상은 없어졌도다!

카이사르

패배를 모르는 자의 발걸음으로

저기 바위 비탈을 내려오는 자 누구인가?

---

64) B. C. 44년 3월, 로마의 딕타토르(독재관)인 율리우스 카이사르를 암살한 공모자들의 지도자.
65) 카시우스 롱기누스(Cassius Longinus, B. C.?~B. C. 42). 로마 군인으로 B. C. 44년 브루투스 등과 함께 율리우스 카이사르를 암살했으며, 뒤에 로마에서 쫓겨나 마케도니아의 필리피(Philippi) 전투에서 패하여 자살했다.

아하! 내 눈에 속지 않는다면
저건 로마인의 발걸음이도다.
테베레강의 아들이여, 자넨 어디서 오는 길인가?
일곱 언덕의 도시[66]가 아직 존재하는가?
카이사르를 잃은 고아들을 위해
내 자주 눈물깨나 흘렸지.

브루투스

저런, 스물세 군데나 상처 입은 그대여!
누가 죽은 그대를 빛의 세계로 불러냈는가?
몸서리치며 도로 물러가라, 오르쿠스[67]의 심연
으로.
오만하게 우는 자여! 승리를 뽐내지 마라!
필리피의 철제 제단[68] 위에서
자유를 위한 마지막 제물의 피에서 김이 피어오
르누나.
로마는 브루투스의 관 위에서 마지막 숨을 몰아
쉬고,
브루투스는 미노스[69]에게 간다, 너의 홍수 속으

---

66) 로마를 말한다. 테베레강 하류에 면한 로마는 일곱 개의 언덕을 중심으
로 건설되었다.
67) 로마 신화에 등장하는 죽음의 신.
68) 싸움터를 말한다.
69) 그리스 신화에 나오는 크레타 섬의 전설적인 왕. 제우스와 에우로페의

로 기어 들어가라!

카이사르

오, 브루투스의 칼이 치명적인 일격이 되었구나!
너마저…… 브루투스…… 네가 그럴 수가?
아들아…… 너의 아버지가 아니더냐…… 아들
아…….
네가 유산으로 물려받을 세상이 아니더냐.
가거라…… 넌 이제 로마의 일인자가 되었구나,
너의 검이 아버지의 가슴을 찔렀으니.
가거라…… 집집마다 들리도록 울부짖어라.
브루투스가 로마의 일인자가 되었노라고.
가거라…… 너 이제 알겠지,
레테의 강변에서 무엇이 아직 너를 붙잡고 있는
지…….
저승의 사공이여, 이제 배를 띄워라!

브루투스

아버지, 잠깐만요! 태양의 제국 전체에서
위대한 카이사르와 견줄 만한 자를
저는 한 사람밖에 알지 못했습니다.

아들로, 법을 제정하고 선정을 베풀었으며, 죽어서는 저승의 재판관이 되었
다 한다.

당신은 그 한 사람을 아들이라 불렀습니다.
카이사르 한 사람만이 로마를 멸망시킬 수 있었
어도,
브루투스만은 카이사르가 당해 낼 수 없었습니다.
브루투스가 살아 있는 곳에서 카이사르는 죽을
수밖에 없습니다.
아버지가 왼쪽으로 가면, 저는 오른쪽으로 가게
해 주십시오.

(카를, 라우테를 내려놓고 깊은 생각에 잠겨 이리저리 서성인다.)

카를 누가 나의 보증인이 되어 줄 것인가? 주변이 온
통 캄캄하고 미로처럼 얽히고설켜 있구나. 여기에
서 벗어날 탈출구도 없고 길을 인도해 줄 별도 보
이지 않는구나. 이 마지막 숨이 끊어져 모든 것이
끝난다면 어떻게 될까? 공허한 인형극처럼 끝이
난다면? 그런데 이처럼 행복을 뜨겁게 갈구하는
것은 무엇 때문인가? 이루지 못한 완벽함의 이상
은 무엇을 위한 것인가? 완수되지 않은 계획을 미
루는 것은 무엇 때문인가? 이 보잘것없는 물건을
아무렇게나 살짝 누르는 것으로 (권총을 얼굴에 갖
다 대며) 현명한 자와 어리석은 자, 비겁한 자와
용감한 자, 고매한 자와 비열한 자의 구별이 없어
지지 않는가? 영혼이 없는 자연에도 신적인 조화

가 들어 있는데, 이성적인 존재에 어째서 이런 불
협화음이 있단 말인가? 아니, 아니야! 난 지금껏
행복을 맛본 적 없으니 그 이상의 뭔가가 있을 것
이다.

내 손에 죽은 혼백들아! 내가 무서워 벌벌 떨 것
으로 생각하느냐? 나는 떨지 않을 것이다! (부르
르 몸을 떤다.) 죽음을 앞둔 너희들의 겁에 질린
하소연 소리, 목이 졸려 검게 변한 얼굴, 끔찍하게
벌어진 너희들의 상처들은 운명의 끊어지지 않은
연쇄 고리일 뿐이며, 결국 나의 일과 후의 자유
시간, 내 유모와 가정교사의 기분, 우리 아버지의
기질, 내 어머니의 마음 상태에 좌우되는 것이다.
(공포감에 몸서리치며) 어째서 페릴루스[70]는 나를
황소로 만들어 배 속의 이글거리는 불로 사람들
을 태워 죽이게 했는가?

(권총을 장전한다.) 시간과 영원…… 이 둘은 단 한
순간을 통해 서로 연결되어 있는 것이다! 내 뒤
에서 삶이라는 감옥 문을 잠그고 내 앞에서 영원
한 밤이라는 숙소의 문을 열어 주는 잔혹한 열쇠
여, 내게 말해 다오…… 오, 내게 말해 다오. 어디

---

70) 아테네의 조각가로, 시칠리아 섬의 폭군 팔라리스를 위해 청동 황소를
제작했다. 폭군이 죄인들을 죽일 때 황소 배 속에 넣고 불태웠는데 그들의
신음 소리가 황소의 울음소리처럼 들렸다고 한다. 청동상을 만든 페릴루스
자신도 이 청동 황소상의 희생자가 되었다.

로…… 어디로 날 데려갈 것인지? 지금껏 한번도 가 본 적 없는 낯선 나라로 데려갈 것이냐! 자, 보아라, 그 광경에 인간성은 맥 풀리고, 유한한 것의 활기는 떨어지며, 감각을 경솔히 모방하는 환상은 남의 말을 쉽게 믿는 우리에게 기이한 그림자를 보여 주며 실제로 믿게 만든다. 아니, 아니야! 사나이 대장부가 이런 것에 흔들려서야 되겠는가. 이름 없는 저세상이여, 네 마음대로 하려무나. 나는 나 자신에게만 충실하련다. 내가 나 자신을 저세상으로 데려가기만 한다면 네 마음대로 하려무나. 외부의 사물은 사내의 외관일 뿐이다. 나 자신이 나의 하늘이고 나의 지옥이다.

네가 외면한 잿더미에 뒤덮인 세계, 고독한 밤과 영원한 사막이 눈앞에 펼쳐지는 그곳만을 내게 남겨 둘 것이냐? 그러면 나는 침묵의 황무지를 나의 환상으로 채우고, 어디나 혼란스러운 비참한 광경을 낱낱이 분석할 여유를 영원히 누릴 것이다. 아니면 너는 늘 새로 생명이 태어나고 늘 새로 비참한 광경이 벌어지는 현장을 보여 줌으로써 나를 차츰차츰 파멸로 몰아갈 것이냐? 저세상에서 엮이는 생명의 끈은 이 세상의 것만큼 쉽게 끊어지지 않는 것이더냐? 너는 나를 그 어떤 것으로도 만들 수 없다. 내게서 이러한 자유를 빼앗을 순 없어. (권총을 장전하다가 문득 멈추고) 그

런데 고통스러운 삶이 두려워 죽어야 한단 말인
가? 불행에게 승리를 넘겨주어야 한단 말인가?
아니야! 참고 견뎌야겠다! (권총을 내던지며) 나의
긍지로 고통을 이겨 내리라! 기어이 뜻을 이루고
말 테다!

(날이 점점 더 어두워진다. 헤르만, 숲을 헤치고 나온다.)

헤르만   쉿! 조용! 올빼미가 소름 끼치게 울고 있네! 저 건
넛마을에서 열두 시를 치는구나. 자, 그래, 그래,
못된 짓을 하는 놈들도 잠잘 시간인데 이런 황량
한 곳에 엿듣는 사람이 있겠는가. (성에 다가가 문
을 두드린다.) 이리 올라오시오, 성탑 감옥에 사는
애처로운 양반! 여기 식사를 가져왔소.

카를   (슬며시 물러나며) 저게 무슨 뜻일까?

어떤 목소리   (성탑 안에서) 거기 누구요? 어이! 자네인가, 나의
까마귀 헤르만?

헤르만   그렇소, 댁의 까마귀 헤르만이오. 여기 창살 문으
로 올라와서 이걸 드시오. (올빼미들이 시끄럽게 울
어 댄다.) 댁의 잠동무들이 끔찍하게 울어 대는구
려, 노인장. 맛은 있나요?

목소리   무척 배고팠네. 고맙네, 이런 황량한 곳에 빵을
가져다주는 까마귀 양반! 그런데 내 사랑하는 아
들은 어떻게 지내는가, 헤르만?

헤르만	조용히 하시오. 쉿. 코 고는 소리 같은 게 들리는데! 무슨 소리 못 들었소?
목소리	뭐라고? 무슨 소리가 들린다고?
헤르만	성탑의 갈라진 틈으로 바람이 탄식하는 소린가 보네. 이 세레나데를 듣고 있으니 이빨이 덜덜 떨리고 손톱이 새파래지는 것 같소. 쉿, 또 들리는군. 아무래도 코 고는 소리 같은데. 일행이라도 있소, 노인장? 아이고, 으스스하군!
목소리	뭔가 보이는 게 있는가?
헤르만	그럼 잘 지내시오. 잘 지내시오. 이곳은 소름 끼친단 말이오. 이제 구덩이 안으로 내려가시오. 노인장을 도와주고 복수해 주실 분은 저 위에 있다오. 저주받을 자식놈! (그곳에서 얼른 도망치려 한다.)
카를	(별안간 앞으로 나서며 헤르만을 깜짝 놀라게 한다.) 거기 섰거라!
헤르만	(비명을 지르며) 어이쿠!
카를	거기 서라고 하지 않았느냐!
헤르만	이런, 아니 이런, 이럴 수가! 이제 모든 게 들통났구나!
카를	게 섰거라! 내 말에 답하라! 넌 누구냐? 여기서 뭘 하려는 거냐? 어서 말하라!
헤르만	자비를 베풀어 주십시오, 오, 제발 자비를 베풀어 주십시오, 엄하신 나리. 저를 죽이기 전에 제 말 한마디만 들어 주십시오.

카를   (칼을 빼 들면서) 그래, 무슨 말인지 들어 보자!

헤르만 나리께서는 절대 이런 짓을 못 하도록 엄하게 금
        지했습니다. 하지만 저로서는 어쩔 수 없었습니
        다. 달리 어쩔 도리가 없었습니다. 오, 하늘에 계
        신 아버지…… 나리를 낳아 주신 아버지가 저곳
        에 계십니다. 저분이 참으로 가여웠습니다. 저를
        찔러 죽이십시오!

카를   무슨 곡절이 있는 게 분명하다. 어서 솔직히 털어
        놓아라! 모든 사실을 알아야겠다.

목소리 (성안에서) 이럴 수가, 아니 이럴 수가! 거기서 이
        야기하는 게 헤르만 자네인가? 대체 자넨 누구와
        이야기하는 건가, 헤르만?

카를   저 아래에 누군가가 또 있구나. 이게 무슨 일이지?
        (성탑 쪽으로 달려가며) 사람들에게서 버림받은 죄
        인인가? 내가 쇠사슬을 풀어 주어야겠다. 이보시
        오! 다시 한번 말해 보시오! 문이 어디에 있소?

헤르만 오, 나리, 제발 자비를 베풀어 주십시오. 더는 가
        지 마십시오, 나리. 가엾게 여기시고 그냥 못 본
        척해 주십시오. (카를의 앞을 가로막는다.)

카를   자물쇠를 네 겹이나 채웠구나! 저리 비켜라. 저
        사람을 꺼내 줘야겠다. 도둑질이 쓸모 있을 때가
        다 있구나! (큰 망치를 집어 들고 격자 성문을 열자,
        지하에서 해골처럼 수척해진 노인이 나온다.)

노인   이 불행한 사람에게 자비를 베풀어 주게! 자비를

베풀어 주게!

카를   (깜짝 놀라 뒤로 펄쩍 물러나며) 아버님의 목소리구나!

모어 백작   오, 하느님, 감사합니다! 구원의 시간이 왔구나.

카를   늙은 모어 백작의 유령이다! 무덤에 계신 백작의 마음을 불안하게 한 것이 무엇입니까? 이승에서 지은 죄를 저승에까지 억지로 가져가 천국 문의 입구가 막혀 버렸단 말인가요? 그렇다면 미사를 올려 떠도는 영혼을 안식처로 보내도록 하겠습니다. 백작께서 이 한밤중에 울부짖으며 떠도는 것은 과부와 고아 들의 황금을 빼앗아 땅속에 묻어 두었기 때문입니까? 그렇다면 제가 마법의 용의 발톱에서 그 지하의 보물을 빼앗아 오겠습니다. 용이 저한테 시뻘건 불꽃을 내뿜으며, 제 칼을 향해 뾰족한 이빨로 수없이 달려든다 해도 말입니다. 아니면 제 질문에 대해 영원한 수수께끼를 풀어 주려고 오셨습니까? 말씀해 보십시오, 어서요! 저는 겁에 질려 얼굴이 창백해지는 겁쟁이가 아닙니다.

모어 백작   나는 유령이 아니라오. 나를 만져 보구려, 나는 살아 있소. 아, 비참하고 가련한 인생이여!

카를   뭐라고요? 땅속에 묻히지 않으셨다고요?

모어 백작   땅속에 묻히긴 했었지요. 말하자면 나 대신 죽은 개가 조상들 지하 납골실에 누워 있다오. 나는

저 어두컴컴한 지하 감방에서 굶주리며 석 달이
나 갇혀 있었소. 한 줄기 햇살도 비치지 않고, 따
뜻한 바람도 불어오지 않고, 친구도 찾아오지 않
는 지하 감방에 말이오. 이곳에선 야생 까마귀가
까옥까옥 울고 한밤중이면 부엉이나 울어 댈 뿐
이라오.

카를　　　원 세상에! 누가 그런 짓을 했단 말인가요?

모어 백작　그를 저주하지 마시오! 내 아들 프란츠가 한 짓이
라오.

카를　　　프란츠? 프란츠라고요? 아니, 이럴 수가!

모어 백작　나를 구해 주신 댁이 누구신지는 모르겠으나, 사
람이고 또 인정이 있다면 아들들 때문에 겪은 이
아비의 고초를 들어 보시오. 나는 석 달 동안이
나 귀먹은 암벽에 울며 하소연했건만, 공허한 메
아리만 되돌아왔을 뿐이오. 그러니 댁이 사람이
고 또 인정이 있다면…….

카를　　　그런 사연이라면 사나운 맹수들도 굴 밖으로 뛰
쳐나와 귀 기울일 겁니다!

모어 백작　난 중병에 걸려 병상에 누워 있었다오. 그러다가
겨우 기운을 차리려고 하는데 웬 사내가 찾아와
내 큰아들이 전쟁터에서 죽었다고 하더군요. 그
는 아들의 피 묻은 칼을 가져왔고, 아들이 마지막
으로 남겼다는 인사말을 전했다오. 아들은 내 저
주를 듣고 절망한 나머지 전쟁터에 뛰어들어 결

국 죽음을 맞이했다고 하더군요.

카를   (격한 동작으로 모어 백작으로부터 고개를 돌리며) 이 제 모든 것이 명백해졌구나!

모어 백작   내 얘길 더 들어 보시오! 난 그 소식을 듣는 순간 기절하고 말았소. 사람들은 내가 죽었다고 생각한 모양이오. 다시 정신 차리고 보니 죽은 사람처럼 수의에 싸여 벌써 관 속에 들어 있지 않겠소. 그래서 관 뚜껑을 손으로 마구 긁었더니 그것이 열리더군요. 캄캄한 밤이었는데, 내 아들 프란츠가 내 앞에 서 있었어요……. 뭐라고요? 영원히 살 작정이신가요? 그 녀석이 끔찍한 목소리로 외치더군요. 그리고 그와 동시에 쾅 하고 관 뚜껑이 다시 닫혔다오. 나는 마른하늘에 날벼락 같은 이 말에 다시 의식을 잃었다가 재차 정신을 차려 보니 관이 마차에 실려 어디론가 반 시간쯤 가고 있었소. 마침내 관 뚜껑이 열렸을 때 나는 이 지하 감옥의 입구에 있었소. 내 앞에는 카를의 피 묻은 칼을 가져왔던 그 남자와 프란츠가 서 있었소. 나는 아들의 무릎을 부여잡고 수없이 간청하고 애원했다오. 하지만 이 아비의 간청에도 아들의 마음은 움직이지 않았소. "저 인간을 밑으로 내려보내라! 충분히 살 만큼 살지 않았느냐." 아들의 입에서 날벼락 같은 소리가 튀어나왔소. 나는 인정사정없이 아래로 떠밀렸고, 내 아들 프란츠가 등 뒤에서 문을 걸어 잠갔소.

카를   그럴 리가, 그럴 리가 있겠어요! 혹시 잘못 아신 것이겠지요.

모어 백작   내가 잘못 안 것일지도 모르지요. 내 이야기를 조금 더 들어 보시오. 하지만 화를 내지는 마시오! 이렇게 스물두 시간 동안 누워 있었는데, 내가 이런 곤경에 처한 것을 아는 사람은 아무도 없었소. 또한 지금껏 이런 외진 곳에 발을 들여놓은 사람도 아무도 없었소. 내 조상들의 유령이 이 폐허에서 한밤중에 장송곡을 중얼거리고, 쇠사슬을 쩔그럭대며 돌아다닌다는 소문이 나돌았기 때문이오. 그러다가 마침내 문 열리는 소리가 다시 들리면서, 이 남자가 내게 빵과 물을 가져왔소. 그리고 나를 굶겨 죽이라는 선고가 내려졌으며, 먹을 것을 가져다준 사실이 발각되면 자신의 목숨이 위태로울 거라고 내게 털어놓았소.

나는 이렇게 모진 목숨을 근근이 이어 왔지만, 끊임없는 추위와 내 오물 썩는 냄새와 한없는 근심 때문에 내 기력은 쇠하고 몸뚱이는 사그라져 가고 있소. 제발 죽게 해 달라고, 눈물을 흘리며 하느님께 수없이 간청했지만, 내 죗값을 아직 다 치르지 못한 모양이오. 아니면 아직 무슨 기쁜 날이 나를 기다리고 있어서 이렇게 모진 목숨을 기적처럼 이어 가고 있는지도 모르겠소. 하지만 내가 이렇게 고생하는 것은 당연하오. 나의 카를! 나의 카를! 그 아이는 아직 새파랗게 젊은 나이였다오.

카를 이제 그것으로 충분합니다! (부하들이 있는 곳으로 가며) 일어나라! 이 아둔한 놈들! 이 얼음 덩어리 같은 놈들! 이 게으르고 무정한 잠꾸러기들아! 일어나란 말이야! 일어나지 않겠느냐? (자고 있는 도적들의 머리 위로 권총을 발사한다.)

도적들 (자다가 벌떡 일어나며) 에이, 이거 뭐야! 대체 무슨 일이야?

카를 이런 이야기를 듣고도 잠이 번쩍 깨지 않는단 말이냐? 죽은 사람도 깨어났을 판인데! 여길 봐라! 여길 봐라! 세상의 법이 주사위 놀이처럼 되었고, 자연이 맺어 준 인연은 두 동강 났으며, 해묵은 반목이 다시 시작되었다. 아들이 자기 아버지를 때려죽였다.

도적들 두목이 무슨 말을 하는 거지?

카를 아니, 때려죽인 것은 아니다! 그 말은 미화한 표현이야! 아들이 아비를 수 천 번이나 환형에 처하고, 창으로 찌르고 고문하며 학대했다. 이 말은 내게는 너무 약한 표현이야. 아득한 옛날부터 사탄도 생각지 못했을 이런 말을 들으면 죄인도 얼굴이 붉어지고, 식인종도 몸서리칠 것이다. 아들이 자신의 친아버지를…… 아, 이리 와서 보아라! 이리 와서! 아버님이 실신해 쓰러지셨구나. 아들이 자기 아버지를 지하 감옥에 가두다니……
추위에 떨고, 헐벗고, 굶주리며 갈증에 시달리
고…… 아, 좀 보아라! 좀 보아라! 자네들에게 고
백하자면 이분이 나의 아버지시다.

도적들　　(재빨리 달려와 노인을 둘러싸며) 두목의 아버님이
라고? 두목의 아버님이라고?

슈바이처　　(공손히 다가와 노인 앞에 무릎 꿇으며) 우리 두목의
아버님! 아버님 발에 입 맞추겠습니다! 제 칼에
명령을 내려 주십시오.

카를　　네놈에게 복수, 복수, 복수하고 말리라! 잔인하
게 모욕당하고 수모를 당한 노인의 복수를 하고
말리라! 이제부터 형제의 연을 영원히 끊으리라!
(자신의 옷을 위에서 아래까지 찢어 버린다.) 하늘이
내려다보는 가운데 형제로서 나눈 한 방울의 피
마저 저주하노라! 하늘과 별들아, 내 말을 들어
보아라! 온갖 파렴치한 행위를 내려다보는 한밤
중의 하늘아, 내 말을 들어 보아라! 저 달 위에서
세상을 다스리고 별들 위에서 응징하고 저주를
내리시며 캄캄한 밤하늘에 불꽃을 내려보내시는
세 배나 무서운 하느님, 제 말을 들으소서! 여기
서 무릎 꿇고, 두려운 밤하늘을 향해 세 손가락
을 쳐들고 맹세합니다. 제가 이 맹세를 저버리는
날에는 고약한 짐승처럼 경멸당하며 이 세상에서
쫓겨날 것입니다. 아버지를 살해한 놈의 피가 이

바위 앞에 쏟아져 햇볕에 증발하기 전까지는 더 이상 낮의 햇빛을 보지 않겠다고 맹세합니다. (일어선다.)

도적들 그런 악마 같은 짓을 저지르다니! 어떤 자는 우리를 악당이라 말하지! 하지만 맹세코 그렇지 않아! 우린 그렇게 심한 짓을 결코 저지르지 않았어!

카를 그렇다! 자네들의 칼에 죽임을 당하고, 내가 지른 불에 타 죽고, 무너지는 탑에 깔려 죽은 자들이 끔찍한 신음 소리를 내기는 했지만, 그것은 사실이다! 그 극악무도한 놈의 피에 자네들 옷이 시뻘겋게 물들기 전에는 아예 살인이나 약탈할 생각을 하지 마라. 자네들이 하늘에 계신 저 높으신 분의 팔 역할을 하리라고 꿈이라도 꾸었겠는가? 이제야 우리 운명의 헝클어진 실타래가 풀리게 되었구나! 오늘, 바로 오늘 보이지 않는 권능이 우리 일을 고귀하게 만들어 주셨다! 자네들을 이리로 인도하셔서 자네들에게 비밀 법정의 무서운 전사 역할을 맡기시고 숭고한 운명을 부여하신 분을 높이 받들어라. 자네들 모자를 벗고 땅바닥에 무릎 꿇어라. 그리고 성스러운 마음으로 일어나거라! (도적들, 무릎을 꿇는다.)

슈바이처 두목, 명령을 내리게! 우리가 무얼 하면 되는가?

카를 슈바이처, 일어나게! 이 성스러운 머리카락을 만져 보게나. (슈바이처를 자신의 아버지에게 데리고 가서 머리카락 한 올을 손에 쥐여 준다.) 자네, 아직 기억나는가? 언젠가 내가 싸우다가 기진맥진해서 숨을 헐떡이며 털썩 주저앉았을 때 보헤미아 기병의 군도(軍刀)가 내 머리 위에서 번득이지 않았는가? 바로 그때 자네가 그 기병의 머리를 박살 내 버렸지. 그때 내가 자네에게 후한 보답을 하겠다고 약속했는데 아직까지 그 빚을 갚지 못했네.

슈바이처　당시 그런 약속을 한 것은 사실이지만, 자네가 영원히 그 빚을 갚지 않았으면 하네.

카를　아니야, 이제 그 빚을 갚으려네. 슈바이처, 자네에게 인간으로서 최고의 영광을 누리게 해 주겠네. 우리 아버님의 복수를 해 주게! (슈바이처, 자리에서 일어선다.)

슈바이처　위대한 두목! 자네는 오늘 난생처음 내게 자긍심을 느끼게 해 주었네! 명령만 내리게, 언제 어디서 어떻게 그놈을 박살 내면 되겠는가?

카를　한시가 급하니, 어서 서둘러 가게. 우리 패거리 중 가장 믿음직한 녀석을 몇 명 골라 곧장 그 귀족 놈의 성으로 가게! 놈이 자고 있거나 환락에 취해 누워 있으면 침대 밖으로 끌어내고, 술에 잔뜩 취해 있으면 식탁에서 잡아당기게! 또 무릎 꿇고 기도하고 있으면 십자가상에서 끌어당기게! 허나 분명히 말하는데 절대 그놈을 죽여선 안 되네! 내 말을 꼭 명심하게. 놈의 살갗에 조금이라도 상

처를 내거나 머리카락 하나라도 상하게 하는 녀
석이 있으면, 내 손으로 갈기갈기 찢어 굶주린 독
수리 밥으로 던져 줄 것이다! 그놈을 온전히 내
앞에 끌고 와야 하네. 그놈을 온전히 산 채로 데
려오면 내 목숨을 걸고서라도 어느 왕에게서 훔
쳐 내어 자네에게 백만 냥의 포상금을 내리겠네.
그러면 자네는 바람처럼 자유롭게 여길 떠나가게.
내 말을 알아들었으면 어서 떠나게!

슈바이처　이제 그 정도면 됐네, 두목! 자네에게 내 손을 걸
고 맹세하겠네. 두 사람이 돌아오거나 아니면 한
사람도 돌아오지 않을지 모르네. 슈바이처의 죽
음의 천사들아, 어서 가자꾸나! (한 무리의 도적들
을 데리고 퇴장한다.)

카를　나머지는 숲속으로 흩어져라. 난 이곳에 남겠다.

5막

1장

무대 뒤쪽에 많은 방이 보인다. 캄캄한 밤.
다니엘, 등불과 괴나리봇짐을 들고 나타난다.

다니엘   잘 있거라, 내가 살던 정든 집아! 고인이 된 나리
께서 아직 살아 계셨을 때만 해도 이 집에서 좋
은 일 기쁜 일도 많이 있었건만……. 이제 오래전
에 썩어 문드러졌을 백골을 생각하니 눈물이 앞
을 가리는구나! 옛날에는 고아들의 안식처이자
버림받은 자들의 피난처였건만, 이제 그 아들이
살인자의 소굴로 만들다니……. 잘 있거라, 정든
땅아! 이 늙은 다니엘이 얼마나 자주 너를 쓸었더
냐. 잘 있거라, 사랑스러운 난로야, 너와 헤어지려

니 마음이 무겁구나. 모든 것에 깊이 정들어서 늙은 엘리에셀[71]의 마음이 아프구나. 하지만 하느님이 은총을 베푸셔서 사악한 인간의 사기와 술수로부터 나를 지켜 주시리라. 이곳에 빈손으로 왔다가 다시 빈손으로 떠나지만, 내 영혼은 구원받았구나.

(다니엘이 그곳을 떠나려고 하는데, 프란츠가 잠옷 바람으로 허겁지겁 뛰어 들어온다.)

다니엘   하느님, 저를 지켜 주소서! 맙소사! (등불을 끈다.)

프란츠   배신당했어! 배신당했어! 유령들이 무덤에서 뛰쳐나오고, 황천이 영원한 잠에서 털고 깨어나 내게 덤비며 살인마, 살인마라고 울부짖는다. 거기 움직이는 게 누구냐?

다니엘   (불안해하며) 도와주소서, 성모 마리아님! 지엄하신 나리 아니신가요? 높은 천장이 울리도록 무섭게 고함을 지르시니 잠자던 사람들이 다들 깜짝 놀라 깨겠습니다.

프란츠   잠자던 사람들이라고? 누가 너희들더러 자라고 했느냐? 어서 가서, 불을 밝혀라! (다니엘이 물러가고, 다른 하인이 등장한다.) 이 시간에 누구도 잠

---

71) 구약성서에 나오는 아브라함의 늙은 하인.

자고 있어선 안 된다. 내 말 들었느냐? 모두 깨어 있어야 한다. 무장을 하고 전부 총을 장전하라. 저기 홍예 복도에서 뭔가 어른거리는 것을 보았느냐?

하인 나리, 누굴 말씀하시는 겁니까?

프란츠 누구냐고, 이런 멍청한 놈, 누구냐고? 그토록 무심하고 얼빠지게 묻다니, 누구냐고? 그럼 내가 헛것을 보고 이런다는 말이냐! 누구냐고? 이런 얼간이 같으니! 누구냐고? 유령들과 마귀들이다! 지금 밤이 얼마나 깊었느냐?

하인 야경꾼이 조금 전에 두 시를 외쳤습니다.

프란츠 뭐라고? 이 밤이 최후의 심판 날까지 계속되려느냐? 성 부근에서 시끄러운 소리가 나는 것을 듣지 못했느냐? 승리의 함성이나 말발굽 소리를 듣지 못했느냐? 카를…… 아니 그 백작은 어디 있느냐?

하인 전 잘 모르겠는데요, 주인님.

프란츠 잘 모른다고? 네놈도 한패가 아니냐? 빌어먹을, 잘 모르겠다니, 네놈 갈빗대에서 심장을 꺼내어 발로 짓이겨 버리겠다! 어서 가서 목사를 데려오너라!

하인 나리!

프란츠 뭘 머뭇거리느냐? 뭘 꾸물거리느냐? (첫 번째 하인, 서둘러 퇴장한다.) 뭐라고? 저런 비렁뱅이 녀석도

내게 반항한단 말인가? 젠장, 다들 내게 반기를
든단 말인가?

다니엘 (등불을 들고 나타나며) 주인님······.

프란츠 아니야! 난 벌벌 떨지 않아! 그것은 단지 꿈일 뿐
이었어. 죽은 자들은 아직 살아나지 않았어. 내가
창백하게 질려 벌벌 떤다고 누가 말하더냐? 나는
지금 기분이 아주 상쾌하고 좋다.

다니엘 나리의 안색은 죽은 사람처럼 창백하고, 목소리
는 분명치 않습니다.

프란츠 내 몸에 열이 있네. 목사가 오거든 몸에 열이 심
하다고만 말하게. 내일 피를 뽑을 생각이라고 전
하게.

다니엘 설탕에 강장제를 몇 방울 떨어뜨려 가져올까요?

프란츠 그래, 그렇게 하게나! 목사가 금방 오지는 않을 걸
세. 겁에 질려 내 목소리가 분명치 않으니, 설탕에
강장제를 몇 방울 떨어뜨려 가져오게!

다니엘 먼저 열쇠를 저에게 주십시오. 저 아래 찬장에서
얼른 가져오겠습니다.

프란츠 아니, 아니야, 아닐세! 그냥 여기 있게! 아니면 나
하고 같이 가세. 난 지금 혼자 있을 수 없다네! 날
보게나. 자네가 보다시피 내가 혼자 있으면 금방
이라도 쓰러질 것 같지 않은가! 그냥 두게! 그냥
두라고! 조금 있으면 괜찮아질 걸세. 여기 이대로
있게나.

다니엘   어이쿠, 나리께서 꽤 많이 아프신 것 같습니다.

프란츠   그래, 물론 많이 아프긴 하다네! 그런데 그게 전
        부일세. 병이란 사람 머릿속을 심란하게 만들며,
        터무니없고 기이하고 별난 꿈을 꾸게 만든다네.
        꿈이란 아무 의미 없는 것일세. 안 그런가, 다니
        엘? 꿈은 아무 준비 없이 꾸기에, 아무런 의미가
        없다네. 조금 전에 난 재미난 꿈을 꾸었네. (정신
        을 잃고 쓰러진다.)

다니엘   이런, 맙소사! 이게 무슨 일이지? 게오르크, 콘라
        트, 바스티안, 마르틴! 나리, 제발 살아 계신다는
        아무 표시라도 좀 하십시오! (프란츠를 잡아 흔든
        다.) 아이고 이런 맙소사! 제발 정신 좀 차리십시
        오! 이러다간 내가 나리를 죽였단 소리를 듣겠는
        데. 하느님, 저를 불쌍히 여기소서!

프란츠   (혼미한 정신으로) 비켜라…… 비켜! 이 추악한 해
        골바가지야, 왜 나를 이렇게 잡아 흔드는 거냐?
        죽은 자들은 아직 살아나지 않았다…….

다니엘   원 세상에! 정신이 이상해졌구나.

프란츠   (힘없이 몸을 일으키며) 여기가 어디지? 자네 다니
        엘인가? 내가 뭐라고 말하던가? 그 말에 너무 신
        경 쓰지 말게! 내가 무슨 말을 했든 그건 거짓말
        이었네. 자, 이리 와서 날 부축해 주게! 그냥 현기
        증이 일어났을 뿐이네! 내가…… 내가…… 잠을
        푹 자지 못해서 말이야.

다니엘	여기에 요한이 있었으면 좋겠는데! 도와줄 사람을 부르겠습니다. 저는 의사들을 불러오겠습니다.
프란츠	여기 있게! 소파로 와서 내 곁에 앉게! 그렇지…… 자네는 영리하고 착한 사람이야. 내 이야기 좀 들어 보게나.
다니엘	지금은 안 됩니다, 나중에 듣겠습니다! 나리를 침대로 모셔다 드리겠습니다. 지금은 안정을 취하시는 게 최우선입니다.
프란츠	아닐세, 제발 부탁인데 내 이야기를 들어 보게. 그런 뒤 나를 실컷 비웃어 주게! 이보게, 내가 진수성찬을 배불리 먹고, 기분이 좋아져 성 정원의 잔디밭에 취해 누운 것 같은 생각이 들었네. 그런데 갑자기, 정오 무렵이었는데…… 갑자기, 그런데 나를 실컷 비웃어 주게나!
다니엘	갑자기 어떻게 되었다고요?
프란츠	꾸벅꾸벅 졸고 있는데, 갑자기 엄청난 천둥 소리가 내 귀청을 때리더군. 무서워 떨며 몸을 일으켜 보니, 지평선이 온통 시뻘건 화염으로 불타오르는 듯 보였네. 마치 난로 속의 밀랍이 녹아내리듯 산이며 도시며 숲이 불타고, 회오리바람이 울부짖으며 바다며 하늘이며 땅을 휩쓸어 버리더군. 그러면서 청동 나팔 같은 소리가 울려 퍼졌네. "땅이여, 너의 죽은 자들을 내놓아라! 바다여, 너의 죽은 자들을 내놓아라!"

그러자 벌거벗은 벌판이 진통을 겪으며 두개골, 갈비뼈, 턱뼈, 다리뼈를 내던지기 시작했네. 그 뼈다귀들은 사람의 형체로 오그라들더니, 살아 있는 폭풍처럼 어마어마하게 떼 지어 몰려왔네. 그때 난 위를 쳐다보았네. 그런데 이보게, 내가 천둥 치는 시나이산의 발치에 서 있지 뭔가. 내 머리 위나 발밑에 사람들이 우글거렸고, 산꼭대기 위엔 연기를 내뿜는 세 의자에 세 남자가 앉아 있었네. 그런데 그들의 눈길을 피해 온갖 생물체가 도망을 치지 뭔가…….

다니엘   최후의 심판일을 생생히 묘사해 주는 광경이군요.

프란츠   그렇지? 터무니없는 내용이지? 그때 별이 총총한 밤하늘을 바라보던 어떤 남자가 앞으로 나섰는데, 손엔 쇠로 된 인장 반지를 들고 있었네. 그자는 해 돋는 곳과 해 지는 곳 사이로 반지를 쳐들고 말했네. "영원하고 거룩하며 공정하고 순수하도다! 그것만이 하나의 진실이고, 그것만이 하나의 미덕이도다! 의심하는 하찮은 인간은 화를 입으리라!" 그때 번쩍이는 거울을 손에 든 두 번째 남자가 앞으로 나서더니, 해 돋는 곳과 해 지는 곳 사이로 거울을 쳐들고 말했네. "이 거울은 진실을 비춰 주므로, 어떤 위선과 가면도 견디지 못하리라." 그래서 나뿐만 아니라 그 자리에 있던 사람들이 모두 깜짝 놀랐다네. 그 섬뜩한 거울에 뱀과 호랑이와 표범의 얼굴이 비쳤기 때문이지. 그때 청동 저울을 손에 든 세 번째 남자가 앞으로 나서더니, 해 돋는 곳과 해 지는 곳 사이로 저울을 쳐들고 말했네. "아담의 자손들이여, 이리 가까이 오라! 내가 너희들 생각을 내 분노의 저울에 달아 보고, 너희들 소행을 내 노여움의 추로 재겠노라!"

다니엘   하느님, 저를 불쌍히 여기소서!

프란츠   다들 불안한 심정으로 얼굴이 하얗게 질려 가슴 죄며 서 있었다네. 그때 뇌우가 몰아치는 산에서 가장 먼저 내 이름이 불리는 것 같았다네. 나는 뼛속까지 얼어붙었고, 이빨이 덜덜 떨렸다네. 곧바로 저울이 절그럭거리는 소리를 내고 바위에서 우레와 같은 소리가 나기 시작했네. 시간이 왼쪽에 매달린 저울판을 지나면서 죽을죄[72]를 하나씩 던져 주었네.

다니엘   오, 하느님, 나리를 용서해 주소서!

프란츠   하느님은 용서하지 않으셨네! 죄악이 저울판에 산처럼 쌓였지만, 속죄의 피로 가득한 다른 저울판은 여전히 하늘 높이 올라가 있었다네. 마침내 어떤 노인이 나타났네. 그는 원한에 사무쳐 허리

---

72) 가톨릭에서 영혼의 구제를 받지 못할 대죄(大罪)를 말하는 것으로, 오만, 인색, 음욕, 시기, 탐식, 분노, 게으름을 가리킨다.

가 꼬부라졌고, 극심한 굶주림에 자신의 팔을 물어뜯었더군. 모두 겁을 집어먹고 노인에게서 눈을 돌렸네. 나는 그 노인이 누구인지 알았네. 노인은 은빛으로 빛나는 백발 한 가닥을 자르더니 죄악의 저울판에 던져 넣었네. 그런데 이보게, 저울판이 별안간 심연 깊숙이, 깊숙이 내려앉고, 속죄의 저울판은 하늘 높이 날아오르지 뭔가! 그때 바위를 에워싼 연기 속에서 이런 목소리가 울려 나오더군. "지상과 나락의 모든 죄인에게 은총, 은총을 베풀리라! 하지만 너만은 영겁의 벌을 받으리라!"(깊은 정적에 잠긴다.) 그런데, 자네 왜 웃지 않나?

다니엘 온몸에 소름이 돋는데 어찌 웃을 수 있겠습니까?

프란츠 관두게! 그냥 관두라고! 그런 말 말게! 나를 바보라고 부르게나! 어처구니없고 황당무계한 바보라고! 그렇게 해 주게나, 이봐, 다니엘, 제발 부탁인데 나를 실컷 비웃어 주게나!

다니엘 꿈은 하느님의 계시지요. 나리를 위해 기도드리겠습니다.

프란츠 자네 거짓말하고 있구먼. 얼른 가서 목사가 어디 있는지 알아보게. 목사더러 급히, 서둘러서 오라고 이르게. 그런데 또 한 번 말하지만 방금 자네가 한 말은 거짓말이네.

다니엘 (그곳을 떠나며) 하느님께서 나리에게 자비를 베풀어 주시길!

프란츠 어리석은 백성들의 살아가는 지혜이자 두려움의
소치일 뿐이야! 과거는 사라지지 않는다거나, 별
들 위에 지켜보는 눈이 있다는 말은 확정된 사실
이 아니야. 으흠, 으흠! 누가 그런 말들을 내게 속
삭였는가? 대체 저기 별들 위에 응징하는 자가
있기라도 하단 말인가?

아니, 아니야! …… 그럼, 그렇고말고! 저기 별들
위에 심판하는 분이 계신다! 오늘 밤 응징하는
분을 향해 한 걸음 더 나아간다! 하고 누군가 내
귀에 끔찍이 속삭인 것이다. 그렇지 않아! 그곳은
너의 비겁한 마음이 숨으려고 하는 가련한 은신
처에 지나지 않아. 저기 별들 위는 황량하고 쓸쓸
하며 공허할 뿐이야. …… 하지만 그 이상의 것이
있다면?

아니, 아니, 그럴 리 없어! 나는 그럴 리가 없다고
명한다! 하지만 그래도 뭔가가 있다면? 이미 모든
계산이 마쳐졌고, 오늘 밤 내 앞에서 계산을 해
보인다면 너 같은 놈은 당해 봐야 해! 어째서 이
렇게 뼛속까지 소름이 끼친단 말인가? 죽는다고!
어째서 이 말이 내 가슴 깊이 와 닿는단 말인가?
저기 별들 위의 응징하는 분께 변명해야 한단 말
인가? 그리고 그분이 정의롭다면, 고아와 과부
들, 억압받는 자와 핍박받는 자 들이 그분을 향해

울부짖기 시작하겠지. 그런데 그분이 정의롭다면 왜 그들이 고통을 당하고, 왜 내가 그들에게 승리를 거두었단 말인가?

(모저 목사, 등장한다.)

모저 목사   저를 부르셨다고요, 나리. 제 평생 처음 있는 일이라 깜짝 놀랐습니다! 지금 종교를 조롱할 생각이신가요, 아니면 종교가 두려워지기 시작했나요?

프란츠   내가 종교를 조롱하는가, 아니면 두려워하는가는 자네의 대답에 달려 있네. 내 말 들어 보게, 모저, 자네가 바보인지, 아니면 세상을 바보로 여기는지 내가 자네에게 분명히 보여 주겠네. 그러니 내 말에 대답해야 하네. 내 말을 알아들었는가? 자네 목숨을 걸고서 대답해야 하네.

모저 목사   나리께선 나리보다 높으신 분을 심판대로 불러내고 계십니다. 그 높으신 분이 장차 나리께 대답하실 겁니다.

프란츠   난 지금 당장 알고 싶네. 치욕적인 바보짓을 저지르지 않기 위해서 말이야. 또 곤경에 빠져 천민들의 우상에게 도움을 청하지 않기 위해서 말이야. 나는 가끔 술을 마시면 하느님이 존재하지 않는다며 자네를 조롱하곤 했지. 난 지금 진지하게 말하고 있네. 내가 하느님이 존재하지 않는다고 말할 테니, 자네는 사용 가능한 온갖 무기를 동원해 내 말을 반박해 보게. 하지만 나는 그것들을 내 입김으로 단숨에 날려 버리겠네.

모저 목사 설사 나리께서 당신의 오만한 영혼에 수백만 파운드의 무게로 내리칠 천둥을 가볍게 날려 버릴 수 있다고 칩시다! 하느님의 창조물에 불과한 어리석고 사악한 당신이 전지하신 하느님을 파괴하려 들지라도, 그분은 티끌 같은 입을 통해 자신을 변명하실 필요가 없지요. 하느님은 미덕이 미소 지으며 의기양양할 때처럼 나리께서 폭정을 행할 때도 위대하십니다.

프란츠 말 한번 대단히 잘했네, 목사 양반! 내 마음에 쏙 들었네.

모저 목사 저는 이 자리에서 나처럼 미물에 지나지 않는 사람과 위대하신 주님의 일에 대해 이야기하고 있습니다. 저는 그 사람의 마음에 들고 싶은 생각은 없습니다. 물론 제가 기적을 행할 수 있어야만 나리는 당신의 고집스러운 악행을 자백하시겠지요. 그런데 나리의 신념이 그토록 확고하다면, 무엇 때문에 저를 부르셨나요? 무엇 때문에 한밤중에 저를 불렀는지 말해 보시지요!

프란츠 지루해서 그랬네. 마침 체스판이 재미없어졌거든. 목사를 물어뜯는 재미를 맛보기 위해서야. 당신이 쓸데없이 겁준다고 내 기가 꺾이진 않을 거네.

내가 알기로 지상에서 별 재미를 못 본 사람은 영생을 원하지만, 그자는 된통 속은 것이네. 우리의 존재란 피가 돌고 도는 것에 지나지 않는다는 글을 여기저기서 읽었네. 마지막 핏방울이 사라지면 우리의 정신과 생각도 결국 없어지는 거지. 육체가 쇠약해지면 정신과 생각도 덩달아 약해지는데, 육체가 파괴되는 순간 그것도 끝나지 않을까? 육체가 썩어 문드러지면 그것도 증발해 버리지 않을까? 자네의 뇌 속에 물 한 방울이라도 잘못 들어가면 자네의 생명은 갑자기 중지하고 마네. 그것은 처음엔 공백 상태와 비슷해 보이지만, 그런 상태가 지속되는 것이 바로 죽음이라네. 감각은 몇 개의 현(絃)이 진동하는 느낌이지만, 망가진 피아노는 더 이상 소리를 내지 않는다네. 내가 일곱 개의 성을 부수어 버리거나, 비너스 상을 때려 부순다면, 그 조화와 아름다움은 이미 과거의 것이 되는 거라네. 자, 이보게! 자네들이 말하는 불멸의 영혼이란 바로 그런 것이지!

모저 목사   그것은 당신이 품고 있는 절망의 철학이오. 하지만 그런 말을 하는 당신의 심장은 불안에 떨며 당신의 거짓말을 벌주는 거요. 당신은 죽을 수밖에 없다는 한마디 말이 당신의 논리 체계를 이루는 거미줄을 찢어 버릴 거요. 우리 한번 시험해 보는 게 어떻겠소. 당신이 죽음에 처해서도 의연하다면, 당신의 원칙을 고수한다면 당신이 이긴 거요. 당신이 죽음에 처해 조금이라도 두려움을 느낀다면, 안됐지만 당신이 진 거요.

프란츠   (당황하며) 내가 죽음에 처해 두려움을 느낀다면 말이오?

모저 목사   나는 진실을 끝까지 완강하게 거부하다가 죽음에 처해서야 착각에서 깨어나는 가련한 사람들을 많이 보았소. 나는 당신의 임종을 지켜볼 작정이오. 나는 폭군이 숨을 거두는 순간을 꼭 지켜보고 싶소. 그때 나는 당신 곁에 서서 당신의 눈을 똑바로 쳐다보고 싶소. 의사가 당신의 차갑고 축축한 손을 잡고 점차 꺼져 가는 맥박을 더 이상 감지할 수 없어, 놀라 어깨를 추스르며 당신을 쳐다보다가, 결국 인간의 힘으론 어쩔 수 없다고 말하는 순간에 말이오. 그러니 조심하시오! 리처드[73]나 네로처럼 되지 않게 부디 조심하시오!

프란츠   아니, 그렇지 않아!

모저 목사   아니라는 그 말도 결국에는 내 말이 옳다는 울부

---

[73] 리처드 3세(Richard Plantagenet, duke of Gloucester, 1452~1485)를 가리킨다. 요크 가(家) 최후의 잉글랜드 왕으로, 1483년 6월 권력을 찬탈해 나라를 다스렸으나 2년 뒤에 전사했다. 역사가와 문필가들은 그를 잔인무도한 악한으로 묘사한 반면 현대의 학자들은 그를 잠재적 능력을 지녔던 군주로 평가하는 경향이 있다. 그가 사악한 인물이라는 평판은 16세기의 정치적 악선전 때문에 생겨난 것으로 보인다. 셰익스피어의 희곡 『리처드 3세』에서는 튜더 시대의 여러 문헌에서처럼 리처드가 악인으로 묘사되고 있다.

짓음으로 바뀔 것이오. 당신이 아무리 숙고하며 의심해도 결코 사라지지 않을 마음속의 재판정이 눈을 떠서 당신을 심판할 것이오. 하지만 그것은 공동묘지에 산 채로 묻혔다가 깨어난 것과 같을 것이며, 자살한다며 스스로에게 치명적인 상처를 입히고 후회하는 자의 불만과 같을 것이오. 그것은 당신 삶의 한밤중을 환히 밝히는 번개일 것이고, 하나의 시선이 될 것이오. 그런데도 당신이 의연함을 잃지 않으면 당신이 이긴 것이오!

프란츠 (불안하게 방 안을 서성이며) 쓸데없는 소리, 목사가 지껄이는 쓸데없는 소리에 불과해!

모저 목사 그때 처음으로 영겁의 칼이 당신의 영혼을 가를 거요. 처음이지만 때는 이미 너무 늦을 거요! 하느님을 생각하면 심판관이라 불리는 끔찍한 이웃이 떠오를 거요. 이보시오, 모어! 당신은 천 명의 목숨을 손가락 끝에 가지고 놀았으며, 그중 구백구십 명을 비참하게 만들었소. 당신은 로마 제국 없는 네로와 같고, 페루 없는 피사로[74]와 다르지 않소. 하느님의 세상에서 한 인간이 폭군처럼 만행을 저지르고 가장 높은 것을 가장 낮은 것으로 끌어내리는데도 하느님이 가만 지켜보실 것 같

---

74) 프란시스코 피사로(Francisco Pizarro, 1475~1541). 스페인의 탐험가. 잉카 제국을 정복했고 페루 리마를 건설했다.

소? 그 구백구십 명이 그냥 파멸하기 위해, 오로지 당신의 흉악한 짓거리의 꼭두각시가 되기 위해 이 세상에 존재한다고 생각하오? 아, 그렇게 생각하지 마시오! 하느님은 장차 당신이 그들에게서 빼앗은 일분일초, 당신이 망가뜨린 그들의 온갖 기쁨, 당신이 가로막은 그들의 온갖 완벽함을 당신에게 요구할 것이오. 모어, 당신이 그것에 대해 답변할 수 있다면 당신이 이긴 것이오!

프란츠　그만하게! 더 이상 한마디도 하지 말게! 내가 자네의 그런 염세적인 생각을 순순히 따를 것 같은가?

모저 목사　이보시오, 세상 사람들의 운명이란 서로 놀랄 만큼 멋진 균형을 유지하고 있소. 이 사람들의 저울판이 내려가면 저 사람들의 저울판이 올라가고, 이 사람들의 저울판이 올라가면 저 사람들의 저울판이 바닥으로 떨어지지요. 그러나 이 세상에서 일시적인 고통이었던 것은 저세상에서 영원한 승리가 되고, 이 세상에서 유한한 승리였던 것은 저세상에서 영원하고 무한한 절망이 될 것이오.

프란츠　(목사를 향해 거칠게 달려들며) 천둥이 네놈을 죽여 버렸으면 좋겠다, 이 거짓말쟁이야! 저주받은 네 혀를 뽑아 버릴 테다!

모저 목사　이렇게 빨리 진실의 무게를 느끼는 거요? 그것을 증명하는 말들은 아직 꺼내지도 않았소. 이제 증명하는 말을 하겠소.

프란츠　입 다물어라, 그따위 증거를 가지고 지옥으로나 꺼져라! 내 분명히 말하지만, 영혼은 파괴되어 없어지는 것이니, 그 문제에 대해선 답변할 필요가 없다!

모저 목사　그 때문에 나락(奈落)의 혼백들도 애걸하고 있지만, 하늘에 계신 분은 고개를 흔들고 있소. 당신은 무(無)의 황량한 나라에 있는 응징하는 분에게서 달아날 수 있다고 생각하는 거요? 당신이 천국으로 가면 그분은 그곳에 계시고, 당신이 지옥을 떠돌면 그분 역시 그곳에 계실 거요! 당신이 밤에게 감춰 달라 말하고, 어둠에게 숨겨 달라 하면, 어둠은 당신 주위를 환히 비출 것이고, 저주받은 자의 주변은 한밤중에도 대낮같이 밝을 것이오. 하지만 당신의 불멸의 영혼은 그 말에 반항하며, 맹목적인 생각을 누르고 승리를 거둘 것이오.

프란츠　하지만 난 불멸의 존재이고 싶지 않아. 그런 존재이길 바라는 자가 있다면 난 방해하지 않을 거야. 단지 너의 하느님이 나를 파괴하도록 몰아갈 거야. 격분하여 나를 파괴하도록 하느님을 자극할 것이다. 네 하느님을 가장 진노하게 할 제일 큰 죄가 무엇인지 말해 보아라!

모저 목사　나는 두 가지 죄만을 알고 있소. 하지만 그것은 인간으로서 차마 저지를 수 없는 죄이고, 또한 인간들이 처벌하지 못하는 죄요.

프란츠 두 가지가 있단 말이지!

모저 목사 (매우 의미심장한 말투로) 하나는 제 아비를 죽이는 것이고, 다른 하나는 제 형제를 죽이는 것이오. 왜 갑자기 그렇게 얼굴빛이 하얘지는 거요?

프란츠 뭐라고, 이 늙은이가? 네놈은 천국과 한패냐, 아니면 지옥과 한패냐? 누가 너한테 그런 말을 했느냐?

모저 목사 이 두 가지 죄를 가슴에 품고 있는 자는 당해 봐야 합니다! 그런 자는 아예 태어나지 않는 것이 더 나았을 거요! 하지만 당신에게는 이제 아버지도 형제도 없으니 마음 푹 놓으시오!

프란츠 흥! 뭐야, 그것보다 더한 죄는 모른다고? 다시 한 번 잘 생각해 보아라. 죽음이나 천국, 영원이나 저주와 같은 말들이 네 입안에서 맴돌지 않느냐? 그것보다 더한 죄는 없단 말이냐?

모저 목사 그것보다 더한 죄는 없소.

프란츠 (의자에 털썩 주저앉으며) 파멸이야! 이제 파멸이야!

모저 목사 그러나 기뻐하시오, 기뻐하시오! 그래도 다행인 줄 아시오! 당신이 아무리 잔혹한 짓을 저질렀어도 제 아비를 죽인 자에 비하면 성자라 할 수 있소! 당신이 받을 천벌은 그런 자가 받을 천벌에 비하면 사랑의 노래라 할 수 있지요. 응징은…….

프란츠   (펄쩍 뛰며) 이 올빼미 같은 놈, 수천 번이고 무덤
        속으로 꺼져라! 네놈을 여기로 부른 자가 누구
        냐? 어서 가라고 하지 않았느냐, 아니면 네놈을
        떠밀어야겠느냐!

모저 목사 쓸데없이 지껄이는 목사의 말에 당신 같은 철학
        자가 화를 내다니요? 당신의 입김으로 훅 불어
        버리면 될 거 아니오! (퇴장한다.)

프란츠   (소파에 털썩 주저앉더니 끔찍하게 몸부림친다. 깊은
        정적이 흐른다.)

(하인, 허둥지둥 등장한다.)

하인   아말리아 아가씨는 보이지 않고, 백작은 갑자기
        자취를 감추었습니다.

(다니엘, 불안한 표정으로 등장한다.)

다니엘   나리, 말을 탄 한 무리의 사람들이 쏜살처럼 산길
        을 내려오며 죽여라! 죽여라! 하고 소리치고 있습
        니다. 온 마을에 비상 경보가 울렸습니다.

프란츠   어서 가서 모든 종을 울리도록 하라. 다들 교회에
        가서 무릎 꿇고 날 위해 기도하라 일러라. 감옥에
        갇힌 자들은 모두 풀어 주도록 해라. 가난한 자들
        에게는 모든 걸 두 배 세 배로 되돌려주겠다. 어

서 가서 내 죄를 사해 주도록 고해신부를 불러라. 냉큼 가지 않고 왜 그러고 있느냐? (소란스러운 소리가 더 크게 들려온다.)

다니엘　하느님, 저의 크나큰 죄를 용서해 주십시오! 어떻게 사태를 수습한단 말입니까? 나리께서는 항상 기도서를 집 밖으로 내다 버리셨고, 제가 기도하는 모습을 보기만 하면 설교집과 성경책을 제 머리에 집어 던지셨습니다.

프란츠　더 이상 그런 말은 하지 말게. 죽는다니까! 알겠느냐? 죽는다고 하지 않느냐? 자칫하면 너무 늦는다. (슈바이처가 미쳐 날뛰는 소리가 들린다.) 제발 기도하게! 기도하라니까!

다니엘　제가 늘 말씀드리지 않았습니까. 나리께서는 기도를 너무 등한히 하십니다. 하지만 조심하십시오! 제발 조심하십시오! 곤경에 처하고 위기를 맞으면, 세상의 갖은 보물을 주고서라도 기독교인의 한숨 소리를 들으려 할 것입니다. 아시겠어요? 나리께선 제게 욕설을 퍼부었지요! 그러셨지요! 아시겠어요?

프란츠　(다니엘을 격하게 끌어안으며) 용서해 주게, 선량하고 귀하며 소중한 다니엘, 용서해 주게. 자네를 머리에서 발끝까지 치장시켜 주겠네. 그러니 제발 기도해 주게. 자네를 새신랑으로 만들어 주겠네. 그러니 제발 기도해 주게. 이렇게 애원하네. 무릎 꿇고 애원하네. 젠장, 빌어먹을! 그러니 제발 기도하란 말이야! (거리에서는 소란스러운 소리와 비명, 쿵쾅거리는 소리 들려온다.)

슈바이처 (골목에서) 돌격하라! 때려죽여라! 문을 부수고 들어가라! 불빛이 보인다! 그놈이 분명 저기에 있을 거야.

프란츠 (무릎을 꿇으며) 제 기도를 들어주십시오, 하늘에 계신 아버지! 난생처음 하는 기도입니다. 두 번 다시 이런 기도를 하지 않겠습니다. 제 기도를 들어주십시오, 하늘에 계신 아버지!

다니엘 아이쿠 맙소사! 대체 뭐하고 계십니까? 그런 불경한 기도가 어디 있습니까?

(마을 사람들이 몰려온다.)

사람들 도둑들이다! 살인자들이다! 어떤 놈들이 한밤중에 난리를 치는 것이냐?

슈바이처 (여전히 골목에서) 동지들, 저놈들을 쫓아 버리게! 사탄이 너희들의 주인을 데려가려고 왔다. 슈바르츠와 함께 온 녀석들은 어디에 있나? 그림, 자네는 성을 포위하게. 성벽을 향해 돌격하라!

그림 불 피울 관솔을 가져와라. 우리가 올라가든지 그놈이 내려오든지 해야 한다. 그놈의 홀들에 불을 질러야겠다.

프란츠 (기도한다.) 저는 비열한 살인자가 아니었습니다, 하느님! 저는 결코 자질구레한 일에 관여하지 않았습니다, 하느님…….

다니엘 하느님, 저희에게 자비를 베풀어 주소서! 그의 기도마저 죄가 되고 있습니다.

(돌멩이와 관솔불이 날아든다. 유리창이 깨지고 성이 불탄다.)

프란츠 도저히 기도할 수 없구나. 여기, 여기가! (가슴과 이마를 두드리며) 모든 것이 너무 황폐하고 너무 메말라 버렸어. (일어선다.) 아니, 기도도 하지 않겠어. 하늘이 이렇게 승리해서도 안 되고, 지옥이 나를 이처럼 조롱해서도 안 돼.

다니엘 성모 마리아여! 저희를 도와주시고 구해 주소서. 온 성이 불바다가 되었습니다.

프란츠 이 칼을 받게나. 어서 받아. 저 녀석들이 와서 날 조롱하기 전에, 이 칼로 등 뒤에서 나를 찌르게. (불길이 거세진다.)

다니엘 안 됩니다, 절대 안 됩니다! 때가 되기 전엔 누구도 일찍 하늘나라로 보낼 수 없습니다. 게다가……. (도망친다.)

프란츠 (다니엘의 뒷모습을 무섭게 노려보다가, 잠시 후) 지옥으로는 더욱 보낼 수 없다고 말하려 했겠지? 정말이야! 나도 그 정도 눈치는 있어! (미친 듯이) 저게 저들이 미쳐 날뛰는 소리인가? 저게 너희 지옥의 독사들이 혀를 날름거리는 소리인가? 저들이 밀고 올라온다…… 문들을 포위하는구나…… 이 뾰족한 칼끝 앞에서 내가 왜 이처럼 망설이는 걸까? 문들이 우지끈 부서진다…… 마구 몰려온다…… 빠져나갈 수 없구나! 아, 나를 불쌍히 여기소서!

(모자에서 금빛 끈을 떼어 내 자신의 목을 졸라 죽는다.)

(슈바이처, 도적들과 함께 등장한다.)

슈바이처   살인마 이놈, 어디 있느냐? 놈이 도망치는 것을 보았느냐? 그놈한테는 친구도 별로 없지 않더냐? 그 짐승 같은 놈이 어디로 숨어들었느냐?

그림   (시신에 부딪히며) 잠깐, 여기 뭔가 발에 걸리는 게 있는데? 여기에 불을 밝혀 보아라.

슈바르츠   놈이 선수 쳤어. 모두 칼을 거둬라. 여기에 놈이 고양이처럼 나자빠져 있다.

슈바이처   죽었다고? 뭐라고? 죽었다고? 나 없이 죽었다고? 속임수일지 몰라. 이놈이 벌떡 일어설지 모르니 조심해라! (시신을 잡아 흔든다.) 어이, 이놈아! 아직 살해할 아버지가 있지 않느냐.

그림   괜히 헛수고하지 말라고. 완전히 뻗었어.

슈바이처   (시신에서 물러서며) 그래! 전혀 반기는 기색이 없
는데…… 완전히 뻗었어. 두목에게 돌아가 이놈이
완전히 뻗었다고 전하게. 두목은 나를 다시는 못
볼 걸세. (자신의 이마에 총을 쏜다.)

2장

4막의 5장과 같은 장소.

모어 백작, 돌 위에 앉아 있다.

도적 카를이 모어 백작과 마주 앉아 있고, 나머지 도적들은 숲 여기저기에 흩어져 있다.

도적 카를 아직 오지 않았느냐? (불꽃이 일 만치 칼을 세게 돌에 내리친다.)

모어 백작 용서가 그놈에게는 벌이 될 텐데요……. 내 복수는 곱절로 사랑하는 것이오.

도적 카를 아닙니다, 제 분노한 영혼을 걸고 그렇게는 안 됩니다. 그렇게는 하지 않겠습니다. 그놈은 커다랗고 치욕스러운 죄악을 영원히 끌고 다녀야 합니

다! 그렇지 않다면 왜 제가 그놈을 죽이게 했겠습
니까?

모어 백작   (눈물을 왈칵 쏟으며) 오, 내 아들아!

도적 카를   뭐라고요? 바로 이 성탑 옆에서 그놈을 위해 우시
는 건가요?

모어 백작   자비를! 오, 자비를 베푸시오! (격하게 두 손을 비
비며) 이제…… 이제 내 아들이 심판을 받다니!

도적 카를   (깜짝 놀라며) 어떤 아들을 말씀하시는 겁니까?

모어 백작   아니, 무슨 그런 질문이 다 있소?

도적 카를   아닙니다, 아무것도 아닙니다!

모어 백작   당신은 나의 불행을 비웃으러 온 거요?

도적 카를   양심은 저도 모르게 속마음을 드러내는 법이지
요! 제 말에 개의치 마십시오!

모어 백작   그래요, 나는 한 아들을 고통 속에 몰아넣었소.
그러니 다른 아들이 나를 고통스럽게 하는 건 당
연하지 않겠소. 이것이 하느님의 섭리라오. 오, 내
아들 카를! 내 아들 카를! 네가 평화의 옷을 입
고 내 주위를 떠돈다면 얼마나 좋을까. 날 용서해
다오. 오, 제발 날 용서해 다오!

도적 카를   (재빨리) 용서해 드릴 겁니다. (당황하며) 노인장의
아들로 불릴 자격이 있는 사람이라면…… 분명
당신을 용서해 드릴 겁니다.

모어 백작   아, 그 아들은 내게는 너무 훌륭한 아들이었
소……. 하지만 나는 눈물과 잠 못 이룬 밤들과

고통스러운 꿈들을 새기며 그 아들을 맞이해, 그 아이의 무릎을 부둥켜안고 외치고 싶소……. 이 렇게 큰 소리로 외치고 싶소. 나는 하늘과 너한 테 죄를 지었다. 난 너의 아비라 불릴 자격이 없구나.

도적 카를 (깊이 감동하여) 노인장은 그 다른 아들을 사랑하 셨나요?

모어 백작 오, 그것은 하늘이 아는 사실이오! 왜 내가 못된 아들의 간계에 현혹당하고 말았을까? 나는 세상 의 아버지들 가운데 칭찬받는 아비였소. 자식들 은 내 곁에서 희망에 차 꽃피었소. 그러나…… 아, 불행한 순간이 닥쳤다오! 둘째 아들의 마음속으 로 마귀가 들어갔고, 나는 그 뱀의 꾀임에 넘어가 고 말았소. 그러다 결국 두 아들 모두를 잃고 말 았소. (두 손으로 얼굴을 감싼다.)

도적 카를 (노인 곁에서 멀찌감치 떨어지며) 영원히 잃으셨군 요!

모어 백작 아, 아말리아가 했던 말이 가슴 깊이 사무치는구 나. 복수의 정령이 그 아이 입을 빌려 말한 거였 어. "아버님이 돌아가시면서 손을 뻗어 아들을 찾 아봐도 소용없을 거예요. 카를의 따스한 손을 잡 을 거라 상상해도 소용없지요. 카를은 아버님의 침상 곁에 다시는 나타나지 않을 거니까요……."

도적 카를 (고개를 돌리고 모어 백작에게 손을 내민다.)

모어 백작	이것이 내 아들 카를의 손이라면! 하지만 그 아이는 지금 멀리 비좁은 거처에 누워 이미 영원한 잠을 자며, 이 아비의 탄식 소리를 다시는 듣지 못하겠지…… 아, 비통하구나! 낯선 사람의 팔에 안겨 죽음을 맞다니…… 이제는 내 눈을 감겨 줄 아들이 더 이상 없구나…….
도적 카를	(더없이 격한 동작을 하며) 이젠 어쩔 수 없어, 이젠……. (도적들을 향해) 내 곁을 떠나 다오! 내가 아버지에게 아들을 다시 돌려드릴 수 있을까? 하지만 이제는 아들을 돌려드릴 수 없어…… 안 돼! 그럴 수 없어.
모어 백작	뭐라고 했소? 방금 뭐라고 중얼거렸소?
도적 카를	아드님은…… 그렇습니다, 노인장…… (말을 더듬거리며) 노인장은 아드님을…… 영원히 잃어버렸습니다.
모어 백작	영원히라고요?
도적 카를	(말할 수 없이 답답한 심정을 이기지 못하고 하늘을 쳐다보며) 아, 이번만은…… 나의 영혼이 활기를 잃지 않게 해 주십시오…… 이번만은 나를 똑바로 서게 해 주십시오.
모어 백작	'영원히'라고 했소?
도적 카를	더 이상 묻지 마십시오! 네, '영원히'라고 했습니다.
모어 백작	낯선 양반! 낯선 양반! 왜 나를 성탑 감옥에서 꺼내 주었소?

도적 카를 이제 어떡하지? 지금 아버님의 축복을 낚아채 버릴까…… 도둑처럼 낚아채서, 그 거룩한 노획물을 가지고 슬쩍 도망쳐 버릴까…… 아버지의 축복은 절대 없어지지 않는다고 하지 않던가.

모어 백작 내 아들 프란츠도 잃어버린 거요?

도적 카를 (모어 백작 앞에 털썩 주저앉으며) 제가 감옥의 빗장을 부쉈습니다. 제게 축복을 내려 주십시오.

모어 백작 (고통스러워하며) 그대는 아버지를 구하기 위해 그 아들을 제거할 수밖에 없었소! 보시오, 하느님은 끊임없이 자비를 베푸시는데, 우리 가련한 미물들은 앙심을 품고 잠자리에 든다오. (한 손을 도적 카를의 머리에 얹으며) 그대는 자비를 베풀었으니 행복하길 바라오!

도적 카를 (누그러진 마음으로 일어서며) 아…… 사내다운 나의 기백은 어디로 갔단 말인가? 근육의 힘이 풀리고, 칼은 손에서 빠져나가는구나.

모어 백작 시온산으로 떨어지는 헤르몬산[75]의 이슬[76]처

---

75) 다마스쿠스 서쪽 레바논과 시리아의 국경 지대에 솟아 있는 해발 2814미터의 산. 산기슭에서는 요르단강의 두 주요 수원이 시작된다. 역사적으로 여러 시대에 신성한 경계 표지물의 역할을 한 이 산은 모세와 여호수아가 이끄는 이스라엘 민족이 정복했던 지역의 북서쪽 경계를 이루었다.
76) 성경에서 이슬은 하느님의 무한한 은총과 풍요로움을 상징한다.
시편 133장 3절: 시온의 산들 위에 흘러내리는 헤르몬의 이슬 같아라. 주님께서 그곳에 복을 내리시니 영원한 생명이어라.
창세기 27장 28절: 하느님께서는 너에게 하늘의 이슬을 내려 주시리라. 땅

럼, 형제들이 화목하게 모여 산다면 얼마나 좋을
까……. 이런 환희를 얻는 법을 배우게, 젊은이. 그
러면 하늘의 천사들이 자네의 영광을 함께 즐길
걸세. 자네의 지혜는 백발노인의 지혜이되, 자네
가슴은 순진무구한 어린아이의 가슴이길 비네.

도적 카를   아, 이런 기쁨을 맛보게 해 주시다니. 훌륭한 어르
신, 저에게 입맞춤을 해 주십시오!

모어 백작   (카를에게 입맞춤하며) 아버지의 입맞춤으로 생각
하시오. 나는 내 아들에게 입맞춤하는 것으로 생
각하겠소. 자네도 눈물을 흘릴 줄 아는가?

도적 카를   저도 아버지의 입맞춤이라고 생각했습니다……. 하
필 지금 그 녀석을 이리 데려오면 어쩌란 말인가!

   (슈바이처를 따라갔던 일행이 얼굴을 가리고 고개를 떨군 채 말
없는 장례 행렬이 되어 등장한다.)

도적 카를   맙소사! (흠칫 뒤로 물러서며 몸을 숨기려 한다. 도적
들은 카를의 옆을 지나가고, 카를은 그들을 외면한다.
깊은 정적이 흐르며, 도적들은 발길을 멈춘다.)

     그림   (목소리를 낮추어) 두목. (도적 카를은 대답하지 않고

을 기름지게 하시며 곡식과 술을 풍성하게 해 주시리라.
이사야서 45장 8절: 하늘아, 위에서 이슬을 내려라. 구름아, 의로움을 뿌려
라. 땅은 열려 구원이 피어나게, 의로움도 함께 싹트게 하여라. 나 주님이 이
것을 창조하였다.

계속 뒤로 물러선다.)

슈바르츠 친애하는 두목. (도적 카를은 자꾸 뒷걸음친다.)

그림 두목, 우리는 잘못이 없네.

도적 카를 (그들 쪽을 바라보지 않고) 너희들은 누구냐?

그림 우릴 쳐다보지도 않을 텐가. 자네의 충실한 부하들이네.

도적 카를 내게 충성을 바치다니, 참으로 불쌍하구나!

그림 자네의 충복 슈바이처의 마지막 인사말을 전하네. 자네의 충복 슈바이처는 다시는 돌아오지 않을 거네.

도적 카를 (펄쩍 뛰며) 그렇다면 그 녀석을 찾아내지 못했단 말인가?

슈바르츠 이미 죽어 있더군.

도적 카를 (기뻐서 풀쩍 뛰어오르며) 만물을 다스리시는 하느님, 감사합니다……. 이보게들, 날 껴안아 주게나. 이제부터 우리의 구호는 자비일세. 이번 일도 무사히 넘겼으니 모든 일을 잘 넘길 걸세.

(다른 도적들과 아말리아, 등장한다.)

도적들 자, 잘됐어! 한 건 했어! 크게 한 건 했어!

아말리아 (머리를 풀어 헤친 채) 죽은 자들이 그분 목소리를 듣고 되살아났다고 야단들인데…… 우리 숙부님이 살아 계신다고…… 이 숲속에…… 어디 계시

는 걸까? 카를! 숙부님! 어머나! (노인을 향해 달려
든다.)

모어 백작   아말리아! 내 딸아! 아말리아! (아말리아를 꼭 껴안
는다.)

도적 카를   (펄쩍 뛰어 뒤로 물러서며) 누가 내 눈앞에 이런 광
경이 벌어지게 하는가?

아말리아   (노인의 품에서 벗어나, 도적 카를에게 달려가 황홀하
게 그를 껴안으며) 그분을 찾았어, 오, 하늘의 별들
이여! 그분을 찾았어!

도적 카를   (아말리아를 뿌리치며 도적들에게 말한다.) 자네들,
당장 출발해라! 나를 배반하는 놈은 불구대천의
원수다!

아말리아   오, 내 신랑, 내 신랑이여, 제정신이 아니군요! 어
머! 너무 황홀해서 그러시겠죠! 내 마음은 소용
돌이치는 환희의 와중에도 왜 이리 무감각하고
냉정할까요?

모어 백작   (몸을 벌떡 일으키며) 신랑이라니? 딸아! 딸아! 신
랑이라니?

아말리아   저는 영원히 이 사람 것이고, 이 사람은 영원히,
영원히, 영원토록 저의 것이에요! 오, 신들이시여!
제가 이 무거운 짐에 스러지지 않도록 이 벅찬 환
희를 덜어 주소서!

도적 카를   이 여자를 내 목에서 떼어 내라! 이 여자를 죽여
라! 저 노인을 죽여라! 나를! 자네들을! 모두를

다 죽여라! 온 세상이 멸망하는구나! (그곳을 벗어나려 한다.)

아말리아 어디 가시려고요? 무슨 일이에요? 사랑은 영원하다고요! 환희는 무한한데, 달아나시려고요?

도적 카를 비켜요, 저리 비켜요! 당신은 세상에서 가장 불행한 신부요! 당신 자신의 얼굴을 보고, 당신 자신에게 묻고 들어 보시오! 이 세상에서 가장 불행한 아버님! 저를 여기서 영원히 달아나게 해 주십시오!

아말리아 저를 잡아 주세요! 제발, 저를 붙잡아 주세요! 눈앞이 캄캄해져요! 이분이 달아나려 해요!

도적 카를 너무 늦었어! 모든 것이 허사가 되었어! 아버님, 아버님의 저주가! 저에게 더는 아무것도 묻지 마십시오! 저는, 저는…… 아버님의 저주…… 정말 저를 저주하신 줄 알았는데! 누가 나를 이곳으로 유인했느냐? (칼을 뽑아 들고 도적들에게 달려들며) 누가 나를 이곳으로 유인했느냔 말이다, 이 지옥에 떨어질 놈들아! 아말리아, 일이 이렇게 되다니! 아버님은 돌아가실 겁니다! 아버님은 저 때문에 세 번째로 돌아가실 겁니다! 아버님을 구해 준 이 자들은 도적이자 살인자들입니다. 아버님의 아들 카를은 도적 떼의 두목입니다!

(모어 백작이 숨을 거둔다. 아말리아는 망연자실하여 석상처럼

서 있다. 도적 무리 전체에 섬뜩한 정적이 흐른다.)

도적 카를   (떡갈나무에 몸을 부딪치며) 사랑에 취했다가 내 손
에 목 졸린 자들의 영혼이여…… 깊이 잠들었다
가 내 손에 박살 난 자들의 영혼이여…… 하하하!
진통을 겪는 산모 위에서 화약고가 폭발하는 소
리가 들리느냐? 갓난아기의 요람 옆에서 불꽃이
치솟는 게 보이느냐? 그것은 혼례를 밝히는 횃불
이고 결혼식에 울리는 음악이다. 아, 하느님은 그
어느 것도 잊지 않으시고, 서로 결합시키신다. 그
래서 내게서 사랑의 환희를 앗아 가시는 것이고,
그래서 내게 사랑의 고문을 가하시는 것이다! 이
것은 천벌이다!

아말리아   맞아요! 하늘에서 세상을 다스리시는 분이시여!
그건 맞는 말이에요. 그런데 죄 없는 어린 양인
제가 무슨 잘못을 저질렀나요? 저는 이분을 사랑
했어요!

도적 카를   남자로서 더 이상은 도저히 견딜 수 없구나. 나는
수천 개의 총구에서 나를 향해 죽음이 날아오는
소리를 들으면서도 한 발짝도 물러서지 않았는데,
이제 여자처럼 무서워 벌벌 떠는 것을 배워야 하
는가? 한 여자 때문에 벌벌 떨어야 하겠는가? 아
니야, 한낱 여자 때문에 나의 사내다운 기백이 흔
들려선 안 돼……. 피, 피다! 그건 여자로부터 받

은 충격일 뿐이야! 어서 피를 마셔야 해. 그러면 모든 일이 지나갈 거야. (그곳에서 달아나려 한다.)

아말리아   (카를의 품에 덥석 안기며) 당신이 살인자이든 악마이든 상관없어요! 당신을 천사에게 넘겨줄 순 없어요.

도적 카를   (아말리아를 힘껏 밀어 내며) 저리 비켜라, 요망한 여자야! 너는 미쳐 날뛰는 사람을 조롱하려는 생각이겠지만, 난 운명이란 폭군에 저항하련다. 뭐야, 울고 있는 거냐? 아, 너희들 방종하고 사악한 별들아! 이 여자가 우는 척하는구나. 날 위해 한 영혼이 우는 척하는구나! (아말리아, 카를의 목에 매달린다.) 아, 왜 이러느냐? 내게 침 뱉지 않고, 날 밀어 내지 않다니! 아말리아! 당신은 잊었단 말이오? 아말리아, 당신이 누구를 껴안고 있는지 알고 있소?

아말리아   제게 유일한 사람이고, 저와 떨어질 수 없는 분이지요!

도적 카를   (더없는 기쁨에 넘쳐 얼굴이 환히 빛나며) 이 여자는 날 용서하고 사랑하는구나! 난 창공의 정기처럼 순결하다. 이 여자가 날 사랑하다니…… 자비로우신 하느님, 제 감사의 눈물을 받아 주십시오. (무릎을 꿇고 격렬하게 흐느껴 운다.) 내 영혼의 평화가 다시 찾아왔고, 고통은 가라앉았으며, 지옥은 더 이상 존재하지 않아. 보아라, 오 보아라, 빛의 자식들이 울고 있는 악마의 목을 껴안고 울고 있다. (몸을 일으켜 도적들을 향해 말한다.) 자네들도 눈물을 흘려라! 어서 눈물을, 눈물을 흘리란 말이야. 자네들도 행복하지 않느냐. 오, 아말리아! 아말리아! 아말리아! (아말리아의 입술에 입을 맞추고 두 사람은 말없이 껴안고 있다.)

도적 1   (화가 나서 앞으로 나서며) 그만두지 못할까, 이 배신자야! 당장 그 팔을 풀어라. 그렇지 않으면 네 귀청이 쩌렁쩌렁 울리고, 네 이빨이 겁에 질려 덜덜 떨리도록 내 한마디 하겠다. (두 사람 사이에 칼을 들이댄다.)

늙은 도적   보헤미아의 숲을 생각해 보라! 내 말이 들리느냐? 뭘 꾸물거리느냐? 보헤미아의 숲을 기억하라니까! 이 의리를 저버린 놈아, 너의 맹세는 어디로 갔느냐? 네 몸의 상처를 이렇게 쉽게 잊을 수 있단 말이야? 우리는 그때 너를 위해 우리의 행복과 명예와 목숨을 다 걸지 않았더냐? 우리는 너를 성벽처럼 지켜 주었고, 너를 노리는 칼날들을 방패처럼 막아 주었지. 너는 그때 우리가 네 곁을 떠나지 않는 한, 절대로 우리 곁을 떠나지 않겠다고 손을 들어 굳게 맹세하지 않았더냐? 이런 염치없는 놈! 신의를 저버린 놈! 계집 하나가 질질 짠다고 우리에게 등을 돌리다니?

도적 3   에이, 빌어먹을 맹세 같으니! 네놈이 증인을 세우려고 저승에서 억지로 불러낸 죽은 롤러의 혼백이 너의 비겁함에 낯을 붉히고, 네놈을 벌주려고 무덤에서 무장하고 뛰쳐나올 것이다.

도적들 (서로 마구 뒤섞여 각자 옷을 찢는다.) 여길 봐라, 여길 보란 말이야! 이 상처 자국이 보이지 않느냐? 넌 우리와 한패란 말이다! 우리가 심장의 피를 주고 너를 노예로 사들였으니, 넌 우리와 한패이다. 대천사[77] 미카엘이 몰록과 격투를 벌인다 해도! 우리와 함께 가야 한다, 희생에 희생으로 보답하라! 우리 패거리를 위해 아말리아를 희생시켜라!

도적 카를 (아말리아의 손을 놓으며) 이제 끝났어! 회개하고 아버님께 돌아가려 했건만, 하느님이 그렇게 하지 말라신다. (냉정하게) 어리석은 바보야, 왜 내가 그러려고 했을까? 중죄인이 대체 회개할 수 있단 말인가? 중죄인은 결코 회개할 수 없다는 걸 진작 알았어야 하는데……. 진정해라, 제발 부탁인데 진정하라고! 여러분의 말이 지당하네. 하느님이 날 찾으실 땐 내가 원하지 않았고, 내가 하느님을 찾는 지금은 그분이 원하시지 않아. 어느 쪽이 더 합리적인가? 그렇게 눈을 굴리지 마라. 하느님께 난 필요 없는 존재야. 하느님께는 피조물이 많지

---

77) 구품천사 가운데 하급에 속하는 천사. 미카엘, 가브리엘, 라파엘을 말하는데, 중세 때까지는 우리엘도 포함됐다.

않나? 하나 정도 없어도 아무렇지 않을 텐데, 그 하나가 바로 나란 말이야. 동지들, 가세!

아말리아 (카를을 붙잡아 말리며) 잠깐, 잠깐만요! 찔러 줘요! 찔러 죽여 줘요! 다시 버림받다니! 칼을 빼 들어요, 그리고 나를 불쌍히 여기세요!

도적 카를 차라리 곰에게 자비를 베풀지언정…… 너를 죽이지는 않겠다!

아말리아 (카를의 무릎을 꽉 꺼안으며) 아, 제발, 제발 내 말을 들어 줘요! 나는 더 이상 사랑을 원치 않아요. 저 위 우리의 별들이 원수처럼 서로에게서 달아나는 것을 잘 알아요. 내가 원하는 것은 죽음뿐이에요. 버림받다니, 또 버림받다니! 그것이 얼마나 끔찍한 것인지 생각해 봐요! 더는 참고 견딜수 없어요. 당신도 알다시피 어떤 여자도 그걸 견딜 수 없을 거예요. 내가 원하는 것은 죽음뿐이에요! 보세요, 제 손이 떨리고 있어요! 나는 칼로 찌를 용기가 없어요. 번득이는 칼날이 겁이 나요. 살인의 대가인 당신에게는 쉬운, 아주 손쉬운 일이잖아요. 어서 칼을 빼 들어요, 그러면 난 행복할 거예요!

도적 카를 너 혼자 행복하겠다는 거냐? 저리 비켜라, 난 여자는 죽이지 않는다!

아말리아 아니, 당신은 살인자예요! 당신은 행복한 사람들만 죽이고, 삶에 지친 사람은 살려 두겠다는 건가요. (도적들한테 기어간다.) 그렇다면 살인자와 한패인 여러분, 나를 불쌍히 여기세요! 여러분 눈길의 살기 어린 동정심이 불행한 저에게 위안이 되는군요. 당신들 두목은 공연히 큰소리만 치는 비겁한 허풍선이랍니다.

도적 카를 이 여자가 뭐라는 거냐? (도적들, 외면한다.)

아말리아 날 도와줄 사람이 없나요? 여러분 중에 날 도와줄 사람이 아무도 없단 말인가요? (일어선다.) 정 그렇다면 디도[78]처럼 죽게 해 주세요! (그녀가 그곳을 떠나려 하자, 한 도적이 총을 겨눈다.)

도적 카를 잠깐! 내가 하겠다……. 카를의 연인은 카를의 손에 죽어야 한다! (아말리아를 죽인다.)

　도적들 두목! 두목! 이게 무슨 짓인가? 자네 정신 나갔는가?

도적 카를 (시신을 멍하니 응시하며) 제대로 명중했어! 아직은 움찔하지만, 곧 끝날 것이다! 자, 보아라! 아직도 내게 요구할 것이 있느냐? 자네들은 날 위해 목숨을, 더 이상 자네들 것이 아닌 혐오스럽고 치욕적인 목숨을 바쳤고, 난 자네들에게 천사의 목숨을 제물로 바쳤다. 어떠냐, 여기를 똑똑히 보아라! 이젠 만족하겠느냐?

---

78) 그리스 로마 신화에서 카르타고의 창건자이자 첫 여왕이다. 트로이의 망명객 아이네이아스에게 호감을 갖지만 그가 이탈리아로 떠나 버리자 스스로 목숨을 끊는다.

그림   자넨 높은 이자를 쳐서 빚을 갚았어. 자신의 명예
       를 위해 누구도 하지 못할 일을 했네. 이제 이곳
       을 떠나세!

도적 카를   자넨 그렇게 생각하나? 성스러운 여인의 목숨과
       악당의 목숨을 맞바꾸는 것이 불공평하다고 생
       각하지 않는가? 자네들에게 분명히 말하겠네. 다
       음에 자네들 중 누가 단두대에 끌려가, 벌겋게 달
       군 집게에 살점이 하나씩 찢겨 나간다 해도, 뜨거
       운 여름에 열하루 동안 고문이 계속된다 해도, 내
       가 지금 흘리는 눈물에는 못 미칠 것이다. (비통하
       게 너털웃음을 터뜨리며) 상처 자국, 보헤미아의 숲
       들! 그래, 그래! 물론 그 빚은 꼭 갚아야 하지.

슈바르츠   두목, 진정하게! 우리와 같이 가세. 자네에겐 차
       마 못 볼 광경이네. 앞으로도 우리를 계속 이끌
       어 주게.

도적 카를   잠깐…… 우리가 이곳을 떠나기 전에 한마디 해
       야겠다. 내 말 잘 들어라. 자네들은 나의 야만적
       인 신호의 앞잡이 역할을 하며, 남의 불행을 보고
       기뻐했다. 난 이제부터 자네들 두목 자리에서 물
       러나겠다. 수치심과 두려움을 느끼며 이 피 묻은
       지휘봉을 내려놓는다. 자네들은 내 휘하에서 나
       쁜 짓을 저지르고 죄악을 범함으로써 천상의 빛
       을 더럽힐 권리가 있다고 착각했다. 각자 사방으
       로 뿔뿔이 흩어져라. 우리 앞으로 비열한 짓은 영

원히 저지르지 않기로 하자.

도적들   이런 겁쟁이 같으니! 자네의 웅대한 계획은 어디로 갔는가? 그것은 한 여자의 입김에 터져 버리는 비눗방울이었단 말인가?

도적 카를   아, 끔찍한 만행으로 세상을 아름답게 만들고, 무법 행위로 법을 수호한다고 착각하다니, 이런 바보가 어디 있을까. 나는 그것을 징벌과 정의라고 불렀다. 오, 하늘의 섭리여, 나는 주제넘게 네 잘못을 고치고 네 불공평을 개선하려 했다. 하지만…… 아, 허황된 어린애 같은 짓이 아닌가. 나의 끔찍한 삶이 끝나 가려 한다. 나는 이제 이빨을 떨고 울부짖으며, 나 같은 인간이 둘만 있어도 윤리 세계의 전체 구조가 파멸할 수 있음을 깨닫는다. 하느님, 당신의 권능을 침해하려던 이 철부지에게 자비를 베푸소서. 응징은 오직 하느님 고유의 권한입니다. 하느님은 인간의 도움을 필요로 하지 않습니다. 물론 제 힘으로는 더 이상 과거를 되돌릴 수 없습니다. 이미 망친 것은 되살릴 수 없고, 제가 쓰러뜨린 것은 영원히 다시 일어서지 못합니다. 하지만 유린당한 법과 화해하고 짓밟힌 질서를 다시 세울 힘은 아직 남아 있습니다. 그러려면 희생물이 필요합니다. 신성불가침한 법질서의 위엄을 만천하에 내보일 제물이 필요합니다. 나 자신이 바로 이러한 제물입니다. 법질서를 수호하기 위해선 나 자신이 죽어야 합니다.

도적들　　　두목에게서 칼을 빼앗아라! 자결하려고 한다.

도적 카를　어리석은 녀석들! 영원히 눈멀도록 저주를 받아
　　　　　라! 자네들은 하나의 대죄가 여러 다른 대죄와
　　　　　대등하다고 생각하는가? 이 같은 듣기 싫은 불경
　　　　　한 음으로 세상의 조화를 얻을 수 있다고 생각하
　　　　　는가? (경멸하듯 도적들 발 앞에 무기를 내던진다.)
　　　　　나는 생포당하겠다. 나는 스스로 사법 당국의 수
　　　　　중에 들어가겠다.

도적들　　　두목을 쇠사슬에 묶어라! 저놈은 제정신이 아니
　　　　　구나.

도적 카를　저 위의 힘들이 원한다면 사법 당국은 언제든 나
　　　　　를 잡을 수 있을 것이다. 그 점은 의심할 여지가
　　　　　없다. 그런데 사법 당국은 잠자는 나를 불시에 덮
　　　　　치거나, 도망치는 나를 급습해 붙잡거나, 또는 칼
　　　　　을 사용해 강제로 나를 체포하고자 한다. 법질서
　　　　　를 수호하기 위해 자발적으로 죽는다면 난 약간
　　　　　의 공로마저 빼앗길지도 모른다. 천상의 파수꾼
　　　　　위원회에서 이미 오래전에 빼앗긴 목숨을 무엇
　　　　　때문에 내가 마치 도둑처럼 좀 더 오래 숨겨야 한
　　　　　단 말이냐?

도적들　　　저놈을 가게 놔줘라! 과대망상에 빠졌어. 허황된
　　　　　경탄을 받겠다고 제 목숨을 내놓으려 한다.

도적 카를　그래서 경탄받을지도 모르지. (잠시 생각에 잠기다

가) 내가 이곳으로 오는 도중 만났던 가난뱅이가 생각난다. 하루 벌어 근근이 먹고산다는데 자식이 열한 명이라 하더구나. 큰 도적을 산 채로 잡아 오는 자에게 금화 천 냥을 준다고 했으니 그 사내에게 도움이 되도록 해야겠다. (퇴장한다.)

격정과 혁명,
자유와 정의의 작가 실러의 첫 드라마

"극장은 마치 정신병원 같았다. 관객들은 주먹을 쥐고 눈을 부릅뜨며 환호성을 질러 댔다. 생판 모르는 사람들끼리 흐느끼며 서로 부둥켜안았다. 여성 관객들은 마치 쓰러질 듯 문 쪽으로 비틀거리며 걸어갔다. 모든 것이 혼돈처럼 녹아내렸고, 그 혼돈의 안개 속에서 새로운 창조가 이루어졌다."

실러의 첫 드라마 『도적들』은 1782년 1월 13일 만하임 국민극장에서 처음 공연되었다. 그 드라마를 본 관객들은 감격에 못 이겨 온통 열광의 도가니에 빠졌다. 그 작품은 곧 사람들에게 큰 관심을 불러일으켰으며, 독일 연극사에 한 획을 긋는 이정표가 되었다. 실러 자신도 공연 성공을 기뻐했으며, 독일의 가장 우수한 배우들이 열과 성의를 다해 연기한 것에 대해 흐뭇해했다.

성공적인 초연

1779년과 1780년 사이에 쓰인 것으로 추정되는 『도적들』은 1780년 12월에 완성되었다. 그러나 주물(鑄物)에 찍어 낸 것처럼 한 번에 완성된 것이 아니라 여러 번의 수정 과정을 거쳐야 했다. 그렇다고 그 날짜가 개작의 끝은 아니었다. 이 작품은 출간 즉시 입소문을 타고 세인의 큰 관심을 불러일으켰다. 사람들은 작가가 폭력과 방화, 살상을 찬미하고 법질서를 어지럽힌다고 분개했으며, 작품 주인공들이 양심도 없는 짐승 같은 자들이라고 입방아를 찧어 댔다. 일부 독자들은 작가를 감금해야 한다고 들고일어나기도 했다. 그때까지 그처럼 잔인하고 난폭한 작품을 읽어 본 적이 없었기 때문이다. 또한 젊은 작가가 초연을 보러 온다는 소문이 퍼지자, 악명 높은 작가와 그의 작품에 대한 호기심 때문에 연극표가 매진되는 일이 벌어졌다. 결국 공연장 안은 입추의 여지 없이 관객들로 가득 찼다.

이처럼 만하임에서 성공적인 초연을 거둔 뒤 『도적들』은 독일 각지의 무대에 올려졌다. 하지만 그 연극은 엄격한 검열 때문에 대체로 미심쩍게 개작되거나 형편없이 개악되기도 했다. 1782년 9월에 함부르크와 라이프치히에서, 1783년 1월에는 베를린에서 공연되었다. 슈투트가르트에서는 1784년 3월 5일에 처음 무대에 올려졌고, 같은 해에 좀 작은 무대이긴 하지만 제국 도시 빈에서도 작품 공연이 이루어졌다. 1792년에는 파리에서도 공연되어 대성공을 거둠으로써, 실러는 당시 프랑스 혁명 정부에 의해 프랑스의 명예시민으로 추대되기도 했다. 특히 대학생과 같은 청년들이 『도적들』에 열광했으며, 일부 젊은이들은 작품을 모방하여 직접 도적단을 결성하는 사태가 벌어지기까지 했다.

실러는 다니엘 크리스티안 슈바르트(Daniel Christian Schubart)의 『인간 마음의 이야기(Zur Geschichte des menschlichen Herzens)』에서 도적 모티프에 대한 힌트를 얻었다. 이 소설에는 귀족의 배다른 두 형제가 등장한다. 거기서 도덕적으로 엄격하지만 음흉한 한 형제는 다른 형제가 경박하고 향락적이라고 아버지에게 중상 비방한다. 그리하여 쫓겨난 그는 나중에 못된 형제의 살해 계획으로부터 아버지를 지켜 준다. 이러한 기본 바탕에 실러는 자신의 심리학 교수 야코프 프리드리히 아벨(Jacob Friedrich Abel)에게서 들은 어느 '숭고한 범죄자', 즉 슈바벤의 도둑이자 노상강도인 프리드리히 슈반의 비극적인 모티프를 첨가한다. 또한 셰익스피어의 『리어 왕』에 나오는 글로스터 백작의 두 아들 에드거와 에드먼드 형제 이야기도 『도적들』과 비슷한 줄거리를 담고 있다. 에드먼드는 적자인 형 에드거가 계승할 권리와 지위를 빼앗으려고 흉계를 꾸며 목적을 달성하나 결국 에드거에게 복수를 당하고 만다. 그렇지만 적대적인 두 형제의 인물 묘사, 고유한 영역과 환경을 지닌 무대 장치, 대립적 성격의 정신적인 것으로의 승화뿐만 아니라 작품이 주는 도덕적·윤리적 자극은 실러의 독자적인 창작물로 간주된다.

폴란드 출신의 유명한 문학평론가 마르셀 라이히-라니츠키(1920~2013)는 자서전『나의 인생(Mein Leben)』에서『도적들』을 읽은 소감을 밝히고 있다. 열두 살 무렵의 그는 "그런데 정말 몸은 괜찮으세요, 아버님? 몹시 창백해 뵈서요."라는 첫 문장을 읽자마자 책을 손에서 놓을 수 없었다. 이 도적들은 앞으로 어떻게 될 것인가, 사건의 결말이 어떻게 날 것인가에 대한 궁금증에 사로잡혔기 때문이다. 작품이 너무 흥미진진해서 그는 너무 흥분한 나머지 볼과 귀까지 벌게질 정도였다. "큰 도적을 산 채로 잡아 오는 자에게 금화 천 냥을 준다고 했으니 그 사내에게 도움이 되도록 해야겠다."라는 마지막 문장에 이르기까지 그는 책 읽기를 중단할 수 없었다. 그 책은 이전에 그가 읽은 도둑 이야기를 다 합한 것보다 더 강력하게 그의 마음을 사로잡았던 것이다. 그 후 반세기가 지난 어느 날 마르셀 라이히-라니츠키는 헤센 방송국으로부터『도적들』을 비롯한 실러의 희곡을 영화화한 작품에 대한 해설을 부탁받고『도적들』의 단점과 결함을 상세히 설명했다. 방송국의 담당 부장은 라니츠키의 격렬한 비방과 매도에 가슴을 졸이다가 그가 "이상입니다. 이제『도적들』이 왜 제가 좋아하는 몇 안 되는 세계문학 작품에 속하는지 말씀드리는 일만 남았군요."라고 하자 비로소 안도의 한숨을 내쉬었다고 한다.

자비 출판

　『노적들』은 책을 내 주겠다는 출판사가 없어서 1781년 여름 자비로 출판되었다.[1] 게다가 실러가 다닌 학교에서는 학생이 책을 출판하려면 학교 당국의 허가를 받아야 했기에 그는 돈을 빌려 익명으로 책을 발간했다. 실러는 그 후 출판비와 생활비에다가 빌린 돈의 이자 때문에 오랫동안 큰 어려움을 겪게 된다. 실러는 책의 정식 출판을 위해 만하임의 출판업자 슈반에게 내용의 일부를 보냈지만, 고상하고 예의 바른 독자가 보기에는 부적당하다는 이유로 그에게서 거부당했다. 그러나 슈반은 만하임 국민극장 극장장 헤리베르트 폰 달베르크를 소개하면서 상연에 부적합한 표현을 고치도록 했다. 그리하여 1781년 8월부터 10월 사이에 달베르크와 다른 전문가의 실질적인 제안으로 무대용 대본이 생겨났다. 그러나 달베르크는 이 정도에 만족하지 않았다. 그는 인습적인 연극 취향에 맞추고, 될 수 있는 한 독일 공국의 실제 정치 상황과의 비교를 피하기 위해 연극 대본을 다시 대폭 수정했다. 실러는 초연 직전에야 자신의 드라마에 많은 변형이 이루어졌음을 알게 되었다.

　이리하여 개정된 대본에서는 원작이 지닌 열정적인 반란의 기운이 다소 누그러지게 되었다. 만하임에서는 상연 준비가

---

1) 이 책의 번역은 1781년의 드라마 초판본을 토대로 레클람 출판사에서 발행한 책을 저본으로 삼았다.(Friedrich Schiller, *Die Räuber*, Reclam Stuttgart, 1976)

착착 진행 중이었고, 그 소식을 들을 때마다 젊은 실러의 가슴은 뛰었다. 실러는 총연습이나 첫 공연이라도 구경하고 싶었다. 공연 날짜는 1782년 1월 13일로 정해졌다. 실러는 공연 첫날 저녁, 관객들 앞에 서기 위해 소속 연대장의 허가를 받지 않고 친구 페테르젠과 함께 슈투트가르트에서 국경을 넘어 만하임으로 떠났다. 그들이 극장에 도착했을 때 극장 안은 이미 초만원이었다. 만하임의 시민뿐만 아니라 가까운 다름슈타트나 하이델베르크는 물론 멀리 프랑크푸르트, 마인츠 등지에서도 명성이 자자한 희곡의 첫 상연을 구경하려고 많은 사람이 모여든 것이다. 유명한 배우 아우구스트 빌헬름 이플란트(August Wilhelm Iffland)가 프란츠 모어 역을 맡았다. 1782년 1월 17일 실러는 극장장 폰 달베르크 앞으로 이런 편지를 썼다. "저는 대단히 많은 관찰을 했고, 공부도 많이 했습니다. 독일이 나를 극작가로 간주할 날이 온다면 그 시작점을 지난주로 잡아야 할 것 같습니다."

감옥에 갇힌 실러의 도주

실러는 만하임 여행을 일체 비밀에 붙이려고 했으나 급기야는 카를 대공의 귀에까지 들어가게 되었다. 실러는 대공의 호출을 받았다. 실러는 연대장의 승인을 받았다는 것을 극구 부인했으며, 대공이 부친을 파면시키겠다느니, 실러를 감옥에 넣겠다느니 하면서 위협했으나 끝내 그 일을 부정했다. 연대장의 승인을 받지 않고 만하임에 갔다면 실러는 탈영자가 되고, 이러한 상태에서 외국과의 교류는 일종의 반역 행위가 된다. 이후 그는 외국과의 교류와 서신 왕래를 금지당하고 2주간의 구류형에 처해졌다. 어쩌면 대공 자신은 공국의 소년사관학교 졸업생이 유명한 작가가 된 것을 오히려 자랑스럽게 생각했을지도 모른다. 하지만 그 작품이 자기 나라가 아닌 외국에서 초연되어 큰 성공을 거두었다는 것이 대공의 강한 허영심을 상하게 한 모양이다. 실러는 영창 생활을 하면서 허송세월하지 않고 『피에스코의 모반』과 『간계와 사랑』에 대한 희곡적 구상을 했다.

석방 후 실러는 극장장 폰 달베르크 앞으로 편지를 보내 만하임 극장에 들어가고 싶다는 바람을 피력했다. 그러나 극장장은 이웃 나라 군주와 복잡한 상황이 생기는 것을 성가시게 생각했다. 폰 달베르크한테서는 아무런 답장도 없었다. 이런 심란한 상황에서 외부로부터 사건이 터졌다. 『도적들』의 2막 3장에는 악당 슈피겔베르크가 도적단을 조직하자고 제안하는 대목이 나온다. "그라우뷘덴 주에 한번 가 보게나. 그곳은 오늘날의 악당들이 모이는 아테네일세." 그라우뷘덴 사람들은 이 대목을 보고 문제를 제기했으며 그 부분을 없애라는 사람들이 생겨났다. 마침내 이 문제가 카를 대공의 귀에도 들어갔다. 그러자 대공은 실러를 불러 앞으로 의학 관련 저술 이외에 희극을 쓰면 파면시키겠다고 언명했다. 실러는 더 이상 카를 대공의 나라에 머물러 있을 수 없다는 생각이 들었다. 그는 이런 상황으로부터 탈출하기로 마음먹었다. 그리하여 실러는 1782년 9월 22일 야음을 틈타 친구인 음악 교사 안드레아스 슐라이허와 함께 슈투트가르트에서 몰래 빠져나와 그의 첫 희곡을 무대에 올린 극장장 폰 달베르크에게 도움을 청하러 만하임으로 도망쳤다. 그는 걱정할까 봐 부모에게 자신의 도주 계획을 비밀에 부쳤다. 같이 방랑 생활을 한 슐라이허는 후일에 쓴 탈주기의 서문에 "페가수스의 도주나 다름없다. 천마(天馬)는 필사의 힘으로 거침없이 비행하여 하늘에 오르려 하고 있다."고 적고 있다. 그의 도망은 만하임에서 프랑크푸르트, 오거스하임을 거쳐 튀링겐의 바우어바흐로 이어졌다. 그곳에서 실러는 후원자 헨리에테 폰 볼초겐의 농장에 머물렀다. 이후 그는 경제적인 어려움과 질병 등 숱한 역경과 싸우며 파란만장하고 위대한 삶을 헤쳐 나간다.

소년사관학교에 들어간 실러

프리드리히 실러는 1759년 11월 10일 남독일 네카르 강변의 마르바흐에서 아버지 요한 카스파르 실러와 어머니 도로테아 사이에서 장남으로 태어났다. 아버지는 위생병과 하급 군의관을 거쳐 중위가 되어 당시 북부 프랑켄의 전장에 출동하고 있었다. 아버지가 대공의 군대를 따라다녀야 했기 때문에 가족은 걸핏하면 이사를 해야 했다. 실러는 아버지에게서 투사적인 기백을, 여관집 주인의 딸인 어머니에게서는 온유하고 다감한 성격을 물려받았다. 아버지는 군에서 은퇴한 후

원예 일에 몰두했고, 뷔르템베르크 공국의 카를 오이겐 대공
(1729~1793)의 저택인 루트비히스부르크 성(城)의 원예 감독
관으로 임명되었다.

1765년부터 정규 초등 교육을 받기 시작한 실러는 1767년
부터는 수비대 주둔 도시 루트비히스부르크의 라틴어 학교에
다녔다. 주입식과 암기식 수업은 지루했고 벌칙도 엄격했다.
실러는 열세 살이 되던 1772년에 작가가 되기로 결심하고 희
곡을 썼지만 지금은 그것이 남아 있지 않다. 어려서부터 신심
깊고 기독교적 자선심이 강했던 실러는 카를 오이겐 대공의
명에 따라 1773년 1월 16일 소년사관학교에 진학한다. 처음
군인 고아원으로 시작했다가 얼마 후 해산되고 새로 소년사관
학교로 재설립된 그 학교는 실러가 입학한 해인 1773년 3월에
개명되어 공국사관학교로 불리다가 1781년 요제프 2세의 허
가로 카를 대학(Hohe Carls-Schule)으로 개명된다. 전제 군주
인 대공이 세운 이 학교는 공국의 장교와 공무원을 양성하고
자 엄격한 스파르타식 교육을 했다. 생도들은 부모의 얼굴을
거의 볼 수 없었고, 가발과 제복을 착용했으며, 일요일의 산보
도 장교들의 감시하에서만 할 수 있었다. 가혹하고 비인간적
인 이 같은 규율과 무미건조한 학교 공부는 실러에겐 지옥과
같았고, 예민한 청소년 시기에 자유에 대한 그의 갈망을 더
욱 고조시켰다. 실러의 부모는 아들이 목사가 되기를 바랐으
나, 대공은 그에게 법률 공부를 명령했으며, 나중에는 의학으
로 전공을 바꾸는 것을 허락했다. 하지만 의학으로 전과한 후
실러는 전문적인 의학보다는 오히려 철학, 심리학 강의를 즐겨

들었다.

시를 즐겨 읽는 문학 소년이었던 실러는 소년사관학교 시절에 루터의 성서와 『플루타르크 영웅전』을 애독했고, 베르길리우스, 클롭슈토크의 작품들뿐만 아니라 볼테르, 루소, 괴테 등의 작품을 즐겨 읽었다. 특히 그는 심리학 교수 아벨의 영향을 많이 받았고, 그의 권유로 셰익스피어의 작품을 접하게 되었다. 그를 매혹시킨 것은 위대함의 이념, 천재 그 자체였다. 그는 위대한 정신은 타고나는 것인지 아니면 교육되는 것인지, 또 그런 사람들의 특징적인 징표(徵標)는 어떤 것인지에 관심이 있었다. 생도 시절에 실러는 은밀히 많은 책을 읽고 글을 쓰기 시작했다. 그는 새로 나온 시와 소설, 에세이와 희곡을 열심히 읽었으며, 희곡 창작 연습을 하기도 했다. 이리하여 카를 오이겐 대공의 눈을 피해 쓴 희곡이 『도적들』이다. 사관학교에서 생도들은 낮에는 자유가 없고 밤에만 마음대로 활동할 수 있었다. 따라서 실러는 상상력이 나래를 펴는 고요한 밤에 글을 쓰는 습관이 생겼다. 사관학교에서는 일정 시간이 되면 불을 끄게 되어 있었으므로 실러는 부속 병실의 등불을 이용하기 위해 가끔 병 계출(屆出)을 냈다. 가끔 대공이 병실을 순시할 때는 『도적들』의 원고를 책상 밑으로 숨기고 미리 준비해 둔 의학 책을 보는 척하기도 했다. 실러는 질곡의 생활에서 해방됨과 동시에 이 작품도 세상에 나오기를 기대했지만 1781년 5월 6일에 '여러 차례 중단을 거듭하고, 여러 번 개작한 후 마치 익을 대로 익어서 떨어지는 과일'처럼 메츨러 서점에 의해 세상에 나오게 되었다. 그것은 아버지와 권력자들의 권위적인 세상에 거친 반항과 저항, 비난으로 맞서는 작품이었다. 8년 동안 소년사관학교의 악몽과도 같은 단체 생활을 견뎌 내고 1780년 12월 15일 이 학교를 졸업한 실러는 마침내 연대의 하급 군의관이 되어 슈투트가르트로 떠났다. 군인이 된 그는 이제 공식 허가 없이는 그 도시를 떠날 수 없었고 제복도 의무적으로 착용해야 했다.

엄격한 군대 규율 속에서 청년기를 보내며 실러는 자유와 정의, 권력의 이용과 남용이라는 문제와 부딪히게 되었다. 이것은 후에 그의 대부분의 희곡에서 반복되는 주제로 나타난다. 몇몇 초기 시에서 드러나는 규율과 권력 남용에 대한 분노는 첫 작품인 『도적들』에 특히 잘 나타나 있다. 숨 막히는 관습과 고위층의 부패에 대한 맹렬한 저항을 그린 이 작품에서 실러는 법질서와 윤리를 옹호하는 글을 썼다고 주장했다. 그는 동시에 카를 모어를 '숭고한 범죄자'로 그림으로써 기본적으로 매우 고귀한 성품의 소유자도 범죄자로 만드는 사회를 비난·고발할 수 있었다. 이 작품에서 군주에 대한 비판은 사실상 자신이 살고 있는 지역 군주의 폭정을 고발한 것이었다.

후일 실러에게는 독특한 글쓰기 습관이 생겼다. 그는 썩어가는 사과 냄새를 맡을 때 글을 써야 한다는 긴박감을 느낄 수 있었다고 한다. 또한 실러는 남의 간섭을 받는 것을 싫어해 주로 밤에만 글을 썼고, 여름에는 예나 교외에 마련해 둔 정자가 딸린 정원에서 작업하는 것을 좋아했다. 그는 심신의 피로감을 해소하기 위해 진한 커피나 포도주를 섞은 코코아 혹은 백포도주나 샴페인을 홀짝홀짝 마시면서 작업하는 습관이 있었다. 밤중에는 연극배우처럼 큰 소리로 대사를 읊조리는 바람에 이웃 사람들의 잠을 깨우곤 했다. 그는 밤 시간이 남의 방해를 받지 않고 생산성을 높일 수 있는 확실한 시간이라 믿고, 시간의 효율적 이용을 중요하게 생각했다.

도적단의 두목이 된 카를 모어

극의 배경은 다른 외국이 아닌 18세기 중엽 독일이다. 그런 점에서 실러는 목숨을 거는 위험을 무릅썼다고 볼 수 있다. 막시밀리안 폰 모어 백작에게는 카를과 프란츠라는 두 아들이 있다. 큰아들 카를은 재능 있고 잘생긴 데다 행동가이자 모험가이며 선량한 마음씨를 지녔다. 반면 동생 프란츠는 못생긴 데다 음흉하고 독살스러우며 잔인한 성향을 지녔다. 이 작품에서도 고금동서를 막론하고 어디서나 볼 수 있는 형제 갈등이 벌어진다. 그러나 내적으로는 두 사람 모두 야심을 지녔고, 현존 질서에 반항하며 자신의 자아를 실현하고자 한다. 노백작이 라이프치히에서 공부하는 카를의 편지가 오기를 기다리던 어느 날 프란츠는 날조된 편지를 아버지에게 들고 가서 형이 폭행과 살인으로 범죄자가 되었다고 말한다. 그의 목표는 아버지를 죽이고 형을 제거해서 권력을 차지하는 것이다. 게다가 형의 약혼녀 아말리아까지 자신의 여자로 만들려는 흉계를 꾸민다.

아버지로부터 용서의 편지를 기다리던 카를은 아버지의 용서를 받을 수 없으리란 프란츠의 편지를 받고 절망에 빠진다. 그리하여 그는 슈피겔베르크라는 친구가 꾸민 계획에 가담하기로 마음먹는다. 카를은 친구들이 창설한 도적단 두목 역할을 받아들인다. 한편 프란츠는 사생아 헤르만을 매수하여 모어 백작에게 전쟁터에서 카를의 영웅적인 죽음을 목격했다고 말하게 시킨다. 프란츠는 형의 사망 소식을 듣고 충격에 빠진 모어 백작을 성탑의 지하 감방에 넣고 굶어 죽도록 가두어 버린다. 카를은 도적단의 두목으로 그사이 많은 악행을 저질러 거액의 현상금까지 걸리게 된다. 그러나 카를이 권력자들과 부정한 자들을 응징하려고 한 반면, 단원들은 상대를 가리지 않고 마구 범죄를 저지른다. 특히 탐욕스러운 슈피겔베르크는 늘 새로운 폭력을 저지르며 이를 자랑스레 떠벌리기까지 한다.

카를은 친구 롤러가 붙잡혀 교수형의 위험에 처하자 즉각 도시를 습격하여 동료를 구출해 낸다. 그러나 단원들은 이때 아이 엄마와 젖먹이까지 죽이는 무자비한 대량학살을 저지른다. 카를은 그들의 행동의 책임이 자신에게 있다고 느끼고 마음속으로 도적단과 결별한다. 그러나 그가 막 달아나려는 순간 도적단은 압도적으로 우세한 추적자들에 의해 포위되어 절체절명의 위기에 빠진다. 그때 한 신부가 도적단에게 다가와 항복을 설득하나 카를은 교회의 위선과 탐욕, 민중 학살에 대한 비난을 퍼붓는다. 그러자 신부는 두목을 넘겨주면 도적단 모두에게 자유를 주고 용서하겠다고 제안한다. 내심 도적 생활을 끝내려던 카를은 부하 도적들을 위해 희생하겠다고 나선다. 그러나 카를에게 충실한 롤러와 슈바이처는 다른 도적

들에게 두목을 구할 것을 선동한다. 다른 도적들도 두 사람의
모범과 의리에 감동하여 같이 휩쓸린다. 그리하여 백여 명의
도적 떼는 천 명이 넘는 무장병사들이 에워싼 적진을 뚫고 탈
출에 성공한다. 그러나 이 전투에서 카를의 친구 롤러가 목숨
을 잃고 만다.

한편 권력을 장악한 프란츠는 성에서 아말리아를 압박하며
야욕을 충족시키려 한다. 그러나 희생양이 되고 싶지 않은 아
말리아는 칼을 뽑아 공격자를 쫓아 버린다. 이때 양심의 가책
에 괴로워하던 헤르만이 들어와 카를도, 그의 아버지도 죽지
않았다고 고백한다. 그는 모든 것이 프란츠가 꾸며 낸 거짓이
었다고 털어놓는다. 이처럼 아말리아의 사랑 이야기가 새로운
국면을 맞는 동안 카를은 어머니 배 속에 들어가 때 묻지 않
은 아이가 되기를 희구한다. 그는 코진스키라는 젊은이가 찾
아와 도적단에 들겠다고 제안할 때 그런 감상적인 기분에서
벗어난다. 그 젊은이 역시 카를과 비슷한 운명을 견뎌 냈을 뿐
만 아니라 아말리아라는 이름의 신부를 빼앗겼던 것이다. 이
에 깊은 감명을 받은 카를은 잃어버렸던 주도권을 다시 쥐고
부하들에게 자신의 고향으로 함께 쳐들어갈 것을 명령한다.
아말리아를 다시 만나 이야기를 나누어야 했던 것이다.

아버지의 성에 도착한 카를은 가명을 쓰며 다른 사람 행세
를 한다. 그의 모습이 바뀐 데다 변장도 한몫하여 아말리아는
그를 알아보지 못한다. 게다가 그녀는 왠지 그에게 강하게 끌
리면서도 그 이유를 알지 못한다. 하지만 프란츠는 형을 금방
알아보고 두려움을 느낀 나머지 그를 제거하려 한다. 그는 하

인 다니엘에게 정체를 알 수 없는 낯선 자를 살해하라고 시킨다. 그러나 어려서부터 카를을 돌봐 주던 다니엘은 그를 알아보고 부자 관계를 이간질한 장본인이 프란츠라고 그에게 알려준다. 카를은 자신의 복수극이 거짓에 기초한 것임을 깨닫는다. 그는 달아나고 싶었으나 마지막으로 아말리아를 한 번만 더 보기로 마음먹는다. 카를이 자신의 정체에 대한 암시를 주었지만 그녀는 약혼자를 알아보지 못한다. 카를은 자신이 살인자가 되었다는 말을 할 용기가 없어 참담한 심정으로 그녀에게서 도망치듯 달아나 버린다.

그동안 도적단은 두목이 사라지자 화가 나서 그를 기다리고 있다. 권력의 공백이 생겨나자 교활한 슈피겔베르크는 이 상황을 이용하여 자신이 도적단의 두목이 되려 한다. 그러나 그의 살인 계획은 곧 발각되고 카를의 충직한 동료 슈바이처는 배신자를 칼로 찔러 죽인다. 슈피겔베르크의 죽음은 카를을 더욱 절망의 구렁텅이로 몰아넣는다. 기진맥진한 동료들이 잠을 자는 동안 삶에 대한 근본적인 의심이 그를 괴롭힌다. 나는 어디로 가고 있는가? 신과 내세는 과연 존재하는가? 나에게 다른 길은 주어질 수 없었는가? 그는 혼돈에서 벗어날 길은 자살뿐이라고 생각한다. 그는 권총을 머리에 겨누고 방아쇠를 당기려다 마음을 고쳐먹고 마지막 힘을 다해 고통을 견디고 임무를 끝까지 완수하기로 결심한다. 권총을 던져 버리려는 순간 가까운 숲속 어둠 속에서 한 형상이 눈에 띈다. 모어 백작에게 음식을 가져다주려고 지하 감옥으로 몰래 찾아온 헤르만이다. 그에게서 어두운 비밀 이야기를 듣고 경악한 카를은 즉시 지하 감옥의 문을 부순다. 그러자 수척해진 늙은 백작이 유령처럼 감방에서 비틀거리며 걸어 나온다. 그는 아들을 알아보지 못하고 프란츠가 자신을 괴롭히고 감옥에 처넣은 이야기를 들려준다. 피의 복수심에 사로잡힌 카를은 슈바이처에게 프란츠를 산 채로 잡아 오라고 명령한다.

악몽에서 깨어난 프란츠는 자신에게 위험이 닥쳐 옴을 감지한다. 꿈에서 최후의 심판정에 불려 간 그는 무시무시한 저주의 목소리를 듣는다. 유령들이 무덤에서 뛰쳐나오고, 황천이 영원한 잠에서 깨어나 그에게 덤비며 살인마라고 울부짖는다. 그는 혼미한 정신으로 모저 목사를 불러 신에 대한 자신의 오랜 불신을 되살리려 한다. 그러나 목사와의 논쟁으로 프란츠는 점점 더 불안해지고 깊고 암담한 절망에 빠진다. 엄청난 범죄자가 되고 무자비한 권력자가 되려 한 그의 오만은 이제 사라졌다. 그는 무덤 속으로 꺼지라며 목사를 쫓아 버린다. 그때 시끄러운 소리가 들리며 도적단이 성으로 쳐들어온다. 그는 신이 자기를 벌하려고 응징자를 보냈다는 망상에 빠져든다. 도적들이 몰려온 순간 스스로 목을 맨 프란츠가 죽어서 바닥에 쓰러진다. 슈바이처는 산 채로 그를 두목에게 데려가겠다는 약속을 지키지 못하게 되자 권총을 이마에 대고 방아쇠를 당긴다.

그동안 모어 백작과 카를은 프란츠가 잡혀 오길 초조하게 기다리고 있다. 도적단이 돌아와 프란츠가 이미 죽어 있었다고 보고하자 카를은 또다시 살인을 저지르지 않아도 된다는 안도감에 사로잡힌다. 이때 백작과 카를이 어디 있는지 알게 된 아말리아가 들이닥친다. 카를은 자신이 살인자가 된 것을 고백해야 하므로 이 만남을 두려워해 왔다. 카를은 백작을 구한 장본인이 바로 도적이자 살인자인 아들 카를임을 고백한다. 백작은 충격을 이기지 못하고 숨을 거둔다. 이때 아말리아는 달아나려는 카를을 껴안는다. 카를은 순간 범죄와 도적들을 잊고 행복한 상념에 잠긴다. 그러나 격분한 도적들은 카를이 맹세로 자기들에게 묶인 몸임을 상기시킨다. 그러자 카를은 도적의 삶에서 결코 벗어날 수 없음을 깨닫는다. 삶으로의 귀환은 가능하지 않으며, 사회로의 복귀도 아말리아와의 행복한 미래도 존재하지 않는 것이다. 그가 돌아서자 절망에 빠진 아말리아는 같이 살 수 없다면 자신을 죽여 달라고 애원한다. 다른 도적이 그녀에게 총을 겨누자, 카를이 선수를 쳐서 그녀를 칼로 찌른다.

이제 카를에게는 아무런 희망도 없고, 도적단에 묶여야 할 의무나 이유도 없었기에 도적들과 절연을 선언한다.

"나는 이제 이빨을 떨고 울부짖으며, 나 같은 인간이 둘만 있어도 윤리 세계의 전체 구조가 파멸할 수 있음을 깨닫는다. 하느님, 당신의 권능을 침해하려던 이 철부지에게 자비를 베푸소서. 응징은 오직 하느님 고유의 권한입니다. 하느님은 인간의 도움을 필요로 하지 않습니다. 물론 제 힘으로는 더 이상 과거를 되돌릴 수 없습니다. 이미 망친 것은 되살릴 수 없고, 제가 쓰러뜨린 것은 영원히 다시 일어서지 못합니다. 하지만 유린당한 법과 화해하고 짓밟힌 질서를 다시 세울 힘은 아직 남아 있

습니다. 그러려면 희생물이 필요합니다. 신성불가침한 법질서의
위엄을 만천하에 내보일 제물이 필요합니다. 나 자신이 바로 이
러한 제물입니다. 법질서를 수호하기 위해선 나 자신이 죽어야
합니다."(283~284쪽)

이때 그가 이곳으로 오는 도중 만났던 열한 명의 자식을 둔
날품팔이 노동자가 머릿속에 떠오른다. 카를은 가난한 그가
금화 천 냥을 얻을 수 있도록 당국의 심판과 죽음을 향해 스
스로 나아간다.

질풍노도기의 대표적인 작품

실러의 희곡 『도적들』은 괴테의 『젊은 베르테르의 슬픔』과
함께 독일의 질풍노도 운동[2] 시기를 대표하는 작품이다. 질
풍노도의 문학은 계몽주의의 이성 중심에 반항하면서 감정의

---

2) Sturm und Drang. 1770~1785년 무렵 독일에서 일어난 문학 운동으로,
자연, 감정, 개인주의를 고양시키고, 이성 만능인 합리주의의 계몽 숭배를
뒤엎고자 했다. 헤르더와 렌츠의 뒤를 이어 괴테와 실러가 이 운동의 중심
인물이다. 이들은 존재의 기본 진리를 믿음과 감각의 경험을 통해 깨달을
수 있다고 주장한 루소와 하만의 사상에서 깊은 영향을 받았다. 괴테는
스트라스부르 대학 시절 알게 된 하만의 제자, 헤르더로부터 민요와 셰익
스피어의 중요성을 알게 되었다. 괴테의 『괴츠 폰 베를리힝겐』(1773), 『젊은
베르테르의 슬픔』(1774)이 나온 뒤 실러의 『도적들』(1781)이 발표됨으로써
질풍노도의 극문학은 새로운 단계에 접어들었으나 얼마 후 사그라들었다.

해방과 개성의 존중을 주장했다. 특히 1770년에서 1785년 사이 괴테와 실러를 비롯한 시민 계급 출신의 젊은 작가들은 당시 사회에 대한 문학적 항의를 표출했다. 그들은 감정의 자유로운 발산을 예찬하고, 사회적 한계에 얽매이지 않는 천재성을 찬미하며, 인간의 자유로운 정신을 추구했다. 그런데 독일의 고전주의 작가로 분류되지만 괴테와 실러의 문학적 태도는 서로 차이가 있다. 괴테는 이탈리아 여행을 통해 고대 문화에 눈을 뜬 반면, 실러는 역사와 칸트 철학 공부에 매진했다. 두 사람은 서로 다른 점이 있기에 갈등도 있었지만 서로를 보완했다. 괴테가 느슨해지거나 침체를 겪을 때 실러가 자극을 주었고, 또한 실러가 글을 쓸 소재가 부족했을 때 괴테가 자료를 제공하며 글을 쓸 환경을 만들어 주었다. 괴테가 체험을 통한 시를 썼다면, 실러는 생각에 생각을 거듭한 철학적인 사상시를 주로 썼다. 살아생전에 괴테는 많은 명예와 부를 누렸지만, 실러는 그렇지 못했다. 또한 괴테가 사회의 인습과 이성의 질곡에 억눌린 개인적 감정의 자유로운 발산을 주장했다면, 실러는 정치적 억압과 폭정에 대항하여 반란과 혁명의 깃발을 높이 들었다. 『도적들』의 중심 모티프는 지성과 감정의 충돌이고, 중심 주제는 법과 자유의 관계이다.

당시 『도적들』에 대해 못마땅하게 생각하는 자들이 많았다. 심지어 푸트야친이라는 한 후작은 만약 자기가 신이 되어 세계를 창조하려는 순간 실러가 『도적들』을 쓸 것을 알았더라면 세계 창조를 그만두었을 것이라고 말하며 그 작품을 폄하하기도 했다. 반면에 젊은 대학생들은 『도적들』에 대해 전혀 혐오를 느끼지 않았고, 『도적들』이 공연되면 극장은 대학생들로 거의 가득 차곤 했다. 젊은이들은 실러의 질풍노도기 작품에 시대를 초월해 환영하며 열광하고 있다. 세계가 아무리 진보했다 해도 젊은이는 결국 언제나 처음부터 출발하여 개인으로서 세계 문화의 진화 단계를 차례로 겪을 수밖에 없는 것이다. 에커만의 『괴테와의 대화』에서 괴테는 실러에 대해 이렇게 말한다.

> 실러의 모든 작품에는 자유의 이념이 일관하고 있네. 이 이념은 실러가 자신의 교양을 점차로 높여가면서 이전의 자신과 딴사람처럼 변함에 따라 다른 모습을 띠게 되었지. 즉 그를 고뇌하게 하고, 그것을 시로 창작하게 한 것은 청년 시대에는 물리적 자유였고, 만년에는 정신적 자유였네.[3]

이처럼 실러는 『도적들』을 쓰던 젊은 시절 물리적 자유 때문에 큰 고통을 겪었다. 거기에는 그의 예민한 정신적 기질 말고 소년사관학교에서 당한 신체적 억압도 한몫했다고 할 수 있다. 괴테는 실러를 처음 만났을 때 그의 병약한 모습을 보고 채 한 달도 못 살 걸로 생각했다고 한다. 괴테는 그가 비상한 끈기의 소유자라서 좀 더 목숨을 지탱했지만, 건강한 방식으로 섭생했더라면 더 오래 살았을 것이라며 아쉬움을 토로했다. 또한 사람들이 실러를 비방하면 괴테는 "실러는 손톱을

---

3) 요한 페터 에커만, 『괴테와의 대화 1』, 장희창 옮김, 민음사, 299쪽.

깎을 때도 그들(현대 작가들)보다는 위대했어."[4]라며 그들의 비난을 잠재웠다.

공화주의자 카를

『도적들』의 앞쪽에는 "약이 치유하지 못하는 것은 쇠가 치유하고, 쇠가 치유하지 못하는 것은 불이 치유한다."라는 히포크라테스의 문구가 실려 있다. 여기서 약은 계급과 제도의 벽들로 이루어진 시대의 병증(病症)을 치유하는 기능을 하고, 쇠는 도적들의 '칼'이며, 불은 프로메테우스의 후예들이 지피는 창조적인 상상력을 의미한다. 플루타르크에게서 숭고한 범죄자의 모습을 인식하는 카를 모어와 요셉에 관심이 있는 슈피겔베르크는 상당한 지적 교양을 갖추고 있다. 카를 모어는 『플루타르크 영웅전』을 애독한 영웅 숭배자다. 그는 어릴 때부터 카이사르나 알렉산드로스 대왕의 이야기 또는 이교도의 모험담을 즐겨 읽었다. 또 인류에게 불을 갖다주며 신에 반항하다가 천국에서 쫓겨난 프로메테우스를 동정한다. 위대한 인물에 대해서는 무한한 존경을 하는 대신 잔머리를 쓰는 약삭빠른 자나 소인배에 대해서는 혐오감을 보인다. 그는 루소처럼 허식 없는 자연과 순진무구한 것을 존중하는 자유주의자이자 공화주의자이다. 카를은 슈피겔베르크에게 이렇게 말한다.

---

4) 같은 책, 289쪽.

"법이란 독수리처럼 나는 것을 달팽이처럼 기게 만드는 걸세. 법은 지금껏 위대한 남자를 만들어 낸 적이 없었어. 하지만 자유는 거대한 인간과 비범한 인간을 길러 낸다네. 그들은 폭군의 뱃가죽 속에 방책을 치고 앉아, 그의 위장의 비위를 맞추고 그의 방귀 냄새에 옴짝달싹 못 하지. 아! 헤르만의 정신이 아직 재 속에서 꺼지지 않고 희미하게 타오르고 있는가! 나와 뜻을 같이하는 녀석들 무리의 선두에 서서 독일을 공화국으로 만들어 놓을 텐데. 그와 비교하면 로마와 스파르타는 수녀원처럼 보이게 할 공화국으로."(38~39쪽)

　카를 모어는 매력적이고 카리스마가 있는 이상주의적인 반역자다. 그의 과격한 사상과 열정적인 감정은 질풍노도 문학의 전형적인 특징을 반영한다. 동생 카를 프란츠는 날카로운 지성과 음험한 성격의 소유자다. 그는 냉정하고 비도덕적이며, 이기적인 유물론자이자 허무주의자로 변모해 간다. 아버지 막시밀리안 폰 모어 백작은 자비로운 통치자로서 사람을 너무 쉽게 믿어 버리는 경향이 있다. 일찍 아내를 잃고 혼자 자식을 키운 그는 연로해지면서 고집스러운 두 아들을 더 이상 통제하지 못하게 되었다. 그는 그들을 제대로 평가하지 못했고 그들에게 도덕적 안정성을 심어 주는 데 실패했다. 모어 백작은 성서 이야기 듣기를 좋아한다. 그는 아말리아에게 아들 요셉을 잃어버리는 아버지 야곱의 이야기를 읽어 달라고 청한다. 요셉의 형들이 염소의 피를 옷에 묻혀 요셉의 옷인 것처럼 야곱을 속이는 성서 구절은 카를이 아직 죽지 않았음을 암시한다. 이처럼 모어 백작이 성서에서 자신의 상황을 되짚어 보듯이 다른 등장인물들은 주로 『일리아스』나 『플루타르크 영웅전』에서 자신이 처한 상황과 유사한 장면을 발견한다. 아말리아는 카를이 전쟁터에서 죽은 이야기를 듣자 그를 헥토르라고 칭하며 높이 평가하기도 한다.

도적이 된 지식인 프롤레타리아

『도적들』의 도적단을 이끄는 주도자들은 무지막지하고 단순한 도적이나 못 배운 무식한 자들이 아니라 지적인 프롤레타리아라 볼 수 있다. 이들은 사회와의 끈이 끊어진 룸펜이자 어떤 의미에서는 정신적 귀족이라고 할 수 있다. 이들의 행위는 지배계층의 승인된 도둑질에 대한 의로운 반역의 기능을 한다. 롤러, 슈프테를레, 라츠만이 실제로 원하는 직업은 도적이 아니라 문필가나 목사, 의사이다. 이들은 세계고(世界苦)를 행동으로 돌파하고자 한다. 이들은 나름대로 공부를 한 지식인이지만 봉건적인 질서하에서 자신이 원하는 이상적인 직업을 구할 길 없어 도적단을 결성하는 것이다. 카를이 궁정 세계에서 버림받은 몸이듯, 대부분 망해 버린 장사꾼, 쫓겨난 선생이나 글쟁이들로 구성된 도적단은 관청이나 학교 같은 제도적 질서에 적응하지 못한 주변인들이다. 새로 들어온 도적 코진스키도 귀족의 후예로 "죽음을 겁내지 않는 자가 뭘 겁내겠는가?"라는 세네카의 글을 잘 알고 있다. 그는 자신의 약혼녀를 영주의 소실로 뺏긴 분노 때문에 도적단을 찾아온 것이다. 카를은 자신과 같은 처지에 놓인 코진스키의 그런 상황에 동정을 느낀다. 또한 이들의 자의식은 개체성을 존중하는 루터 교파의 반봉건적 부르주아의 정치 사회적 이념과도 연관이 있다.

당시 출판을 통한 비판에 관용적인 계몽 군주와 일부 귀족들도 있었으나, 그것은 국가의 존립과 계급 질서를 해치지 않는 한도 내에서였다. 군주제의 봉건성에 저항하는 도적들은 나름대로 이상적인 공화국을 꿈꾸며 평등 사회를 지향하기도 한다. 조선에서는 일찍이 16세기 말에 대동계를 결성해 신분철폐, 공화 사상을 내세우다가 역적으로 몰려 죽음을 맞은 정여립이 그와 비슷한 꿈을 꾸었다. 그가 반역죄로 죽음을 맞이한 것이 임진왜란 3년 전인 1589년이니 너무 시대를 앞서갔다고 볼 수 있다. 도적들은 두목 카를에게도 딱히 말을 높이지 않고, 도적단을 찾아온 코진스키에게 곧바로 말을 낮출 것을 제안하기도 한다. 이들은 서로 간에 평등한 민주적 관계인 것이다. 정략결혼을 하는 귀족에 비해 연애결혼을 하는 시민이 도덕적인 우월감을 주장하듯이, 목숨과 자유를 위해 싸우는 그들은 더러운 수당 때문에 삶을 거는 기병들에 비해 도덕적으로 우월하다는 의식을 지니고 있다. 그러나 자유로운 자아를 실현할 수 있는 이러한 이상적인 공화국은 사실 세상 어디서도 실현 불가능한 이상일 뿐이다. 그것을 억지로 강요할 때 세상은 오히려 지옥에 가까워진다. 결국 어느 사회에서나 지위나 권력, 부를 획득하는 순간 그 사람의 인격은 변질되어

독선과 아집, 부패와 타락이 이상을 대체하기 때문이다. 인간은 권위에 도전하지만 막상 권력을 얻고 나면 다시 그 권위와 기득권을 상속하고자 한다. 그러기에 시대를 막론하고 지식인들의 혁명의식은 보수적 귀족뿐만 아니라 보수적인 일반 대중이나 진보적인 노동자한테서도 환영받지 못하는 경우가 허다하다.

질풍노도기 작품의 한계

카를은 기병들의 포위망을 뚫고 휴식을 취하면서 어머니 몸속으로 돌아가고 싶어 한다. 그는 현실에 절망하고 유년기의 행복하고 자유로웠던 고향의 추억을 되새긴다. 그는 유년의 황금기에 너무나 행복하고 완전하며 티끌 한 점 없이 맑았다고 회상한다. 그러나 그에게 유년은 다시는 돌아갈 수 없는 상실의 시간이다. 카를이 자유에 대한 이상주의적 경향을 갖고 있다면, 동생 프란츠 역시 철저히 현실주의적 입장에서 자유를 추구한다. 하지만 동생의 자유는 군주의 자의와 시민적 자유의 부정적 측면을 다분히 지니고 있다. 그의 법칙은 힘의 한계를 허물어뜨리는 것이다. 그의 자유는 자신이 주인이자 권력자가 되지 못하도록 가로막는 모든 것을 절멸시키는 자유이다. 그것은 시장 만능의 자본주의 질서에서 모든 것을 소유하겠다는 권력자의 자유와도 같다. 그런 횡포는 슈피겔베르크를 중심으로 한 일부 도적들의 만행에서도 드러난다. 흉포한 도적들은 수녀원을 습격하여 수녀들을 조롱하고, 갓난아이와 여자들, 할머니와 임산부, 병자들까지 가리지 않고 마구 살해하기도 한다. 또 어떤 도적은 불붙으려는 방에 혼자 남은 아이를 불 속에 던져 버리기도 한다. 숭고한 도적 카를이 도적단과 결별하려는 것은 부하들의 그런 잔혹한 행태에 절망했기 때문이다.

프란츠가 인위적인 편지 조작으로 형을 내쫓고 아버지를 지하 감옥에 가둠으로써 권력을 찬탈한다면, 카를은 야곱이 아버지 이삭으로부터 형 에서의 축복을 훔치듯이 자신을 알아보지 못하는 아버지로부터 그의 축복을 훔친다. 그러나 아버지의 축복을 훔친 카를은 자신의 약혼녀인 아말리아를 살해함으로써 아말리아로 대변되는 무죄함과 순진무구함, 그리고 카를 자신의 순수한 유년 세계와 완전히 결별한다. 카를은 궁정 세계로부터 벗어남과 아울러 도적들과도 결별한다. 그는 궁정의 봉건적 질서를 향해 칼을 빼 들었지만 자신의 약혼녀를 죽이고 마는 역설적 상황에 처하게 된다. 그는 자신이 부당한 일을 했음을 깨닫고 죽을 수밖에 없다고 생각한다. 『도적들』의 마지막 장면은 다음과 같다.

"내가 이곳으로 오는 도중 만났던 가난뱅이가 생각난다. 하루 벌어 근근이 먹고산다는데 자식이 열한 명이라 하더구나. 큰 도적을 산 채로 잡아 오는 자에게 금화 천 냥을 준다고 했으니 그 사내에게 도움이 되도록 해야겠다."(285쪽)

마지막으로 그는 숭고한 범죄자로서 헛되이 사법 당국에 자신을 바치는 대신, 길에서 만난 어느 가난한 날품팔이 노동자와 그의 가족을 위해 자신의 목숨을 바치기로 결심한다. 이처럼 선과 악의 굴레에 매여 따뜻한 인간성을 발휘하긴 하지만 좀 더 적극적이고 미래 지향적인 행동을 하지 못한다는 점에서 실러의 질풍노도기 작품의 한계가 드러나기도 한다.

2023년 12월

홍성광

작가 연보

1759년   11월 10일 마르바흐에서 뷔르템베르크 공국의 군의관인
        아버지 요한 카스파르 실러(1723~1796)와 어머니 엘리
        자베트 도로테아(1732~1802)의 장남으로 태어났다.

1763년   온 가족이 로르히로 이사했다. 목사 모저에게서 기초 교
        육을 받았다.

1766년   여동생 루이제가 태어났다. 루트비히스부르크로 다시
        이주했다.

1767년   목사가 되려고 루트비히스부르크의 라틴어 학교에 입학
        했다.

1772년   13세의 나이로 희곡 작품을 쓰기 시작했지만 현재 작품
        이 남아 있지 않다.

1773년   카를 오이겐 대공이 세운 소년사관학교에 대공의 명으
        로 입학했다.

1774년	법학 공부를 시작했다.
1776년	의학 공부를 시작했다. 독일 질풍노도 운동(Sturm und Drang) 시인들의 작품과 클롭슈토크, 플루타르크, 셰익스피어, 볼테르, 루소, 괴테의 작품을 즐겨 읽었다. 최초로 시 「저녁(Der Abend)」을 발표했다. 『도적들(Die Räuber)』 집필을 시작했다.
1779년	졸업 논문 「생리학의 철학(Philosophie der Physiologie)」이 논문 심사에서 탈락했다.
1780년	두 번째 졸업 논문 「인간의 동물적 속성과 정신적 속성의 연관성에 관한 시론(Über den Zusammenhang der tierischen Natur des Menschen mit seiner geistigen)」이 심사에서 통과됐다.
1780년	12월 14일, 졸업과 동시에 군의관이 되어 슈투트가르트에 살며 작품을 집필했다.
1781년	익명으로 『도적들』을 출판했다.
1782년	1월 13일, 『도적들』이 만하임에서 초연되어 대대적인 성공을 거두었다. 실러는 오이겐 대공의 허락 없이 『도적들』의 초연을 관람했다는 이유로 보름 동안 구류형에 처해졌다. 『제노바에서 일어난 피에스코의 모반(Die Verschwörung des Fiesko zu Genua)』을 집필했다. 8월, 카를 오이겐 대공으로부터 의학 이외의 저술 금지령이 내려졌다. 9월 22일, 친구 안드레아스 슈트라이허와 슈투트가르트에서 만하임으로 도망쳤다. 10월부터 12월 초까지 둘은 만하임과 프랑크푸르트에서 잠시 머문 후 오

거스하임의 여관에 가명으로 투숙했다.

1782년   12월 7일~7월 24일, 후원자 헨리에테 폰 볼초겐 부인의
        초대로 튀링겐의 바우어바흐에 있는 농가에 미물렀다.

1783년   「간계와 사랑(Kabale und Liebe)」을 탈고했다. 『돈 카를
        로스(Don Karlos)』 집필에 착수했다. 7월 24일, 만하임
        으로 떠났고 말라리아에 걸렸다.

1783년   만하임 극장 전속 작가로 1년간 달베르크와 계약했다.

1784년   「간계와 사랑」이 4월 13일 프랑크프르트에서 초연되
        고, 이어서 4월 15일 만하임에서 공연되어 대대적인 성
        공을 거뒀다. 6월 26일에 「훌륭한 상설 극장은 실제로
        어떤 영향을 줄 수 있는가?」라는 제목으로 행한 연설
        이 후일 「도덕적 기관으로서의 극장(Die Schaubühne als
        moralische Anstalt betrachtet)」이라는 제목으로 발표됐
        다. 문학 잡지 《라인의 탈리아(Rheinische Thalia)》 창간
        준비에 착수했다. 12월 27일, 카를 아우구스트 공이 실
        러에게 궁정 고문관 칭호를 수여했다.

1785년   쾨르너의 초대를 받아 라이프치히와 드레스덴에 체류했
        다. 쾨르너 가와 평생에 걸친 친교가 시작됐다. 『돈 카를
        로스』가 간행됐다.

1786년   자신의 잡지 《라인의 탈리아》에 시 「환희의 송가(Ode an
        die Freude)」, 「체념(Resignation)」과 소설 「잃어버린 명예
        로 인한 범죄자(Der Verbrecher aus verlorener Ehre)」를
        발표했다.

1787년   7월 21일, 바이마르로 가서 샤를로테 폰 칼프, 빌란트,

헤르더, 크네벨 등과 교제했다.

1788년 『스페인의 통치에 의한 네덜란드 제국의 몰락사(Geschichte des Abfalls der vereinigten Niederlande von der spanischen Regierung)』를 집필했다. 「그리스의 제신들(Die Götter Griechenlandes)」을 발표했다. 9월 7일, 이탈리아 여행에서 돌아온 괴테와 처음으로 대면했다. 12월 15일, 괴테의 추천으로 예나 대학의 무급 역사학 교수로 초빙됐다.

1789년 5월, 예나로 이주했다. 5월 26일, 취임 강연 「세계사는 무엇이며 어떤 목적으로 연구하는가?(Was heißt und zu welchem Ende studiert man Universalgeschichte?)」를 발표했다. 8월, 라이프치히에 체류하며 샤를로테 폰 렝에펠트와 약혼했다. 12월, 빌헬름 폰 훔볼트와 교류했다. 에우리피데스의 「아울리스의 이피게니에(Iphigenie in Aulis)」를 번역했다. 소설 「심령술사(Der Geisterseher)」를 발표했다.

1790년 작센 바이마르 공국의 궁정 고문관 칭호를 받았다. 2월 22일, 샤를로테 폰 렝에펠트와 결혼했다. 『30년 전쟁사(Geschichte des dreißigen jährigen Krieges)』를 발표했다.

1791년 폐결핵으로 추정되는 중병에 걸린 실러는 그 후 이 병에서 평생 회복하지 못했다. 카를스바트에서 요양했다. 칸트 연구를 시작했다. 생활 보조비로 에른스트 하인리히 백작에게서 5년간 매년 천 탈러씩 지원받았다.

1792년 프랑스 공화국의 명예시민으로 추대됐다.

1793년	미학 논문인 「우미와 품위에 대하여(Über Anmut und Würde)」, 「숭고함에 대하여(Über das Erhabene)」를 발표했다.
1793년	슈바벤으로 귀향해 부모, 형제, 친구들과 재회했다. 첫아들 카를 프리드리히 루트비히가 태어났다. 10월, 카를 오이겐 공이 사망했다. 9월, 괴테와 원형 식물에 관한 대화를 계기로 친교가 두터워졌다. 바이마르의 괴테 집을 방문했다.
1795년	문학 잡지 《호렌(Horen)》 첫 호를 발간했다. 여기에 헤르더, 피히테, 빌헬름 슐레겔, 훔볼트, 휠덜린 등이 기고했다. 「인간의 미적 교육에 대한 서한(Briefe über die ästhetische Erziehung des Menschen)」을 논문으로 개작해 실었다. 「소박 문학과 성찰 문학에 대하여(Über naive und sentimentalische Dichtung)」를 발표했다.
1796년	문학 잡지 《문학 연감(Musen-Almanach)》을 간행했다. 1800년까지 여기에 괴테, 헤르더, 티크, 휠덜린, 빌헬름 슐레겔 등이 기고했다. 괴테와 함께 풍자시 「크세니엔(Xenien)」을 집필했다. 9월 7일, 아버지가 사망했다. 『발렌슈타인(Wallenstein)』을 집필하기 시작했다.
1797년	괴테와 경쟁하며 「잠수부(Der Taucher)」, 「장갑(Der Handschuh)」, 「이비쿠스의 두루미(Die Kraniche des Ibykus)」, 「폴리크라테스의 반지(Der Ring des Polykrates)」 등의 주옥같은 담시들을 집필했다.
1798년	담시 「보증(Die Bürgerschaft)」, 「용과의 싸움(Der Kampf

mit dem Drachen)」을 집필하고 『발렌슈타인』의 집필을
이어 갔다.

1799년   장녀 카롤리네 헨리에테 루이제가 태어났다. 『발렌슈타
인』을 완성했다. 1월, 「피콜로미니 부자」가 초연됐다. 4월
「발렌슈타인의 죽음」이 초연됐다. 『마리아 슈투아르트
(Maria Stuart)』의 집필을 시작했다. 장시 「종(鐘)의 노래
(Das Lied von der Glocke)」를 발표했다. 12월 3일, 바이마
르로 이주했다.

1800년   6월, 『마리아 슈투아르트』를 완성했다. 시 「새로운 세기
의 시작(Der Antritt des neuen Jahrhunderts)」을 발표했
다. 셰익스피어의 『맥베스(Macbeth)』를 번역했다. 『오를
레앙의 처녀(Die Jungfrau von Orleans)』의 집필을 시작
했다

1801년   『마리아 슈투아르트』가 출간됐다. 『오를레앙의 처녀』를
완성했다. 카를로 고치의 『투란도트(Turandot)』를 번안
했다.

1802년   「빌헬름 텔(Wilhelm Tell)」의 구상을 시작했다. 『메시나의
신부(Die Braut von Messina)』를 집필하기 시작했다. 4월
29일, 어머니가 사망했다. 11월 16일, 빈의 황제에게서
귀족 작위를 받았다.

1803년   『메시나의 신부』를 완성했다. 「빌헬름 텔」 집필에 매진
했다. 「승리의 축제(Das Siegesfest)」를 발표했다.

1804년   2월 18일 「빌헬름 텔」을 완성했다. 「데메트리우스
(Demetrius)」의 구상을 시작했다. 4~5월, 베를린을 여

행했다.

1805년   라신의 희곡 『페드라(Phèdre)』를 번안했다. 『데메트리우
         스』의 집필을 계속했다. 4월 29일, 마지막으로 연극을
         관람했다. 5월 1일, 괴테와 마지막으로 만났다. 『데메트
         리우스』의 집필을 끝내지 못한 채 5월 9일, 급성 폐렴으
         로 사망했다.

세계문학전집 **423**

도적들

1판 1쇄 찍음 2023년 12월 13일
1판 1쇄 펴냄 2023년 12월 20일

지은이 프리드리히 실러
옮긴이 홍성광
발행인 박근섭, 박상준
펴낸곳 ㈜민음사

출판등록 1966. 5. 19. (제 16-490호)
서울특별시 강남구 도산대로1길 62(신사동) 강남출판문화센터 5층 (우편번호 06027)
대표전화 02-515-2000 팩시밀리 02-515-2007
www.minumsa.com

© 홍성광, 2023. Printed in Seoul, Korea

ISBN 978-89-374-6432-4
ISBN 978-89-374-6000-5 (세트)

* 잘못 만들어진 책은 구입처에서 교환해 드립니다.

세계문학전집 목록

세계문학전집은 계속 간행됩니다.